松 开 过 去 的 自 己 · 改 变 一 生 的 结 果

世界上没有绝对的好人和坏人，只不过是立场不同罢了。你眼中的渣可能是别人眼中的花，同样你眼中的花可能只是大多数人眼中的花。每次心有所愧的时候我都会找一堆大道理来宽慰自己。宽以待己，严以律人，我们这个时代很多人都是这样生活的。

　　况且我不认为那种天天围着女朋友买各种好吃的好玩的哄女朋友开心的男人就是好男人，作为"穷二代"，我没那么多时间。我估计很多穷人都是这么想的，当然，也正是因为有这样的想法，穷人才一直是穷人。我就是个鲜明的例证，尽管我知道家和万事兴，不哄好女朋友我就不可能有成就，但每次遇到女友哭泣的时候，我心里还是希望她能自己好起来。

——《光头女友》

　　行走在有"死亡之线"之称的川藏公路上,第一天,我还赞美那干净得像被沐渍洗衣粉洗过的天空,路边的参天古树和埋伏在夕阳后面的青山也让我感到心旷神怡。偶尔有搭载游客的汽车从身边驶过,看到从车窗探出的好奇的脑袋,我还会冲他们扮鬼脸。

　　可是才三天,汗水就将我的鞋袜粘在了一起,双脚像放在了腌制咸菜的罐子里。一开始我还拿唐僧和堂吉诃德给自己打气,后来想想,他们俩好歹还有马骑,我连头驴子都没有。而璎珞却对这点儿辛劳不屑一顾,好奇心使她一再地停下脚步,蹲下身子研究路边的花花草草。我呼唤她,她嘴上答应着:"就来就来!"身子却纹丝不动。

——《日光城》

如果换作我，遇到一个弹破琴的巨人坐在路边，一定不会围上去看。因为我没有好奇心，也没有同情心，所以我至今没有被破吉他打晕过。而那个姑娘好奇心和同情心都很强，所以她围上去看了。看就看吧，还把嘴里的瓜子壳吐在了我老师头上。你知道的，我的老师虽然是名土匪，但他并不觉得自己是名土匪，他觉得他是名艺术家。艺术家通常都有很强的自尊心。所以我的老师在夜色的掩护下一跃而起，以迅雷不及掩耳之势将那姑娘打倒在地。

——《英小六》

爱一个人未必非要求一个结局，就像我喜欢她，你喜欢我，都不会有结局。她也有她喜欢的人，环环相扣，谁也离不开谁，谁也成就不了谁。有一天你也会遇上像你喜欢我一样喜欢你的人，你也会面临选择自己喜欢的还是喜欢自己的这样的难题。我想以你的性格，多半也会选择前者，那就会和现在的我一样。其实这样也没有什么不好。上次和她没下完的那半局棋，等你回来了，我和你接着下下去。

——《画缘》

因为心里带着恨，带我的时候二姐也不正经带，总是动不动就伸手把我胖揍一顿，看我哭得太难看了，又会拿糖给我吃。久而久之，我面对她的时候就很迷茫，不知道她是要拿糖给我吃，还是要把我胖揍一顿。这招对付熊孩子特别管用，后来我大姐生了孩子让我带，我就用姐姐秘方来带他，闲着没事一会儿打他一顿，一会儿拿糖给他吃。他看到我的时候永远是迷茫的，不听谁的话也不会不听我的。打一巴掌给一个甜枣，恩威并施，让你永远想吃甜枣又怕巴掌，怕巴掌又想吃甜枣。久而久之，畏惧心和依赖心就都有了。

——《别怕，有我》

你做梦都想到达的,和某些人拼命想离开的可能是同一个地方。比如我想去哈尔滨,常常梦见自己坐着狗拉的雪橇在冰雪上滑行,而从小在哈尔滨长大的香草,却希望自己能坐在南唐后主后宫里的秋千上,左手托着一盒橘子罐头,右手拿着小勺,美滋滋地坐在被树叶割得支离破碎的阳光下小口吞咽着温暖和甜蜜。

——《香草薇儿》

※ 彩页摄影:邓小远

 松果阅读

 深夜暖心 Be Warmed in Late Night

世界那么大，命中注定遇见你

马叛 著

吉林摄影出版社
· 长春 ·

图书在版编目（CIP）数据

世界那么大，命中注定遇见你 / 马叛著. -- 长春：吉林摄影出版社，2015.10
（松果阅读）
ISBN 978-7-5498-2419-9

Ⅰ.①世… Ⅱ.①马… Ⅲ.①短篇小说-小说集-中国-当代 Ⅳ.①I247.7

中国版本图书馆CIP数据核字(2015)第250117号

世界那么大，命中注定遇见你 SHIJIE NAME DA, MINGZHONGZHUDING YUJIAN NI

项目出品	意林松果阅读
著　　者	马叛
出版人	孙洪军
总策划	顾平　蔡燕
责任编辑	施岚
丛书统筹	蔡燕　黄磊
策划编辑	黄磊
特约编辑	黄磊　刘思遥
设计总监	资源
封面设计	资源
美术编辑	金宇
发行总监	李振红
开　　本	880mm×1230mm　1/32
字　　数	220千字
印　　张	8.25
印　　数	1～20000册
版　　次	2015年10月第1版
印　　次	2015年10月第1次印刷

出　版	吉林摄影出版社
发　行	吉林摄影出版社
地　址	长春市泰来街1825号
	邮　编：130062
电　话	总编办：0431-86012616
	发行科：0431-86012602
网　址	www.jlsycbs.net
经　销	全国各地新华书店
印　刷	北京嘉业印刷厂

书　号：ISBN 978-7-5498-2419-9　　定　价：29.80元

启 事

本书编选时参阅了部分报刊和著作，我们未能与部分作品的文字作者、漫画作者以及插画作者取得联系，在此深表歉意。请各位作者见到本书后及时与我们联系，以便按国家相关规定支付稿酬及赠送样书。

地址：北京市朝阳区南磨房路37号华腾北搪商务大厦1501室《意林》编辑部（100022）
电话：010-51908602

版权所有　翻印必究
（如发现印装质量问题，请与承印厂联系退换）

世界那么大，命中注定遇见你

之前听说过一种说法，说每一篇发表在不同杂志上的文章都是一位浪迹天涯的游子，而书的作用就像一个家，有了这个家，这些文章便有了一个安身之处，不用再漂泊无依，从此以后不管过去多少年，一进家门，就能看到他们。

这是一个成长与爱情之家，随着个人的成长变化，我对爱情和人生的领悟也在不断变化，不过不管怎么变化，都离不开一个"诚"字，诚是爱的基石，其次才是个人特长的发挥。

黄蓉爱郭靖，爱的就是一个诚，不然以黄老邪的背景，女儿想嫁个什么样的人都没问题。

我所写的爱情故事里的主人公，大都是像郭靖一样，简单真诚地爱着他心中的蓉儿。只可惜并不是所写的女生都像蓉儿一样可爱，所以结局难免是悲剧的。

我喜欢悲剧，喜欢制造一件美好的艺术品，然后当众砸碎，这种心痛的感觉，可以让人上瘾。但艺术终究是艺术，以艺术的态度对待生活，如同饮鸩止渴，被骂作神经病事儿小，麻烦的是长此以往，可能会一辈子都找不到知己。

所幸我还有许许多多的读者，虽然未曾谋面，但有他们支持着、热爱着我的作品，我想在某种程度上，他们就是我的知己。

鱼和熊掌难以兼得，或许创作者的一生，注定是孤独的、不被理解的，好在我已习以为常。所以"我们的相遇命中注定"这句话，并非指向某段感情，而是指此刻正在阅读此文的你。

这场命中注定的相遇，或许多多少少会让你明白，我们一生中遭遇的所有情感，无论结局如何，都没有对错之分。

相遇过，爱过，已不枉此生。

来日方长，当有一天，我们能坦然面对命运的安排，那么命中注定的那个人，必然会在我们顿悟的下一刻，从天而降。

是为序。

马叛

目录
CONTENTS

香草薇儿 —— 127

别怕，有我 —— 119

单恋一枝花 —— 113

浮生如梦 —— 105

没有过去的人 —— 097

那年我们十八岁 —— 087

画缘 —— 075

路过青春路过你 —— 063

只有梦想永远闪光 —— 053

苏小次 —— 045

日光城 —— 031

天上掉下个夏姐姐 —— 021

光头文叉 —— 011

爱情向左，命运向右 —— 001

目录 CONTENTS

- 燃烧青春的尾巴 —— **237** —— 命中注定遇见你（跋）
- 得不到的永远在怀念 —— 231
- 不准孤单 —— 221
- 与光同行 —— 213
- 偶像 —— 203 —— 爱太短，命太长
- 被现实扯碎的长着翅膀的心 —— 193
- 不会说话的爱情 —— 185 —— 我们再也回不去
- 阿呆 —— 177 —— 公交车上的爱情
- 159
- 151
- **141** —— 我走在未知路上，你消失在人海茫茫
- 133

爱情向左,命运向右

喜欢是跟优点谈恋爱,而爱,是和缺点过日子。

（1）

　　和夏初晴在一起之前，任我行的脑海里，从来没有出现过"复合"这两个字。他大男子主义的性格来源于他那不可一世的父亲和逆来顺受的母亲。

　　从小没少看父母干仗，每次都是父亲摔盘子砸碗，母亲含泪默默收拾，就算是挨了父亲的巴掌，母亲也不曾反抗过一次。反倒是打人骂人扬长而去的父亲像占了理似的出去喝酒取乐，母亲明明吃了亏占了理，却还是会低声下气地跟出去求父亲回来，每次父亲都会喝得烂醉，然后吐得到处都是，最后还是母亲收拾。

　　父亲从来不觉得自己错过，有一次任我行多嘴问父亲为什么这样，父亲说这样有面子，这样才是男人。还跟任我行举例说："你看看某某某，媳妇一吼门都不敢出，你长大了可别学他，一点儿出息没有，我给你取名任我行，就是想让你有点儿脾气，像个男人。"

　　于是在任我行的字典里，出息、面子、像个男人、有脾气，是大于听话、尊重、和和气气没脾气的。

　　他甚至无师自通地觉得，只要有出息了，就可以横行无忌，只有横行无忌了，才像个男人。幸好"有出息"这三个字摆在横行无忌之前，所以任我行并没有闯过什么弥天大祸，因为对于大多数人来说，有出息实在太难了。

　　而且受母亲的影响，在努力有出息的同时，任我行还一直在寻找一个在他横行无忌后给他收拾烂摊子的女人。

在这样一个崇尚女权的时代，找一个像母亲那样性格的女人，比像父亲期待的那样有出息还难。但这些挫折和难题并不妨碍任我行平时用蛮横解决一切问题。比如在学校冲撞了同学，他从来不会认错求和，哪怕人家叫一帮人来打他，他也是一拳一拳地打到自己没力气为止。

后来遇到自己喜欢的女生，也是逼得对方最后跟他表白，求婚求交往这种沾了求的事情，他一概干不出来。后来跟女朋友吵了架，虽然没有像父亲那样暴力，却永远是一声不吭地闷着头，不会哄哄女孩子，更别说认错求原谅了。

不会哄女孩，不会浪漫，不懂女生那些复杂的小心思，让任我行的感情之路异常坎坷。好在他一直在追求有出息，多年下来也有些成果，所以这些成果也给他带来了不少桃花运，只是没有一个女生能够长久地陪伴在他身边。

（2）

任我行在选文理科的时候犹豫了很久。对于任我行来说，理科意味着有出息，文科意味着有更大概率找到一个像母亲那样的人。尽管他的性格在谈恋爱方面并没有什么优势，但文科班女生多，瞎猫说不定也能碰上死耗子。如果选了理科，跟一群光棍儿在一起，单身一辈子事儿小，要是被别人给带坏了就麻烦了。

最后他还是选了理科，因为父亲说有出息最重要，如果没出息，找到对象也会跑的。父亲的话固然重要，起了决定性作用的却是一个女生。

任我行喜欢这个女生很久了，两个人在一个班，每天任我行一抬头就能看到她。她是任我行从小到大遇到的最像母亲的女生。她长得漂亮，温柔腼腆，从不大声说话，更不会追着男生打闹。但即便如此，还是经常会受到女同学的欺负，她也从来不会跟女同学撕扯，作业本被撕破了，衣服被泼了墨水，也永远只是小声地哭一会儿，然后擦干眼泪继续上课。

有不少男生喜欢她，所以每当她被人欺负的时候，总有人帮她出头。也正是因为总有男生帮她出头，才总有女生欺负她。

任我行从来没有为这个女生出过头，他尽管喜欢她，但就像遇到了寻找了很多年的灵芝一样,他首先是感到畏惧,怕错过,更怕像以前一样弄错了。到底是真清纯还是装清纯,他想慢慢观察观察。所以这个女生因为不讨女生喜欢而选择了男生多的理科班之后,他也跟着选了理科班。

这个女生就是夏初晴,进了理科班之后,她当之无愧地成了班花。夏初晴被众人捧作班花之后,任我行觉得自己和她的距离反而更远了,虽然进了理科班之后他们俩有缘成为前后座,任我行一伸手就可以摸到夏初晴的头发,但他从来不敢伸手,最多只是在学习之余吸吸鼻子,闻一闻夏初晴身上那股子独特的清香。

这场暗恋一直持续到夏初晴高中毕业。对于任我行来说,高中毕业是一个大转折,他因为夺取了他所在地区的高考状元,受到万众瞩目,不仅有了在无数名校中做选择的权利,也收到了无数女生的表白信。让任我行失望的是,表白信里没有夏初晴的,因为夏初晴考得也不错,虽然不是状元,却也够了上名校的分数线。

然后就在这时发生了让夏初晴,同时也让任我行悔恨一生的事情。

(3)

因为成绩优异,做了多年乖乖女的夏初晴第一次答应跟同学去酒吧喝酒庆祝。这次同学聚会也有人叫了任我行,但作为状元的任我行当时被各种亲戚和学校领导的饭局困住了,因为不知道夏初晴会去,所以一开始任我行并没有对他的这次爽约有什么格外的愧意。

夏初晴到了酒吧没多久,就被同学下了药,然后被一群混社会的青年摧残。等夏初晴在酒吧厕所的隔间里醒来的时候,同学们都已散去,酒吧也要打烊了。

夏初晴一个人走在凌晨三点多的街头,因为衣衫不整,路过的车辆频频向她打闪光灯,甚至有好色的司机停下车探出头来搭讪。夏初晴觉得寒冷、愤怒、悔恨,但更多的是无可奈何。

她没有报案,到家的时候家人已经睡了,她决定瞒下这件事,自己吞下这苦果。那天带她去酒吧的人也因为害怕,集体噤声,并随后各自去了外地上大学。

夏初晴没有再去上学，"同学"这个词在她的字典里已经跟恶魔画上了等号。她去了南方的城市打工，很多年后被所在工厂的老板看中，做了老板的情人。

而任我行对这一切一无所知，他去了北京读大学，四年里一直挂念着夏初晴，但是这个他昔日暗恋的对象好像人间蒸发了，没有人知道她去了哪里。

大学毕业后，任我行找到了一份非常好的工作，所有人都觉得任我行是个非常有出息的人了，这时候，任我行才有信心回到故乡，一个挨一个地去寻找当年的同学，打听夏初晴的下落。

直到问到一名因为高考成绩太差，高中毕业后就去南方打工，后来赚了点儿钱回来开小卖部的学妹，任我行才知道当年发生的一切。

知道真相后，任我行想如果当年他推掉亲戚和学校领导的饭局，跟着夏初晴去了酒吧，那他的视线一定不会离开夏初晴，夏初晴即使被药晕了也不会出事。

然而现实容不下如果，一切已经发生。任我行除了心痛，竟不知道该怎么办了。这么多年的别离，加上夏初晴所处的环境，应该已经让夏初晴变得面目全非，任我行不知道该不该去找她。

（4）

听说夏初晴的经历后又过了三年，任我行被公司派到三亚出差。虽然在听说夏初晴的遭遇后任我行没有立刻去找她，但偶尔还是会不由自主地去关注她的行踪。

他知道她在三亚，也通过昔日的学妹要到了她的电话，只是三年来从来没有打过。反倒是那名热心的学妹，对他这个名校毕业的学长格外上心，隔三岔五就会打电话给他，但每一次，他都是在听到与夏初晴有关的事情时才认真去记。

虽然没有见面，但是他很清楚她的生活，他到三亚的时候，她已经跟当年的小老板分了手，自己带着一群野模特儿，在各种展区赚钱，偶尔也会带一些女大学生去酒吧陪酒，总之就是个不太正当的团队的大姐大的感觉。

到三亚后，他虽然时间很充裕，却也没有约她，大部分时间他都用来处理工作，陪一起来开会的客户,或者去海边散步。直到要走的前一晚,他才打了她的电话。

电话那头的声音很吵,应该是在酒吧。当年这个让夏初晴愤怒伤心的场所,已经成了她常去的地方。夏初晴的声音也有些改变,当年说话怯生生的她,现在张口闭口都带着脏字,偶尔还夹杂着虚伪敷衍的笑,那笑超过了它应该有的分贝,听起来让任我行格外不舒服。但比起这笑和带着脏话的交谈,更让任我行难过的是夏初晴对他的陌生。

夏初晴接到电话听到任我行做自我介绍的时候,沉默了好久,在任我行以为对方回忆起当年彼此的青涩的时候,夏初晴发出的一阵不合时宜的笑打破了任我行的幻想。夏初晴说她不记得跟任我行是同班同学了,但是听之前一起打工的学妹说过任我行,知道任我行这个老乡现在混得不错。

任我行不知道夏初晴是真的忘了自己,还是故意不想再回忆那段改变了她一生的经历。他是当年的高考状元,万众瞩目,当年的同学谁会不知道他呢?她应该只是不想触碰伤疤罢了。

挂电话之前,夏初晴答应跟任我行见个面。前提是任我行去找她,地点就在夏初晴经常出入的酒吧。

从海边的酒店打车到市中心的酒吧的时候,已经是午夜十二点,任我行有生以来第一次感受到了自己的心跳,当年高考的时候都没有紧张过的他,因为即将见到夏初晴,身体都控制不住地颤抖了。

这颤抖持续到他走进酒吧,看到一手夹着烟一手拿着酒杯的夏初晴。比电话里带着脏话和虚伪的笑更让任我行难以接受的是现实里的夏初晴。

她曾经白嫩如煮熟的鸡蛋的皮肤经过三亚的阳光长久的洗礼后变成了小麦色,关节处甚至已经变黑,黑得透亮。但她的五官还是那么精致,身材更加丰满动人。

她已经不是他当年深爱的小姑娘了,有人说人的细胞每七年会全部更换一次,眼前这个成熟的女人,从高中毕业到现在,刚好从任我行的人生里消失了七年。

（5）

　　任我行刻意不去聊过去，他能感觉到，眼前的女人只顾现在，对过去和未来都不在乎。她不仅活在当下，还有一套自己的人生观和价值观，而她的这套人生观价值观和任我行的相差万里。

　　但这并不影响任我行喜欢她，他仍旧喜欢她，尽管她变得面目全非。当晚他们就住在了一起，任我行甚至为了她辞掉了无数人羡慕的好工作。

　　当家乡的人知道任我行和夏初晴在一起之后，那些当年害惨了夏初晴的人，终于忍不住开始散布夏初晴的过去。这些对夏初晴倒是没什么影响，她已经把房子买在了三亚，父母也被她接了过来。

　　但是任我行的父母，还生活在那个充满了流言蜚语的环境里，他们不能理解儿子为什么要选择这样一个在所有人看来都肮脏无比的女人。即便她曾经也是受害者，但后来没有人逼她她也自暴自弃了，那说明她骨子里就不是什么好人。

　　于是当年的强奸事件又有了另外一种说法，说夏初晴是主动勾引的那群男生，是她自己喝醉了酒，并没有人给她下药。

　　任我行的父母一天给他打十二个电话，堪比当年催岳飞撤兵的十二道金牌。但任我行不愿意回去，无论父母说什么，他都不想离开三亚。

　　虽然和夏初晴的恋爱生活过得并不顺。他曾经幻想的像母亲那样温柔的逆来顺受的女人，在如今的夏初晴身上看不到半点儿影子。两个人有时候因为一些琐事起了争执，夏初晴能直接骂任我行的爹娘，可以说任我行活了二十多年，听过的对自己最难听的辱骂，全都来自夏初晴。

　　有时候他也不明白自己到底在坚持什么，不明白夏初晴是真的厌恶他，还是脾气使然并无恶意。

　　任我行曾经幻想的像父亲那样的大男子主义，一点儿也没有体现出来，他甚至开始给夏初晴做饭洗内衣内裤，差不多就要变成像父亲曾经嘲笑过的娘炮男人。

　　如果说当年的酒吧事件对夏初晴是一场劫难，那夏初晴对任我行来说也是一场劫难。眼看自己的儿子通过多年的努力终于有出息了，现在却在一个女人身上翻了船，任我行的父母实在忍耐不下，就也去了三亚。

任我行的父亲向任我行承认自己当年做了错误的示范，不该那样去教育任我行，让任我行在男女感情问题上找不到一个正确的榜样。

在任我行的父亲看来，儿子这么做只是为了抗议他当年的教育，抗议他对待任我行的母亲的粗暴无礼。

而任我行的母亲，则是直接找到了夏初晴，先是下跪，然后拿着刀架在自己脖子上，希望夏初晴离开任我行。

一位从来没有跟人翻过脸，从来没有在人面前大声说过话的妈妈，这次为了儿子，几乎用尽了所有的办法。

任我行不为所动，夏初晴却经不住任我行的妈妈的死缠烂打。夏初晴跟任我行提出分手那天，两个人刚好在一起满一年。

(6)

后来的故事大都是关于任我行的，他按着父母的要求娶了本地好人家的女孩为妻，结婚三年后父亲病逝，母亲也瘫痪在床，任我行因为一直不愿意跟妻子同房，导致他们结婚三年还没有孩子。如今父母都要不在了，他提出离婚，母亲那边也不再做阻拦，妻子也早就过腻了和他貌合神离的生活。

离婚后任我行又去三亚找夏初晴，想跟夏初晴复合，一向大男子主义，霸道任性的任我行这次连怎么求夏初晴都想好了，尽管他也知道夏初晴对于他来说，是非常糟糕的选择，但如果不是夏初晴，跟谁在一起他都觉得不对劲。

可惜到了三亚之后，他才知道夏初晴在跟他分手后不久就投了海，被人救上来时已经神志不清，再后来，就成了一个植物人。

成了植物人也好，因为在任我行后来的人生里，夏初晴在别人眼里一直是祸害他的妖精，只要有人提起任我行当初的风光和后来的堕落，就免不了要指责几句夏初晴。成了植物人，就不用再理会这些风言风语。

而任我行的堕落和夏初晴的投海结果差不多，从三亚回家后不久，母亲病逝，彻底失去约束的任我行开始整天混迹在夜场，和无数乱七八糟的女人交往，变得如同酒池肉林的行尸走肉。

如今他们虽然都还活着，都还不算苍老，但一个成了行尸走肉，一个彻底变成了植物人，关于他们的故事，再也不会有结果了。

世 界
那么大，命中注定遇见你

光头女友

爱的太紧,会弄疼对方。
爱的太深,会生出绝望。

(1)

醒来就听到女友在哭泣，打开灯，看到她蜷缩在床头，我心头有些烦躁。

"为什么哭？是因为我，还是因为你妈妈？"我试探性地问了下，其实对答案并不感兴趣。

"不为什么。"她察觉到我醒了，语气里有一点儿歉意，但身子仍然面对着墙，背对着我。

"你这样已经影响我了。我觉得你应该乐观积极一点儿，一大早就哭，你这样会让我一整天的心情都不好的。"我没话找话地说了几句听上去很自私的话，安慰太多次之后，靠口才吃饭的我也有些技穷了。我知道这时候不管我说什么都是火上浇油，我正确的做法应该是抱住她，用力量融化她的悲伤。

"那我出去。"说完女友就起身了，飞快地穿好衣服和鞋子。矫捷的程度和她刚才蜷缩在床头哭泣时判若两人。在一秒钟里从楚楚可怜的小女生变身女战士这件事上，女友鲜逢对手。

我没有跟出去。

就像最初我看到她哭会心疼，后来渐渐麻木，再后来感到烦躁一样。一次又一次跟出去劝慰争执，引来众人侧目之后，我觉得我一点儿也不在乎她出去做什么了，十次有九次她都是坐在楼下的花坛边哭泣。

(2)

直到吃晚饭的时候,我才听到女友的敲门声。关于敲门声,我和她有个约定,敲两下再敲三下,循环往复就是我们。否则就是送快递的、抄水表的,或者室友,因为不喜欢和陌生人打交道,所以除非是听到对方的敲门声,否则我们都不会去开门。

女友早上走的时候没有拿手机也没有拿钥匙,这给我在家死等留下了一个完美的理由。

万一我出去找的时候你回来了,没有钥匙也进不了家啊。每次我都这样说,其实我知道我一下楼就能看到她了。她永远不会躲在我看不见的地方。

几乎所有的女生都一样吧,有时候她们哭不是因为难过,而是需要安慰、需要鼓励、需要甜言蜜语的温暖。她们摔门而去制造出的动静也是为了提醒你赶紧追来。我的女友也不例外,所以我每次都很配合她,她哭我就哄,她跑我就追。

只是哄她的话越来越不真诚,追她的速度越来越慢吞吞。有一次她摔门而去后,我愣是在家洗完澡吹干头发,把脏衣服丢进洗衣机之后才出门追她。

这次更过分,我直接不追了。虽然她直到天黑才回来,但毕竟是回来了,听到敲门声我还是有些窃喜的,心想你肯定是担心天黑了我出去找会看不到你吧,这下以后我都不用出去找了,反正你天黑后总会回来的。

我有时候觉得自己的想法和行为挺渣的,但谁让女朋友这么作呢?我还有很多事情要做,比如挣足够多的钱维持我们的生活,应酬无数人发展我的事业。世界上没有绝对的好人和坏人,只不过是立场不同罢了。你眼中的渣可能是别人眼中的花,同样你眼中的花可能是大多数人眼中的花。每次心有所愧的时候我都会找一堆大道理来宽慰自己。宽以待己,严以律人,我们这个时代很多人都是这样生活的。

况且我不认为那种天天围着女朋友买各种好吃的好玩的哄女朋友开心的男人就是好男人,作为"穷二代",我没那么多时间。我估计很多穷人都是这么想的,当然,也正是因为有这样的想法,穷人才一直是穷人。我就是个鲜明的例证,尽管我知道家和万事兴,不哄好女朋友我就不可能有成就,但每次遇到女友哭泣的时候,我心里还是希望她能自己好起来。

我以为她看到我这样很快会离开我,可是七年过去了,我们还是没有分手。虽然时间并不能证明两个人是相爱的,但毕竟一起度过了这么久,连吵架都成了习惯。在一起七年,她皱皱眉我就知道她在想什么。但了解不能代表爱,懂一个人和爱一个人始终是两码事。

上面这堆话是我站在门后时想的,一门之隔的女友已经把二三二三这个节奏循环了无数次。我故意等到她敲门的速度明显变快变得不耐烦了才开门,我觉得她应该遭受这样的惩罚,结果一拉开门我就惊到了,被惩罚到的是我而不是她。

她出去一天,没有洗脸、没有喝水、没有吃饭,一直在花坛边哭,眼看天要黑了,她才站起来,活动了下麻掉的腿,然后毅然决然地去小区门口的理发店剃了个光头。

你不是不在乎我吗?那我就剃个光头看看你的反应。

我明白女友的心思,愣了一会儿之后,我转身回了房间,女友跟在我身后,脸上已经没有了哀容,反而有一种报复成功的快感。

她用什么也没发生过的语调说:"我饿了,去做饭吧。"

我煮了她最爱吃的番茄蛋面,这是我最拿手的,但炒鸡蛋的时候,还是不小心把火开大了,鸡蛋煳了。放盐的时候,还是手抖放多了。过冷水的时候,第一次烫到了手。

煳了的鸡蛋、放多的盐出卖了我,我听到她洗碗的时候在哼歌。

因为脸小,皮肤白皙,女友剃了光头也不难看。但她毕竟是个女生,光头再酷也没有长发飘飘的时候好看。她知道我最喜欢她长发飘飘的样子,有一次她瞒着我剪了个蘑菇头都被我凶了很久,这次直接剪光了,无疑是用刀插在了我最痛的地方。

但我还是没有说分手。我气愤,甚至有些恨她。分手的念头却一直没有。

我的室友是一个长相普通的胖子,一看就是常年找不到女朋友的那种类型。

如果不是北京房租太贵，我是不愿意跟这种没有女友的危险人类合住的。

我和女朋友常常暗地里吐槽他糟糕的穿着，嚣张的鼻毛，还有那站在隔壁楼都能听到的刺耳鼾声。在这个看脸的世界，这样的人一辈子找不到女朋友也不奇怪。

（3）

女友剃了光头之后，我给她买了帽子和假发，她心情好的时候会主动戴上，心情不好就需要我扪她哄开心了她才戴上。为了不在朋友们面前折面子，自从她剃了光头后，我每次哄她都很认真，说出的每句话都会斟酌一下，我们的关系似乎又回到了刚开始恋爱时的样子。

其实刚恋爱的时候，女友是不爱哭的。

女友出生在一个离异重组的家庭，从她出生父母就开始争吵，直到她长大离开家庭遇到我，才算是过上了相对平静的生活。

刚在一起的时候她就说："我容易哭，遇到事情你记得让着我，我们不要吵架好不好？"

我满口答应，并且暗暗发誓要让她过上安乐祥和的生活。我觉得她以往的生活已经够不幸了，我应该是她人生的转折点才对。

可惜好景不长，因为工作不顺，我有一阵子心情非常不好，跟她说话的时候明显有些敷衍，当她拿起一件新衣服问我粉色还是白色好看的时候，我却在专心地玩着游戏。我过了好久才问她说什么，她嘴上说没什么，眼睛里已经写满了失望和委屈，但她没有哭。她那时候似乎也在跟自己较劲，她也说过和我在一起就不能哭之类的话。

她第一次哭是在我们在一起五年之后，原因是我的初恋女友回来找我。

初恋和我在一起的时间很短，那时候不是很懂爱情，懵懵懂懂地在一起了，后来她跟随父母去荷兰了就分手了。

五年后再回来，我有了新女友，她却一直没有找新男友。不过她回来也只是找我吃个饭而已，在初恋眼里分手了还可以做朋友，而在女友眼里从此初恋就是她最大的情敌，或者说是假想敌。女友把我初恋的微博设为特别关注，还用小号加了她的QQ（一种网络即时聊天工具）。初恋的一举一动都牵动着女友的心。

"你不是说她不会回国了吗？你心里是不是还想着她？我就是不想看她过得好。"女友常常用这样的话质问我，或者自言自语。

其实我很清楚，女友会在乎初恋，只是因为自卑。

如果说女友是美女，那初恋可以说是仙女。女友出生的家庭是重组的，初恋的父母都是原配。女友大学没念完就退学了，初恋读完了研究生还打算读博士。女友的妈妈经常给她打电话要钱，初恋的父母给了初恋一张不限额的信用卡。

用女友的话说就是："她懂四国语言，我连英语都说不好。她吃饭都去五星级酒店，一顿饭钱是我一个月的工资，我吃饭不是在家做就是在路边小摊上吃。她的父母有亿万资产，我的妈妈还要用我的钱来维持生活。你为什么不选择她？跟她在一起你可以少奋斗几十年。"

最初我都是回答："我就是喜欢你这样的，钱财之类的东西我不喜欢别人给我，我觉得还是自己挣来的花着更踏实，孝敬父母是我们做小辈的本分，至于语言，你想学的话，八国语言你也能学会。"

但不管我怎么安慰，怎么解释，甚至怎么贬低初恋，女友还是会隔三岔五地哭一场，有一次我半夜醒来听到她用丽江方言说梦话，模模糊糊的，我听懂了她哭泣的原因大都是因为看了我初恋更新的空间——"过去的就这么过去了，你说我听，转瞬成为曾经。没有什么可以经久传承。誓言这东西，时间不做尺，我只想许诺你一抹笑容，微微的暧昧，微微的你懂我懂。"

女友觉得初恋还在跟我暧昧着，我解释说初恋只是为了押韵才这么写，但女友不管，她哭着说，你初恋女友比我好看、比我有钱、连才华都在我之上，你为什么不选她？

解释多了就是掩饰，女友始终觉得初恋的存在对她是一种致命的威胁。为了逃避这种威胁，我带着女友来到了初恋不可能出现的一座城市，为此放弃了坚持多年的生活和很好的前景。但无所谓，有情饮水饱。

到了新的地方，我更加努力地工作，薪酬虽然比过去少了，但陪女友的时间多了。我以为我们的感情会渐渐好起来，却没想到有一天女友醒来后突然幽怨地问我："你说怎样才能让你的初恋过得惨一点儿？我又梦见她来拆散我们了。"

　　听到这样的话，我才意识到女友的心理出了问题。初恋已经成了女友的心魔，不管我们搬到哪里，只要她的心还在这座牢里，我们就没法愉快地生活。我打算带她去看心理医生，被她强烈拒绝。我只好自己翻心理学方面的书籍，然后试图用正能量拯救她："想要无视一个人，最好的办法是让自己变强，超越对方。等你俯视都看不到她的时候，你对她的介怀自然会消失。"

　　"可是我不想努力变强，那不知道要过多少年，我就想不费力气就看到她过得很惨。"

　　其实说来说去，我想女友的初衷还是怕失去我。所以不管女友的想法怎么不健康，我还是爱她的，一晃我们就在一起过了七年，直到她剃了光头。

　　她用光头证明了我还是在乎她的，但她还是不明白我的初恋为什么一直不找男朋友。我也不明白为什么翻看初恋的各种消息会成为女友的睡前习惯。更不明白为什么过去七年了，人体的细胞都可以全部更新一遍了，初恋却还是只长智商不长情商。但我并没有像女友那般为这种事情烦恼，找不找男朋友，那应该是初恋的妈妈该关心的事情。

（4）

　　人的头发剃光了可以再长出来，人的感情用光了，就再也无法爱上任何人。几个月后，女友终于可以不戴帽子出门了。新长出来的头发乌黑浓密，比之前的好多了。我把手插进她头发里揉捏，感觉她比我刚认识她的时候更美了。

　　"你是不是只是把我当作你的玩具？"女友突然蹦出这么一句。

　　"怎么会？你是我未来的妻子，也是我未来孩子的妈妈。"

　　"我们会永远在一起吧？"

　　"当然，我们都已经在一起七年了。"

没隔多久,女友又把头发剃光了,她说她觉得她在剃光头的时候,我爱她更多一些。她觉得她剃了光头,才能吸引我更多的注意力。

的确,一个光头在你面前晃来晃去,你想无视都难,她剃了光头之后,我就很少打游戏了,我把时间全用在了跟她一起挑选假发和帽子,挑选各种品牌的促进头发快速生长的药剂上。半年的时间,我从一个对头发一无所知的人变成了这方面的专家,我甚至觉得有天我秃顶了也不用发愁,我有上百种应急方法解决没有头发的尴尬。

但是在她第二次剃光头发之后,我还是绝望了。你无法叫醒一个装睡的人,同样你也无法治好一个装病的人。我始终不是万能的。

我觉得我们需要分开一段时间,七年的形影不离让我们的关系变质了。我试着用她可以接受的方式把我的意思表达出来。她明白之后,果断地说:"那就分手吧,你去找你的初恋,她能带给你更多。"

感情弄到这种地步,人容易疯掉。

我开始喝酒,一开始是菠萝啤,然后是红酒、啤酒、白酒,我想喝醉了揍她一顿,却始终下不去手。

有一天我从超市买酒回来,刚一进门,就看到室友的房门敞开着,女友坐在室友的椅子上,室友正在手把手教她打游戏。

女友是个有洁癖的人,每次坐地铁、回家开门、上厕所、坐公交车,她都要带足了塑料袋和隔离垫,而这次,她一屁股坐在室友那肥腻的身体摩擦过无数次的椅子上,不垫任何东西,还任凭室友肮脏的爪子捏着她柔软的小手。

她最反感我打游戏,觉得在我心里游戏比她重要。而这次,她看到我回来,竟说:"你先去做点儿饭吃吧,我玩完这局就回去。"

既然你已经不在乎我了,那我就跟你最嫌弃的男人在一起,在你最痛的地方插上一把刀,唤醒你对我的爱。

我知道她是怎么想的。

只是这次,我不愿意配合了。

（5）

和女友分开后,我选择了逃避,独自找了一座小城市靠写作为生,再没有谈过恋爱。

女友的QQ头像再没有亮起过,签名永远是那一句——和你分开后,我不会再为任何男人蓄发。我守着这个样子,只为有一天街头相逢,你能在茫茫人海中,一眼认出我。

有时候我会在梦里又看到哭泣的她,醒来后习惯性地去看她的空间和签名,她再没有更新过。

直到后来我回到北京,在和朋友的饭局上遇到初恋,她仍是国内国外两边跑,她问起我跟女友的事情,我说早分手了,之后再没联系。

初恋说:"她去年结婚了,还邀请我去参加她的婚礼,我没去。"

"她结婚了?"我有些错愕,跟着问道,"她为什么要邀请你?"

"我怎么知道?我跟她又不熟,不过现在想想,她可能觉得邀请了我,我就会告诉你吧。"

饭局散的时候,我问初恋这么多年为什么一直不再谈恋爱,她笑了笑,说她现在喜欢姑娘。我知道她在撒谎,但也懒得戳穿了。有时候人不愿意说真话,只是因为说出真话会尴尬。

初恋有车,我因为听到女友结婚的消息心里有些堵,就没让她送我。只在临别时,加了对方的微信。

看着初恋的车渐渐消失在视线里,我开始在街头闲走,脑袋里一幕一幕全是女友哭泣时的样子。

不知道走了多久、走了多远,感到有些累了的时候我在街头蹲了下来,泪水滑过脸颊的时候,我还以为是下雨了。有一辆出租车停在我面前,我就坐了上去。

我让司机师傅先随便开着,我靠着窗户,看北京的夜景,看一个个我和女友一起去过的地方,街还是那样的街,店还是那家店,只是人都变了,物是人非,大概就是这种感觉。

　　车开到三里屯的时候，初恋发来一条微信，她说当面不好说，其实这么多年没恋爱，说简单点儿是没遇到对的人，说复杂点儿就是一个人惯了，而且一个人也不缺什么，不知道为什么非要恋爱。多少人以爱的名义在一起，最后却都变成了相互束缚？谁规定人生下来就一定要恋爱结婚呢？这么说可能很多人不理解，所以这复杂的说法她平时都懒得说。

　　我没回复，过了一会儿，初恋又发了条微信，里面是女友的结婚照和女友的微信号。这么多年了，女友竟还保持着关注初恋一切消息的习惯，而初恋，大概在第一次女友用QQ小号加她的时候，就猜出是女友了吧。

　　我犹豫了下，还是加了，她立刻就通过了验证，但没有说话。我一条条看着她发的朋友圈，有美景美食，有老公，还有一个孩子，看上去很幸福的样子，她的头发也长到了我们热恋时的长度。原来分开后她的生活并没有断过，不更新空间和签名只是因为她开始用微信了。

　　想了想，我还是把她删了，尘归尘，土归土吧，分开就是分开了，当初分手时没挽回，现在出现也只会给对方添堵吧。

　　想通了之后，我就对出租车司机说："去团结湖。"

　　那是我和女友第一次相遇的地方。确切地说，是前女友了。

天上掉下个夏姐姐

一张白纸，一旦脏了，就再也洗不干净了。
早知今日悲苦，还不如当初不相识。

一

感觉整个天空都向自己压下来,再也不会有人站出来帮自己扛着,以后无论是喜是悲都是一个人了。余坚抱着膝盖缩在墙角,看着家的方向,看着那扇再也不会打开的窗,看着那盏再也不会亮起的灯,终于忍不住流下泪来。

甚至这条街,以后都很少有机会来了。这次回来,都是瞒着妈妈的。看着街头昏黄的路灯和面容模糊的行人,余坚暗自做了个决定,以后长大了,一定要回到这里,就在这条街上买一座房子。如果那时候自己家的房子还在,无论花多少钱,他都要买下来。他不能阻止父母争吵,不能让父母复婚,不能让父亲留在国内,不能让母亲留在这座城市,不能阻止母亲卖掉这座房子,可是他想自己长大后,是可以在这里建立一个温暖的家的吧。这个家也许只有他一个人,但一定是温暖的。

二

余坚十八岁,刚读大一。父母在几个月前离婚,父亲去了国外,留了一座房子给他们母子。母亲决定卖掉房子,带着余坚离开这座城市。这情节太像余坚以前看过的一部小说,等到事情发生在自己身上时,他才发现,生活还真是比小说更不可思议。

离开这座城市的前一天晚上,余坚和母亲住在外婆家。他不知道下一刻会发生什么,明天要奔赴的城市对他来说是完全陌生的。母亲说的一家姓夏的朋友他也从来没有见过。十八年来他没有离开过这座城市，不是不想，是没有机会。现在机会来了，他却不想离开了。

他反复地在曾经拥有过快乐和眼泪的街道上走着。现在已经是深冬，街上人很少，曾经陌生的路人，现在却让他感到亲切。想着每一个擦肩而过的可能成为朋友的人都渐行渐远了，他感觉自己有些矫情。妈妈说新家其实并不遥远，坐飞机一个小时就到了，坐火车也只需十个小时。可是那已然是另一个世界，虽然周围依旧是黑眼睛、黑头发、黄皮肤的人，可口音已经变了，自己可能会听不懂路边小贩在吆喝什么，听不懂班上同学用方言哼出的歌。

三

在这样一种悲伤无奈的境遇里，余坚遇见了夏奈。

余坚的妈妈和夏奈的妈妈是闺密，也正是因为这层关系，余坚才会来到这座新城市，住在夏奈家隔壁。一开始他对夏家是有抵触情绪的，他想，如果妈妈不认识这家人，也许就不会来这里了。

夏奈比余坚大一岁。家长把他们安排到了同一所学校，平时吃饭也常常在一起。看家长的意思，似乎有意让他们俩培养感情，而且不仅仅是友情。

余坚第一次去学校，是被夏奈带着，一路上夏奈滔滔不绝，先说余坚像少年闰土，然后又说他像个雕塑。余坚感到有些拘束，不好说什么，脑袋却在飞速运转。他对比了少年闰土和雕塑，怎么也找不到一个共同点。他喜欢眼前这个活泼漂亮的姐姐，可是他不想说话。她知道的太多了，她去过很多地方，见过很多人。而他呢？连自己曾经居住过的城市都没有走遍过，他熟悉的只有自己曾经居住过的那条街。如果有一天那条街遇到拆迁，建了新房，也许他回去也认不出原来的家在哪个位置了。

夏奈在余坚的隔壁班。到教室后，余坚觉得耳边终于清静下来了。他来得有些早，教室里还没有几个人。找到自己的座位后，余坚放下书包，到窗户边眺望外面的云和树。这座城市比老家还要冷一些，更郁闷的是有风，像刀子一样，吹在手上，就是一道裂口。这样一想，余坚更觉得老家好了。那是一座没有风的城市，只要穿上厚厚的衣服，走在街上，再冷都不会冻坏身体。

因为冬天的寒冷，余坚开始期待夏天。不知道这座城市的夏天是什么样子的，不知道夏奈穿上泳衣会不会更好看。他把这些胡思乱想的念头写在纸上，在老师上课的时候，折成花，折成鸟，折成各种消磨时间的玩意儿，然后撕掉，临窗撒下，像撒下一把雪花。

同桌在打一款单机游戏，课间的时候余坚也拿过来玩了会儿，却怎么也无法融入进去。消磨时间的方式有很多种，打游戏是他觉得最无趣的一种。

放学以后，他主动去找夏奈。虽然和夏奈认识得很突然，可是这是他唯一的朋友了。也许和夏奈在一起也不能让自己觉得不寂寞，可是有人陪着总比一个人待着强，而且这个人还是个漂亮的女孩子。

四

他们都不愿意回家。夏奈提议去溜冰，余坚不会，但还是答应了。学一学也是好的，现在学还有人教，以后等没人教了，想学也难。

溜冰场里人很多，大都染着五颜六色的头发，打着数不胜数的耳洞。和他们一比，余坚觉得自己和夏奈好纯洁。十年之后，余坚二十八岁的时候，再次回想起这一场景，禁不住感慨万千。纯洁这个东西，当你拥有的时候，你觉得没什么稀奇，你也不想坚守，尤其对男孩子而言。他甚至想尽快让自己变得不纯洁，他甚至会觉得纯洁是一种耻辱。可是真等到许多年后，自己变得不纯洁了，看到美女总是会胡思乱想，才发现纯洁其实是好的。一张白纸，一旦脏了，就再也洗不干净了。

夏奈先是扶着余坚，等他慢慢学会了，就开始牵着他的手，带着他，然后松手，放任余坚去滑。余坚的平衡能力不错，摔倒了两三次后，就学会了。学会了之后，夏奈让他扶着自己的腰，学着电视节目里的样子双人滑。余坚有些羞涩，腿就有些僵硬了，一不留神，又摔倒了，还把夏奈也带倒了。

这一下摔得不轻，两个人相互搀扶着站起来，离开了溜冰场。这次溜冰，让余坚开始觉得这座城市温暖亲切起来了。

夏奈喜欢动，余坚喜欢静。和夏奈在一起后，余坚就很少看书了，大部分时间都花在了户外。羽毛球、篮球、爬山、溜冰、滑雪。余坚感觉自己的生命里打开了一扇以前从来没打开过的门，他看到了很多以前从来没有看到过的美景。这门是夏奈打开的，余坚对夏奈的感情从亲切上又加了一层感激之情。有了感激之情，余坚就总想着要为夏奈做点儿什么。

可是做什么呢？余坚最擅长写情诗，可两个人此刻更像姐弟，写情诗太暧昧了。百思不得其解，余坚打开了电视，里面正在播一个访谈节目，嘉宾是沉寂很久了的零点乐队。余坚记得以前老家有位大哥哥很喜欢零点乐队的歌，特别是《爱不爱我》和《相信自己》这两首歌，那大哥哥不但听，高兴之际还要唱，张口后，震耳欲聋。

余坚以为这次零点乐队会唱自己的热门单曲呢，却没想到他们唱的是《天上掉下个林妹妹》。这歌一唱，余坚的灵感顿时就来了。可以写歌嘛，把林妹妹换成夏姐姐，这样也不会有什么误会。到时候在夏奈面前一唱，夏奈肯定开心。歌词是这样的：天上掉下个夏姐姐，似一朵轻云刚出岫。只道他腹内草莽人轻浮，却原来骨骼清奇非俗流。娴静犹如花照水，行动好比风扶柳。眉梢眼角藏秀气，声音笑貌露温柔。眼前分明外来客，心底却似旧时友。

这真是一阵狠夸，还夹杂着自夸。余坚特意上街买了把吉他，已经很久没弹了，手上的老茧早已掉光，按下琴弦，指尖还有些微疼，但是很快，新茧就磨出来了。

余坚想，如果夏姐姐听了开心的话，以后他肯定要多买零点乐队的专辑。

五

余坚练歌的时候，夏奈也在旁边看着，她不知道这歌是余坚专门唱给自己听的。余坚觉得没有唱好之前，不能说破。这样练了两周，终于娴熟了。于是余坚找了个借口，把夏奈约到了公园里。

那天是星期天，公园里有很多打拳、扭秧歌、下棋、逗鸟的老年人。余坚找了个僻静的角落，把外套铺在长椅上，让夏奈坐着，然后他说，这些日子感谢夏奈姐姐的照顾，为了表达谢意，他要专门唱一首歌给夏奈听。

在余坚清澈有力的歌声中，夏奈笑了，但随即，她觉得有些怪怪的感觉在心里产生。想起林黛玉和贾宝玉的关系，她不禁羞红了脸。她是大大咧咧的性格，不怕硬的，却受不了软的。余坚这歌一唱，顿时让她觉得这辈子都要疼这个弟弟了。

六

夏奈暗恋班上的体育委员很久了，也正是因为暗恋这个体育委员，夏奈才会爱屋及乌地培养自己对体育的兴趣，因此喜欢上了很多体育运动。那个体育委员比夏奈大一岁，个子高高的，是夏奈从小就仰慕的那种成熟、帅气、阳光的男孩。在余坚唱了《天上掉下个夏姐姐》这首歌给自己听之后，夏奈在心里把这两个男孩对比了一下，发现还是体育委员优秀一些。余坚固然可爱，却始终是个小男生，而且弱弱的，有依赖心理，能唤醒自己的母爱，却点燃不了自己心内的爱情之火。

余坚来到这座城市不久，那体育委员就去了别的城市。夏奈只好感叹有缘无分，把心思转到了这个弟弟身上。但弟弟再优秀也取代不了心上人。夏奈之所以不断地带余坚出入各种体育场所，也是希望能和那体育委员来一次偶遇。可惜消失的男人就像南飞的候鸟，多半是有去无回。即便回来，也不是为你而回，而是季节转换。

因为是暗恋，夏奈只能在心里埋怨。以前她很爱出风头，是希望引起那体育委员的注意，等那个人不见了，她的心也就懒了。虽然公共的体育场所仍旧是积极主动地去，却希望自己是最不被注意的一个。不过被注意到了也没关系，有余坚这个弟弟陪伴，他们看上去就像一对甜蜜的情侣。

然而造化弄人，夏奈收心一年后，本想就这么和余坚相互陪伴下去，即便不是爱情，也可以相互取暖。这时候，那体育委员回来了。

体育委员叫什么就不说了，毕竟这是余坚的故事，在余坚的心里，他就只是一个体育委员。余坚第一次察觉到他，是在一场篮球赛上。和自己坐在一起的夏奈，眼神一直放在那个人身上，随着他进球失球而喜悦失望。

余坚敏感的心能够感觉到这个人的不寻常。比赛结束后，余坚想问问夏奈这个人是谁，结果还没开口，夏奈就和一帮女生一起冲到那男孩面前给他递水擦汗了。

余坚心里一痛。最初他以为只是因为这男生篮球打得好，人长得帅，所以受欢迎。他暗想，如果自己篮球也打得好一些，也许夏奈会把注意力转移到自己身上。

七

余坚开始不再和夏奈形影不离，他要练球，拼命地练，他要在不久后的篮球比赛上一鸣惊人，然后组建自己的球队，再向那个体育委员挑战。

而夏奈，因为体育委员的归来，也没有时间去照顾余坚了。自然而然地，两个人各做各的事了。一个为了对方而拼命，一个为了另一个男生而魂不守舍。他们都没有发现，彼此从此渐行渐远了。尽管在彼此心里，对方依旧重要，但那份温情已经属于过去，再也难以回头了。

时间过得很快。余坚经过不懈努力，终于在个人篮球赛上引起了注意，也开始有了粉丝，开始有人给他送水送毛巾。但这群粉丝里，没有他想看到的那个人。

余坚开始组建球队，班上爱好篮球的人很多，以前就有过一支球队，后来因为总是输，就散了。余坚在个人篮球赛上一鸣惊人之后，班上就有人主动提出要再组建一支球队。余坚当之无愧是队长。

篮球赛在秋天开始。余坚已经有些等不及了，这是他在这所学校待的最后一个秋天了。明年就要考研，如果不能和夏奈考入同一所学校的话，就只能各奔东西了。那时候即便胜了体育委员，也胜不了时间和异地相隔的磨难。

篮球队成立后，余坚就定下了宁可累死在场上，不输掉一场比赛的规矩。起初有人不服，觉得不过是一种体育锻炼，干吗看得那么重，还是学习重要。于是陆续有人退出球队。但这样也有个好处，那就是最后剩下的，都是把篮球、把体育、把比赛看得比其他东西都重要的人。这样一群人凝聚在一起，想不胜都难。

最初余坚向体育委员带领的球队下战书的时候，人家还不理睬，觉得一支新球队，还没怎么比过赛，不值得他们这种冠军球队劳师动众。等余坚连胜了几场，打败了校内连续几场比赛的亚军球队之后，体育委员不得不对余坚刮目相看。但他只当是球技较量，不知道还有女人之争。所以比赛的时候，他还是像往常一样，尽九分力气打球，留一分力气耍帅。看台上尖叫声、欢呼声不断，体育委员又一次超常发挥。但即便如此，还是输了。因为对方整个球队，都是尽的十二分力气。

比赛结束的那一刻，余坚把目光投向看台，那个雷打不动的位置上，果然坐着夏奈。这是第一次，比赛结束后，夏奈没有马上跑下来送水和毛巾，尽管她已经准备好了。

隔着欢呼雀跃的人群，余坚和夏奈的目光对上了，这一刻，他们彼此都明白了。余坚想冲到看站台上抱一抱夏奈，夏奈想冲到球场上给他擦擦汗。然而激动的人群隔离了他们，这是体育委员所在的球队第一次失败。余坚的队友把余坚抬起来，抛到了空中，在空中的时候，余坚的眼睛还是望着夏奈的。

八

放学以后，两个人结伴回家。两个人已经很久没有一起回家了，之前余坚要练球，夏奈要去观察体育委员的生活。上学也一样不能同行，余坚每天都早早地到学校练球，他投进第一个球的时候，夏奈才在床上睁开眼睛。

很久没有一起走，两个人明显有些尴尬了。夏奈有些怯生生地叫了声："余坚。"很久很久，余坚都没有回应。像第一次出来玩一样，余坚不知道该说什么；像第一次出来玩一样，夏奈开始滔滔不绝。她希望由她来打破这种尴尬，因为她要照顾余坚，最近却不知道余坚变化这么大，她感到有些自责。

"你球技怎么突然之间进步这么大？竟然把他给打败了。你知道吗？在你之前，没有人打败过他。"

"所以你的目光以前一直停留在他身上。"余坚的语气里没有不满，却有一丝醋意。

"今天我一直在看你。"被他看穿,夏奈感到脸颊有些微烫。

"那以后呢?以后你会一直看着我吗?"

"会的,当然会的。我会一直看着你的。"

"以后你有男朋友了,就会忽略我了。"

夏奈没有再说话。过了许久,她说:"马上就毕业了,我们要为考研做准备了,你以后也不要总是练球了,要多看书。不然你就只能找工作了,我们就不能在一起了。"

余坚"嗯"了一声,然后意识到,背后的书包是空的。他已经很久没有听老师在讲什么了,每一堂课他都在走神儿。

他想要恶补,时间已经来不及。所有人脸上都爬上了匆忙的痕迹,他想要找夏奈补习,又怕耽误了夏奈学习。等到夏奈主动来帮他补习的时候,他又拒绝了。

胜了体育委员的那场比赛之后,他觉得自己彻底地输了,即便打败了所有人,在夏奈的心里,他始终像弟弟。这是无法改变的现实,他开始有些自暴自弃了。

研究生考试很快到来,意料之中,余坚考得一塌糊涂,只能去找工作。夏奈考上了理想的学校。家长在研究生考试之后订了一桌酒席,那时候还没有出成绩,虽然余坚心知肚明自己考得不好,还是装作很有信心的样子,陪妈妈和夏奈一家人吃完了饭。

他最初想走得远一些,找个陌生的地方,忘掉夏奈。可是想到自己走了,妈妈就孤单了,又有些不舍。

反正都是要和夏奈分开的,这是最后一个暑假了。虽然在这座城市待了近三年,却没有好好地看过。余坚想,自己不能再等到要离开的时候才眷恋了。这座城市也有很多高校,留下来也好。虽然没有天长地久,但能一直看着曾经拥有的,也是一种幸福吧。这时候余坚已经有些记不起自己离开老家时的想法了,那时候好像总是想着有一天要回去的,为什么几年之后,这种感觉就淡了,甚至渐渐没有了呢?不久以后,夏奈的离去,会不会和自己对老家的感情,走向一样的结局呢?

九

拿到学校寄来的录取通知书之后,夏奈约余坚去他们常去的那家甜品店吃粥。余坚点了一堆东西,沙拉、刨冰甚至有烤红薯。之所以选择这家店,除了怀旧,余坚想可能还有吃甜食可以使人心情变好的缘故吧。可是余坚把所有甜品都吃下了,心里还是很难受。相处近三年,又逢离别,早知今日悲苦,还不如当初不相识。

甜品店的墙上贴了很多很多的纸片,有祝福的话,有思念的话,满满一墙。这也是余坚喜欢这家店的理由之一,说不出口的话,可以写在纸上,给对方看。

余坚写了很多,桌上放的字条都不够用了,他又去找服务员拿了一沓过来。他想把所有不舍都写下,他甚至写了去夏奈所在的大学打工陪读之类的话。夏奈看哭了,可是她能做什么呢?她也写了一张字条给夏奈,然后独自走出了甜品店。

十

我只是把你当弟弟。我从小就想有一个弟弟,看到别人都有兄弟姐妹,我嫉妒死了,我连个表姐弟都没有。所以你和你妈搬来以后,我妈说让我照顾你,我就把你当亲弟弟一样了。你明白吗,我们之间是不能有爱情的,那样太奇怪了。

看着夏奈留在字条上的话,余坚觉得自己很荒唐。怎么会爱上夏奈呢?是自己太寂寞了?二十几岁的时候,不一定非要有爱情的吧?

日光城

其实有的人去某个地方，只是为了抵达，完成一个心愿，并没有什么特别的意义。

(一)

从北门出校，左拐，走上三分钟，如果其间没有遇到红绿灯、没有被车撞到、没有人拦住我让我配合他填写一张调查表、没有冒充失学儿童的乞丐抱住我的腿叫我叔叔，我就可以到达那家名叫"传说"的奶茶店。

三分钟，一共三百六十五步，边走边默数，我讨厌其间有人打断我。也许那并不是家奶茶店，因为里面同时经营着咖啡、冰激凌，甚至红酒。可是我每次去只喝奶茶，所以我叫它奶茶店。

通常我会带一本文化周刊或者散文集，找个靠窗的僻静角落坐下，点一杯原味奶茶，躲在窗帘后面，翻翻手中的书，看看街上的行人，茶凉，人走。

店主兼服务员是个眉清目秀的姑娘。如果单用眉清目秀形容她，不足以让你过瘾的话，我还可以告诉你她皮肤很好，虽称不上吹弹可破，但起码没有斑点或者小红疙瘩。如果你还觉得不过瘾，那就太过分了，她又不是故事的女主角，我写她那么多干吗？我只是想说，看到她我很开心。客人不多的时候，她会坐到我对面的位置上和我聊天儿。老实说客人从来没有多过，所以我们经常聊天儿。

我以前有个女朋友，后来分手了。她不能容忍我像喝啤酒一样大口大口地喝咖啡，我看不惯她动不动就一脸忧伤地抬头看天。和她恋爱的那段时间，我没有来过这家奶茶店。她喜欢走路，速度很快，所以我只能看她的背影、她随风跳跃的头发、她被风吹起的裙角。偶尔她的鞋带会开，我帮她系过一次，从此她喜欢上我系鞋带时潇洒的手势以及一根带子相互缠绕而产生的不同的造型。她突然之间的沉默、仰望，会上我也不自觉地抬头。可是我看不到什么，那些无规则地移动着的云朵上面，没有我想要的。分手后，我曾担心她会因为再也系不出漂亮的鞋带而懊恼。后来遇见她，发现她不再穿有鞋带的鞋子了。

我们就聊这些。

我是个别人送我个馒头我就想以身相许的那种人，所以有时候店主免费送我一包薯条的时候，我会想帮她打扫一下店里的卫生，甚至想一直待到打烊，帮她拉下那沉重的卷帘门。可是她不需要这些，直到她关了这家店。去往别的城市之前，她送了我一个杯子。她说杯子代表一辈子，不相忘。可是杯子被我打碎了，就在从奶茶店回学校的路上。

奶茶店里没有卫生间，所以偶尔不等茶凉我就会回学校。进厕所后，我不会立刻去解裤子，而是先看看周围有没有女同学。别误会，我虽然思想龌龊，却还不至于进女厕所解决自己的问题。

可是，女同学会进男厕所，后来，老师和食堂的师傅也会从这里路过。

因为这里有一面墙，墙后是一条很繁华的街。"非典"肆虐的时候，校门紧闭，于是有人开始爬这面墙。久而久之，墙越来越矮，最后竟成了一条路，侧身就可以通过。当然，胸大的同学可能有些困难。这面墙验证了一句话：世上本没有路，走的人多了也便成了路。

校方曾在墙上涂上"米田共"，可是，一点儿臭味怎能封了这条捷径？墙后有家书店，店主曾是我同学，后来因为搞大了老师的肚子而被开除。我常去他那里买一些打折的旧杂志或书，拿到奶茶店里看。

"你有没有出走的打算？我是说我想去西藏，可是怕有高原反应，所以想找个人做伴，路费和生活费我全包，就是想万一出了意外有人照应。"他一边往书架上塞书一边问我。

"你去学校贴个布告，估计不少人有这个打算，遇到美女报名也不是没有可能。"我一边翻看堆在一起的杂志一边回答。

"我是去西藏，那么神圣的地方，不想和陌生人一起去。你考虑一下，如果学习不忙的话就陪我去吧。"

"神圣吗？那是很久以前的事情了吧，铁路修通后，每天想必有数以万计的人往那里跑，像赶集一样。赶集的事情你觉得神圣吗？不过话说回来，我刚失恋，也许可以借此机会散散心。"

"又失恋了？是那位奶茶店的老板？"

"她走了，留给我一个杯子，碎了。"

"我们明天就去吧。"

"这么急？"

"怎么？你还想看那些甩你的女孩子挽着别的男人的胳膊在校园里溜达？"

"哦。"

我挑了一本侦探小说，走在回公寓的路上，太阳像被拉灭的灯，天空迅速地黑了。

（二）

我答应陪老K去西藏，他答应回来之后把他最漂亮的那个表妹介绍给我认识。其实去哪里对我来说并不重要，哪个地方的人民也不会欢迎我这么龌龊的人。拉萨又名日光城，日照时间很长，想必会很热。我想那里的姑娘大概一年四季一天到晚都穿着裙子。

我不打算带什么行李，反正老K有的是钱，缺什么让他买就是了。写到这里，我突然想起《西游记》里的几句歌词："你挑着担我牵着马，迎来日出，送走晚霞，踏平坎坷成大道，斗罢艰险，又出发，又出发，啦啦……"可是这歌好像跟这文章并没有什么直接联系。人家西去取经是为了普度众生，我却是为了看看西藏的美女和北京的有啥不同。老K恐怕更离谱儿，我寻思他可能只是为了以后指着地图自豪地对儿子说："你爹去过那里！"

其实有的人去某个地方，只是为了抵达，完成一个心愿，并没有什么特别的意义。唐僧取经估计是因为耐不住寺院的寂寞。追求意义做什么？觉得有意思就可以了。

  夜深了，我上铺的兄弟在看小说，邻铺在写论文，其他几名室友正围着电脑津津有味地看着成人片。我不打算把我要去西藏的消息告诉他们，没有必要。我消失一天，他们会以为我去外面通宵上网了；消失一周，他们会以为我泡了外校的姑娘在外面租房了；消失一个月，他们会以为我把黑社会老大的女儿肚子搞大了；消失一学期，他们也不会想到我是去西藏了。我除了偶尔向他们借一下成人片或小说之外，再没别的交流可言。

  在去往火车站的出租车上，我说服老K走慢一些。若走青藏线的话太快了，不如走川藏线，先去四川溜达溜达，据说那里的姑娘特别水灵，毕竟出来一次也不容易。

  老K背了一个很大的登山包，里面装着洗漱用品、帐篷、衣服、指南针、药品等。而我只带了两件换洗的衣服和几本书，毛巾用他的，牙就不刷了。

  在火车上，我问老K为什么突然想出来。他说和他同居了半年的女友突然跟别人走了。其实他早想放下一切去自己想去的地方看看了，正好，失恋是一个很正当的理由。

  老K的女友我见过几次，就在老K的书店里，是一个很性感的姑娘，好像在念大三。老K说她把追求自身享乐看作人生目的，忽略了责任和对自身价值的追求。

  其实，从某种意义上来说，我的生活方式也跟老K的女友差不多，颓废、逃避、极端个人主义。我到现在也没找到展示自我存在的方式，尝试过音乐，最后却只证明自己是个没耐心的家伙。现在试探着写作，却总是表达不出自己真正的想法。突然想起好像王越说过的一句话：人云亦云固然无聊，自说自话同样可耻。

  那么，我恐怕已经到了不知羞耻也不在乎羞耻的地步了。老K说，这是一种境界。

  唉，屁股坐得好疼，先写到这里吧。从北京到成都这么远的距离居然买硬座，老K也真够抠门儿的。我估计到不了西藏我们俩就各走各的了，除非他答应换成卧铺。

（三）

我终于还是和老 K 分道扬镳了。不是因为他小气，而是他老爸脑袋里的一根血管突然爆裂了，生命垂危。他是家中独子，就算不顾及父子之情，单是为了那份可观的遗产，他也得回去一趟。

他把所有的行李都交给了我，又塞给我一笔钱。当然你也可以理解为我向他要了一笔钱。但是行李绝对是他主动留下的，千真万确，我没必要为了这点儿小事撒谎（他的行李后来被我廉价卖给了一名小贩，我也是迫不得已。你想想，哪有背着一个大包闯荡江湖的。万一闯了祸，跑不出三米就得被摁倒。要是被摁个脸朝下倒好了，背包还能替我挡一些拳脚，要是脸朝上，那还不跟乌龟一样，多影响我玉树临风的形象）。临别前他拉着我的手，语重心长地嘱咐我："一定要到西藏。"

看得出来他很悲伤，不知道是因为不能去西藏，还是因为父亲的病，或者两者都有。我试着安慰他，说："以后你完全可以指着地图对你儿子自豪地说：'我哥们儿去过那里。'"

看他依旧不开心的样子，我又说："有的人一生下来就死了，有的人还在老妈肚子里的时候就没了爹，相比之下你已经很幸运了。人生七十古来稀，你爹有五十岁了吧，该知足了。"

我的话好像刺激了他，他长吼一声。我以为他要打我，赶紧退离他三米之外。谁知他竟蹲在地上，呜呜地哭了。

那是我第一次看到男人哭，一个刚满二十岁的男人。

许多年后，我想不起老 K 的模样了，但是，总也忘不了，在那个陌生的火车站，一个一米八五的男子蹲在地上无助地哭的情景。我一直陪他等到回北京的车开来，他的背影，一下子矮了许多。

回到列车上以后，我才意识到自己是一个人了。虽然老 K 说他处理好一切也许还会回来找我，可是我认为他回来的可能性不大，即使找了也找不到。我不会像武侠小说里写的那样，在经过的墙角刻上特殊的记号。在开家鞋店都要放烟花庆祝一下的今天，老K想必也认不出哪个是我心血来潮放的召集同门的信号弹。

我挺喜欢武侠小说的，惊险、刺激、充满了未知。要是我拥有盖世武功就更好了，匡扶一下正义，救活几个美女。听说西藏盛产灵芝，不知道吃了之后能不能增加功力。

就这样，告别老K之后，我脑海中接连不断地冒出各种稀奇古怪的念头，最后，我终于还是在晃荡的车厢里睡着了。入梦之前，我许了一个愿。但愿，我醒来的时候，身边会躺一个漂亮姑娘，做我的徒弟或者情人，死心塌地地跟着我。如果她非要做我师父，那我就死心塌地地跟着她。

(四)

成都，天涯石北路。

我嘴里咬着糖葫芦，目光落在不远处的一群小女孩身上。

她们在打架，三打一。被打的那个女孩蹲在地上，抱着头，任凭拳脚雨点般落下，并不哭。若不是练过刀枪不入的武功，想必就是早已习惯。

按理说我一个外乡人，多管闲事并不好，可是最后一个糖葫芦含到嘴里之后，我还是出现在了她们身边。

我把山楂籽吐到那三个张牙舞爪的女孩头上，大喝一声："住手！"很有正当少侠张无忌的风采。可惜被打的不过是个十七八岁的女孩，算不上是英雄救美。所谓的歹徒也不过是三个乳臭未干的黄毛丫头，见我一脸凶相，马上一哄而散。

那被打的女孩抬起头，用并不友善的眼光扫了我一眼，起身，拍拍身上的尘土冷冷地抛出一句："谢谢你了。"

然后，离开。

我手里还握着那根用来穿山楂的小木棍，我真希望它能突然化成一柄宝剑。那样我就可以将剑尖指地，目送她翻身上马，待到她的身影完全消失在马蹄踏起的烟尘中之后,缓缓地从嘴里吐出两个字:"不谢!"

她走出五六米远又回来了,抬头看着我深陷在幻想中如痴如醉的样子说:"发什么呆呢?跟我回家,我做饭给你吃。"

虽然我并不饿,可还是跟上了她。与其漫无目的地东游西荡,不如看看她到底想要什么花样。

她好像很讨厌跟我并排走在一起,脚步总是放得很开,偶尔回头看我一眼,也只是确定我是不是还跟着。我看着她瘦小的背影,发现她尽拣小路走,越走越荒凉,最后竟然到了一处坟地。

我说:"你不会就住这里吧。"

她说:"当然不是,来这里是挖荠菜,待会儿包馄饨给你吃,荠菜馄饨味道很鲜美的。"

我说:"其实我并不饿,做不做饭都无所谓。"

她说:"你不饿我饿啊。喏!这是我爸妈的坟,你磕个头,以后我就是你的人了。"

我一惊,说:"我连你的名字都还不知晓,怎能说你是我的人呢?"

她说:"那你给我取个名字吧,以前的名字不算。"

我想,取名先要看姓,可是墓碑上字迹很小,待我凑近想看看她爸爸姓什么的时候,却发现墓碑上只有一行字:当你看清这行字的时候,你踩到我了。

我连忙退后几步,心说果然是父女,做事都这般异于常人。

我静下心来端详了一下她的相貌,虽然脸色有些苍白,眼神有些呆滞,牙色有点儿泛黄。可是如果从现在开始就补充营养的话,以后长成美女也不是没有可能的。我想了想说:"以后你就叫璎珞吧,很多武侠小说中的女孩都叫这个名字。"

她说:"随你。你叫什么名字呢?"

我说:"倪采。"

她说:"我猜不出来。"

我说:"我不是让你猜,我是说我叫倪采。我老爹崇拜尼采,所以就给我取名倪采。"

她说:"你好像不是本地人。"

我说:"我来自北京。"

她说:"你来成都做什么?"

我说:"我要去西藏,只是路过这里。"

她说:"去西藏做什么?"

我说:"我也不知道做什么,我本来是陪一个朋友去那里,可是半路出了意外,他就回去了,于是我只好一个人去。"

她说:"你陪人家去,人家都不去了,你还去干吗?"

我说:"我不去又能干吗?人活着总要有个目标,总要有点儿事做,否则和咸鱼有什么区别?我现在的目标就是,去西藏。至于去做什么,去了再说。"

她说:"那我跟着你去吧。"

是夜,我和她挤在一张小木床上,那床很不牢固,翻个身会嘎吱嘎吱作响。再加上蚊虫叮咬,我睡得很不爽,间或做一些醒来就忘的梦,总算折腾到了天亮。她的家是城郊的一间草房,虽然狭小简陋,但比起周围那些外来打工的人临时搭建的塑料帐篷还算完整。只有她一个人住,平日靠偷吃骗喝过活。那天,她偷了三个小女孩的漫画书,没能及时逃脱,结果吃了一顿好打,幸好我及时赶到,再后来的事情我已讲过。

她说:"你打算怎么去西藏?"

我说:"坐车。"

她说:"那样多不那什么诚。"

我说:"虔诚。"

她说:"对,虔诚。那是圣地,我听说许多人是走一步跪一下,双手合十拜一下再走,走了很多年才走到的。"

我说:"那不算什么。外国有座叫耶路撒冷的城市,也是圣地。去那里的人,走一步,往地上趴一下,四肢和身体紧紧地贴住地面,然后站起来再走,有的人走了一辈子也没走到。"

她说："为什么没走到？"

我说："半路死了呗。"

她说："怎么死了？路上有野兽吗？去西藏会不会遇见野兽？或者妖怪？像《西游记》里那样？"

我说："可能是遇到炎热的天气，柏油路面，他一趴下，就被粘住，烤死了。"

她说："那么惨烈啊。我们可不要那样。"

我说："那叫信仰，我们都没有信仰，所以不用那样。"

她说："信仰是什么？"

我说："就是对某种事物坚信不疑，还仰视它。"

她说："那我有信仰的。"

我说："你的信仰是什么？"

她说："就是你啊。我死心塌地地跟着你，你比我高，我跟你说话要仰视你，你不就是我的信仰吗？"

我说："扯淡，不说这个了，还是说说怎么去西藏吧。你不想坐车吗？"

她说："我坐什么车都头晕恶心，要不我们折中一下，步行吧。"

我说："我是扁平足，路走多了脚疼。"

她说："不怕，又没有时间限制，我们走走停停，不会太累的。"

我说："行。"

（五）

璎珞喜欢拾荒。在我眼里，她捡的那些脏兮兮的饮料瓶子、皮鞋底子、奇形怪状的石头、花花绿绿的纽扣等都是没有用的东西。但是在她眼里这些都是宝贝。有的可以卖钱，有的可以观赏把玩。

她一脸平静地接过我给她买的新衣服新鞋子，连声谢谢也没说。而捡到一颗磨损得坑坑洼洼的塑料珠子，却能令她兴奋得大呼小叫。以她的学识，应该没听过变废为宝这个词，更不晓得化腐朽为神奇是什么意思。她说，她这么做除了打发无聊的光阴之外还有一个崇高的目的，就是攒钱。她觉得像我这样只出不进，总有一天要把钱用完，那时候她积攒的钱就可以派上用场了。我对此不屑一顾。我曾打开她的钱袋看过，只有一堆硬币和几枚金属纽扣，加起来不会超过五十元。我打算用一张五十元的纸币换她的硬币，那样可以减轻她包裹的重量，可她白了我一眼，好像我想占她便宜似的，或者就是觉得我瞧不起她。

书上说：川藏公路以里程之长，跨越高山大河之多，修筑及维护之艰享誉世界。选择川藏公路入藏，颇为艰险，但沿途景观之多之奇却是其余几条线路所无法相比的。

从成都开始，经雅安、康定，在新都桥分为南北两线：北线经甘孜、德格，进入西藏昌都、邦达；南线经雅安、理塘、巴塘，进入西藏芒康，后在邦达与北线会合，再经巴宿、波密、林芝到拉萨。北线全长 2412 公里，沿途最高点是海拔 4916 米的雀儿山；南线总长为 2149 公里，途经海拔 4700 米的理塘。南北线间有昌都到邦达的公路（169 公里）相连。南线因路途短且海拔低，所以由川藏公路进藏多行南线。

我决定走北线。我打小喜欢把自己放到大多数之外，觉得扎堆的都不是什么牛的人。而璎珞说还是走南线好，南线走的人多，废弃品也多。最终石头剪子布，她赢了。我们走南线，此后每到一座城市，洗澡休息补充粮食之后，她都要去找废品收购站。我为了维持我那点儿可怜的自以为是的尊严，一次也没陪她去过。

（六）

行走在有"死亡之线"之称的川藏公路上，第一天，我还赞美那干净得像被汰渍洗衣粉洗过的天空，路边的参天古树和埋伏在夕阳后面的青山也让我感到心旷神怡。偶尔有搭载游客的汽车从身边驶过，看到从车窗探出的好奇的脑袋，我还会冲他们扮鬼脸。

可是才三天，汗水就将我的鞋袜粘在了一起，双脚像放在了腌制咸菜的罐子里。一开始我还拿唐僧和堂吉诃德给自己打气，后来想想，他们俩好歹还有马骑，我连头驴子都没有。而璎珞却对这点儿辛劳不屑一顾，好奇心使她一再地停下脚步，蹲下身子研究路边的花花草草。我呼唤她，她嘴上答应着："就来就来！"身子却纹丝不动。

有时没能在天黑前赶到村落里投宿，我们就靠着大树或找一处山洞，生一堆火，相拥而眠。尽管我的衣服被汗水打湿又被太阳晒干再被露水打湿，味道独特得我都想去申请专利了。可璎珞还是将我抱得很紧，睡得很香。我常在半夜里惊醒，看着月光肆无忌惮地洒在大地上，顺便也洒在我和璎珞身上，我有点儿恍惚。而璎珞那微红的面颊和微微翕动着的鼻翼，更让我觉得这不过是场虚无缥缈的梦。梦醒了，我肯定还是躺在男生公寓那狭窄的钢丝床上，睡在我上铺的兄弟应当一如既往地打着游戏。

我们应当遇到一些妖魔鬼怪才好，那样打打杀杀的，几千公里的路不知不觉也就走完了。可也许是因为我不是唐僧，吃了我的肉除了塞牙没别的用处，结果导致我们走了三天除了飞鸟外连只野兔也没看到。

璎珞说："你真娇气，才走这么点儿路就怨天尤人的。我一夜之间父母双亡，沿街乞讨无人同情饿晕在街头又被冻醒时，都不曾埋怨过谁。"

我说："等西藏之行结束了，我就送你去学校读书，你再也不用过这种风餐露宿的生活了。"

璎珞说："那你呢？"

我说："这条路的尽头，是下一条路的开始。我生平就两大乐趣，看好玩儿的书，走陌生的路。"

璎珞说："你不是还喜欢下棋吗？"

我说："那是小乐趣。"

璎珞说："那上学有没有乐趣？"

我说："上学没乐趣，可是上学可以让你学会体验更大的乐趣。我这句话不是病句吧？"

璎珞说:"我不知道是不是病句,也不晓得你要表达什么意思。"

我说:"比如我平时看见村落人家,会很漠然。而在荒郊野外行走几日后,再看到村落人家,就觉得格外亲切、格外兴奋。"

璎珞说:"这和上学有什么关系?"

我说:"刚才那个比喻不算,这么说吧,看小说让我感到很愉快,可是不识字我就看不成小说,不上学我就不识字,这其间的因果关系你可明白?"

璎珞说:"可我并不喜欢看小说,听你讲故事我就很愉快了。"

我说:"我的故事总有讲完的时候。"

璎珞说:"讲完了就睡觉啊。"

我说:"我的意思是,你认识了字,就可以看到更多有意思的故事。"

璎珞说:"那你教我识字啊。"

我说:"我突然发现虚构一个你出来是一个错误的决定,算了,为了避免被你气死,这篇小说就写到这里吧。"

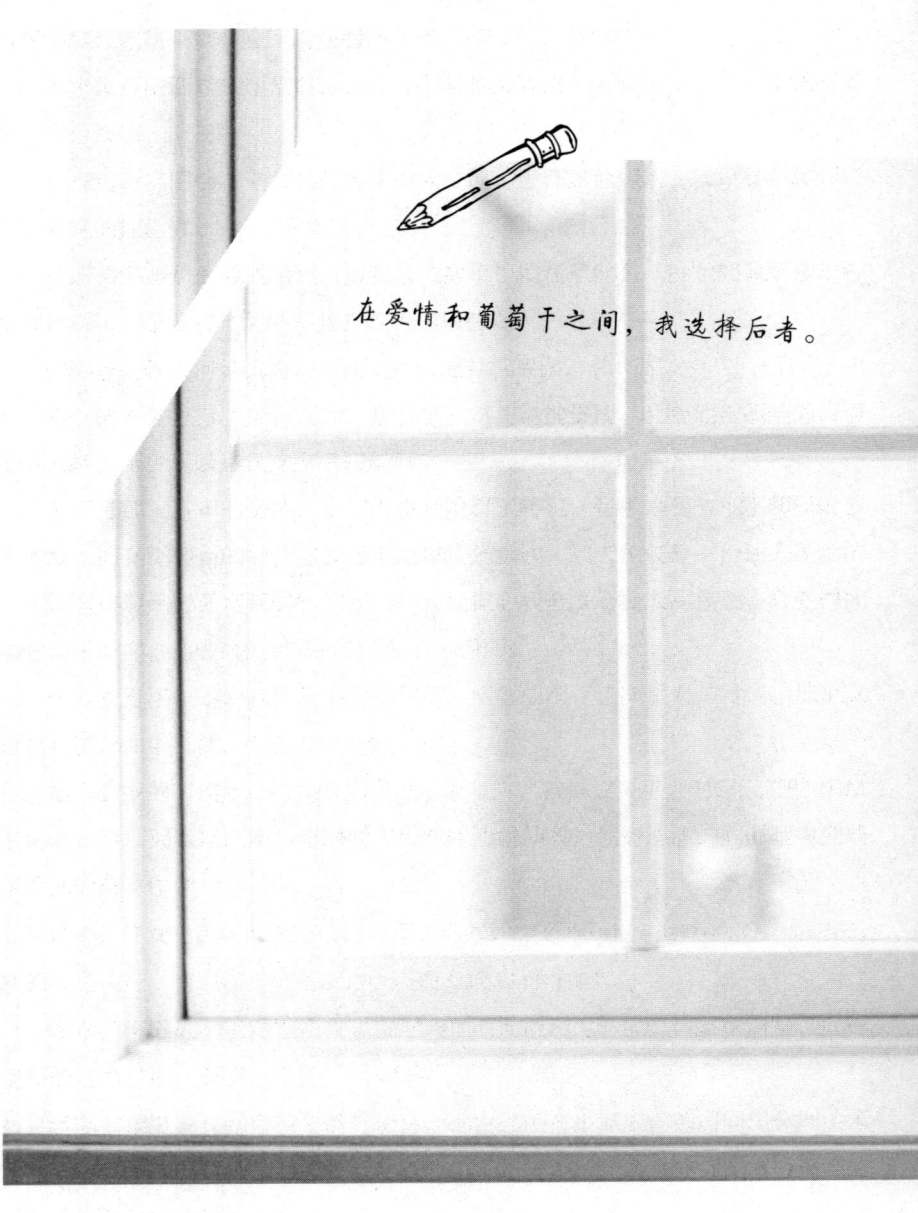

在爱情和葡萄干之间,我选择后者。

苏小次

小学三年级的美术课上,我们那帅气的光头老师告诉我们——东北有三宝:草莓多多,香草薇儿,暗夜妖娆。

你知道的,我们的老师是著名的青年土匪,在没有到我们这个地方之前,他做过许多离谱儿的事情。尽管现在他做了我们的老师,可一言一行还是很不正经。

我的同桌苏小次是个想象力很丰富的丫头,写过很多让人吐血的小说。课间休息的时候,她拉着我的手,语重心长地说:"我们老师上辈子可能是名太监,憋坏了,所以这辈子才会这么不正经。你千万不要学他,要不我以后就不喜欢你啦。"

写到这里,你可能以为我要讲一讲我和我同桌的爱情故事。其实不是这样的,这个故事的主要人物是一个叫暗夜妖娆的姑娘。

如上所述,妖娆是三宝之一,不是吉祥三宝,也不是美丽三宝。总之是三宝但不是平常的三宝。其实,哎,写到这里,苏小次打了一下我的脑袋,她说:"小说不可以写得这么啰唆。"

于是我决定换个角度,换个思路。

比如,一开始不要提那么多人物,一开始应该是这样的:在和平年代,做土匪是件很困难的事情,不但会遭到法律的制裁,还会引起人民群众的鄙视。而做一名善良的土匪,就更困难了。不但群众鄙视你,连你周围的土匪也会鄙视你。而我的老师曾经就是这样一名善良的土匪,由于群众和土匪都鄙视他,所以他是一名孤独的土匪。

　　我的老师上街的时候,总是要背一个大布袋,抢来的东西,就放在口袋里。他总是在夜深人静的时候离开他那破旧的小房子,除了大布袋之外,他还带着一把木吉他。他走到有桥的地方,就会停下来,把布袋铺在地上,坐在上面弹吉他。若有人来听他弹吉他,他就会用吉他把那个人打晕,装进口袋里,背到没人的地方,再把那个人放出来。放出来之后,他就把那人弄醒,告诉人家,他是一名土匪,以抢劫为生。

　　一般人一听他是抢劫的,都会吓得胆战心惊。因为我的老师面相很凶,个子也很高。只有一次例外。那次他打晕了一个姑娘,其实他平时是不打姑娘的,那次实在是饿了好几天,再加上那姑娘实在欠打。你知道的,我的老师经常用吉他打人,那吉他是用木头做的,久而久之,吉他的音箱就破了,音箱破了之后,弹出来的声音就很难听。

　　如果换作我,遇到一个弹破琴的巨人坐在路边,一定不会围上去看。因为我没有好奇心,也没有同情心,所以我至今没有被破吉他打晕过。而那个姑娘好奇心和同情心都很强,所以她围上去看了。看就看吧,还把嘴里的瓜子壳吐在了我老师头上。你知道的,我的老师虽然是名土匪,但他并不觉得自己是名土匪,他觉得他是名艺术家,艺术家通常都有很强的自尊心。所以我的老师在夜色的掩护下一跃而起,以迅雷不及掩耳之势将那姑娘打倒在地。

　　那姑娘被打倒之后,并没有晕过去,无奈之下我的老师只好脱下那被汗水打湿又被太阳晒干再被汗水打湿的旧衬衣,将那姑娘的嘴巴堵上。约莫过了五分钟,那姑娘终于被强烈的汗臭味熏倒。我的老师这才取出衬衣穿在身上,再将那姑娘装进口袋扛在肩上,朝人迹罕至的地方走去。

　　到了没人的地方,老师把姑娘从口袋里掏出来,使劲掐那姑娘的胳膊。可是被熏晕的人不比被打晕的人,一旦晕过去很难醒过来。我的老师掐得手都麻了,姑娘还是没醒。如果是别的土匪,肯定拿了钱包就走了,怕报复的还会把人扔进河里。而我的老师就不会这么做,他坚持要等那姑娘醒来。等到天将大亮的时候,姑娘终于醒了。可是我的老师因为太困已经睡着了。姑娘想不明白自己为什么会出现在这里，就推醒了我的老师。我的老师虽然被推醒了，可是他以为他在做梦，因为眼前的姑娘漂亮得离谱儿。

这个姑娘就是暗夜妖娆。我的老师把事情的经过告诉她之后，她感到很气愤。她觉得我的老师是在侮辱她的智商，世上有这样的土匪吗？我的老师为了证明自己的身份，就把暗夜妖娆带到了自己的家。他把五颜六色乱七八糟的钱包全拿出来，摆到暗夜妖娆面前，以为这样就能证明自己的龌龊。可是暗夜妖娆看到这些东西之后，马上蹲下身子仔细挑选起来。大约过了五分钟，她把自己挑选的三个款式不同的钱包递到我的老师手中，说："老板，结账。"

我的老师感到很困惑，他一直以为只有自己会做一些常人无法理解的事情，没想到眼前这个姑娘做的事情也让他无法理解，即使理解了也无法接受。他只好说："你喜欢的话就送给你好了。"

我是在上课的时候写这篇小说的，有苏小次同学的掩护，我不必担心老师会把教科书摔到我头上。其实我有时候倒真想把小说拿给我的土匪老师看看，毕竟他是这篇小说中的人物之一。这篇小说的主要内容也出自他口，我只是略微做了一些改动。可是苏小次同学说老师若看到我这样写他，一定会灭了我。我倒不担心老师把我灭了，毕竟他现在已经不做土匪好多年了，我只是怕老师看了这篇小说之后，就不再讲他的故事给我听了。我喜欢听他讲故事，可惜他是个男的，我也是个男的，要不然我一定冲破世俗的观念和他结婚，那样就可以像《一千零一夜》里宰相的女儿山鲁佐德姑娘一样，一直给国王讲故事。

放学以后，我把未完成的小说锁在课桌的抽屉里，然后和苏小次同学一起步行回家。苏小次同学住在我家旁边。回家的路上要经过一片荒地，杂草中有一座小木屋，我的老师就住在那里。和他同住的还有暗夜妖娆。这时候的暗夜妖娆已经是位美貌少妇了，每次我去老师家，她都会拿葡萄干给我吃，所以我很喜欢她。

苏小次同学也喜欢吃葡萄干，可是她从来不和我抢。我有葡萄干的时候总是自己吃了，她有葡萄干的时候总要分一些给我。我知道她暗恋着我，而我暗恋着暗夜妖娆。我们谁也不说破，就算她们都表白了，我也不会表白，我怕表白了之后就没有人再给我葡萄干。在爱情和葡萄干之间，我选择后者。因为葡萄干属于高级营养品，内含大量葡萄糖，对心肌有好处，有助于冠心病人的康复，由于钙、磷、铁的相对含量高，并有多种维生素和氨基酸，是老年、妇女及体弱贫血者的滋补佳品。葡萄干可加糯米、白糖制成葡萄粥，能益气血、强筋骨、除烦渴、利小便，适于治疗气血虚弱、肺虚咳嗽、小便淋沥、浮肿等。而爱情呢？只能让我情感柔软、遍体鳞伤。

放学回家的路上经过的那片荒地上的杂草。我心情不好的时候，就躺在杂草丛里，嘴里嚼着狗尾巴草，望着天上的云彩发呆。没人找得到我，除了苏小次。她找到我后，不说话，也找根狗尾巴草叼在嘴上，然后在我旁边躺下。不是并排，而是头顶着头。我在想，天上的云彩是不是也在看我们。我知道，苏小次这时候也不开心。天色暗淡的时候，我就站起来，拍拍身上的灰尘，往家里走去。苏小次远远地跟在我后面。

其实我心情不好的理由通常只有一个，那就是我的体重。每到秋天，我就感到无比饥饿，我的胃像济公的酒葫芦一样，一天到晚不停进食也装不满。我那在夏天时还干瘪无比的身体随着气温的下降，一天天变得丰满起来。好在我生活在中国河南这个四季分明的地方，如果是生活在北极，我一定能长成一个肉球，弹性十足的肉球。

对于我这种怪异的体质，父母也很苦恼。尤其是暗恋我的女生，在我变胖了之后，她们就争先恐后地去买墨镜，和我在一起的时候，她们牢牢地把墨镜架在鼻梁上，直到夏天来临，我的体重恢复正常才摘下来。只有苏小次不戴墨镜，她甚至幸灾乐祸地说："你就长吧，等有一天，你长成一个奇大无比的肉球了，我就可以在茫茫人海里一眼认出你。"

除了我的土匪老师之外，其他老师看到我伏在课桌上睡觉，都会把粉笔头往我脑袋上砸。若粉笔头砸不醒我，就用黑板擦砸，若黑板擦也砸不醒，就用教科书砸。通常我醒来的时候，会发现头上不断地渗出鲜红的液体。我的同桌会一脸无奈地塞给我一卷手纸,我边擦边抱怨:"这人下手也太狠了吧。"

可是下一次,我同样无法在教科书飞来之前醒来。所以我只好期待我的土匪老师把所有的课程全包了。前文说过,我的土匪老师是名善良的土匪,所以看到我睡觉,他只会慢慢地走到我身边,用师娘缝的手帕擦去我嘴角的口水。如果我的口水越擦越多,他就会掏出一大把葡萄干,放到我嘴边,我一闻到葡萄干的味道,就会醒来。

我爱睡觉,并不是因为我很懒惰,而是我的精力太不充沛了。在我的同学之中,有许多和我一样精力不充沛的人。然而他们的脑袋没有我的坚固,于是他们大都选择了移民。有的去了加拿大,有的去了澳大利亚,总之都是很遥远的地方。若不是因为暗恋着我,苏小次同学早就出国了,她的家人已经移民好多年了。

我很崇拜那些精力旺盛的同学,从早读到晚自习,他们眼睛都不眨一下,耳朵也像小狗一样竖起来,生怕一不留神错过了老师手下的公式和口中的单词。老师不在的时候,他们也严格地要求自己,一道习题换换数字能做几十遍,一篇作文分别用第一、第二、第三人称写出来。如果做完这些还是不累,就把书上的每篇文章都背下来,并且写出读后感。

其实他们只是为了发泄那旺盛的精力,否则会像憋尿一样难受。一学期下来,除了眼镜片的厚度有所增加之外,他们一点儿长进也没有。可是他们依旧充满信心地乞活着。因为他们心中有一个信仰,那就是名牌大学的录取通知书。而我没有信仰,就只能睡觉了。

周末,我和苏小次一起去逛街,她在我左边的脸上写上"小次专用,非礼勿视"。我给她买棒棒糖,坐摩天轮的时候,帮她拿包。晚上我要准备一摞手纸,因为她喜欢到电影院看言情片,看完之后抱着我的头痛哭,直到我带的手纸用完。这样看来,到了年终她得发给我个最佳服务奖。其实这是在外面,回到住处,她会煮汤圆、炒鱼香肉丝给我吃。

我的土匪老师明目张胆地抢劫了许多年,却并未被警察抓去,在现在看来,实在是件匪夷所思的事情。其实,在他年轻的那个时代,每个人都有一个伟大的理想。别说是穿制服的警察叔叔，就是扫大街的大婶儿，也天天幻想自己手中的扫把有朝一日能变成画笔，把祖国的锦绣河山画出来。所以遇到警察的时候，我的老师只要说一句"这是我的理想"，警察就不会来干涉了。在那个时代，理想是多么伟大的东西。你砸坏了别人家的玻璃，只要说一句"这是我的理想"，就没有人会责怪你。所以，警察看到我的土匪老师抢劫，只会很无奈地来一句：'你这理想也太离谱儿了吧。"

　　暗夜妖娆的理想是嫁给一名画家，这名画家一生只能画一幅画，这名画家要把暗夜妖娆画成中国版的蒙娜丽莎。所以她每天闲着没事就到街上溜达，看到光头男子或者长发男子，就冲上去拦住对方，问其是不是画家。在她的印象里，画家都该是一脸痦相，十指修长，头发两三个月不洗。所以当她看到一个傻大个儿剃了个平头，穿着西服坐在路边抱着把破吉他冒充流浪歌手的时候，就很愤怒地冲上去往他头上吐瓜子壳。

　　她本来台词都准备好了，如果这个傻大个儿不服气，她就狠狠地教育他：做艺术家怎么可以这样呢？穿西服也就算了，还剃平头；剃平头也就算了，还穿皮鞋；穿皮鞋也就算了，还抱把破吉他；抱破吉他也就算了，还坐到街头妄想有人会施舍给他，真是太毁中国艺术家的形象了。可惜还没等她张口，那傻大个儿就凶猛地站起来一吉他把她砸晕了。这个故事告诉我们，和手上有家伙的人讲话，一定要保持距离。

　　等她醒来的时候，完全不记得晕倒之前发生了什么，甚至连自己的身世姓名、家庭住址都忘记了。她只记得她的理想是嫁给一名画家。所以当她在我的土匪老师家里发现一幅幅抽象荒诞的画之后，就认定了我的土匪老师就是她要找的人。而我的土匪老师却说他们只是歹徒和受害者的关系。这让暗夜妖娆姑娘很伤心，她觉得我的土匪老师看不上她。

　　如前所述，那是理想至上的年代。所以当暗夜妖娆姑娘告诉我的土匪老师，她的理想就是嫁给他的时候，我的土匪老师诧异了。诧异归诧异，他没有权利指责人家的理想，所以只好接受了暗夜妖娆姑娘。

我的土匪老师单身的时候，常常不吃饭，或者一天只吃一顿饭，不睡觉或者一睡就是好几天，不穿衣服，或者手边有什么就穿什么。总之我的土匪老师单身的时候是个很随便的人，对物质没什么追求，最大的愿望就是自己画的东西能够被世人所接受。而当他和暗夜妖娆姑娘共同生活之后，他就无法再随心所欲地生活了，起码是不能再到街上抢劫了。因为暗夜妖娆姑娘觉得抢劫是件很不体面的事情，而且我的土匪老师常常游荡了一晚上都一无所获。

暗夜妖娆姑娘给我的土匪老师设计了很拉风的发型以及服装，替我的老师洗衣服做饭。然后告诉我的土匪老师，以后要听她的。

若没有暗夜妖娆姑娘的指示，我的土匪老师很难说服自己到我就读的学校教书。因为我的土匪老师是个很不正经的家伙，他怕误人子弟。可是，他除了画画和抢劫之外，不会别的了。他给我们上课的时候，从来不给我们讲色彩的搭配或中西方美术的差别之类的知识。他总是穿着暗夜妖娆姑娘给他设计的怪异的服装、顶着怪异的发型，往讲台上一站，看着天花板说："你们来画画我吧。"

如果我们不想画，他就说"那你们睡觉吧"。如果我们说在家已经睡够了不困了，他就给我们讲故事。后来校长发现他挺会讲故事的，就把我们的语文老师辞退了，让我的土匪老师教我们美术的同时把语文也教了。

有时候，和苏小次单独在一起的时候，我们会谈起我们的未来。我想，我这辈子都不会离开中国，这是我熟悉的土地，我闭着眼睛也能从学校走到家里。我讨厌陌生的地方、陌生的面孔。而苏小次，以后势必要到加拿大和父母一起生活。隔着世界第一大洋，我再不能随心所欲地抢她的葡萄干吃了。

在没有遇见周嘉南之前,夏天蓝一直是靠天空和海洋来治愈她心里的伤。遇到周嘉南之后,他就成了她的那片天空。

只有梦想永远闪光

（1）

  2008年，国际上发生了许多大事。四川汶川发生8.0级特大地震，北京成功举办2008年奥运会和残奥会，缅甸遭风暴袭击损失惨重，泰国政局持续剧烈动荡，奥巴马当选美国第五十六届总统，印度孟买遭受恐怖袭击……而在某座小小的城市里，十八岁的夏天蓝遇见了周嘉南。

  那时候的周嘉南像一块坚硬的纹络清晰的木头，浅绿色的衬衣上总是沾满了灰尘，眼睛常常似睡非睡地眯着，并不是看上去很好接近的那种人。夏天蓝遇到他的时候，他正倒挂在树上，嘴里慢悠悠地嚼着一块槟榔。因为他穿着绿色的衬衣，远远地看过去，还以为是树上长出的奇怪枝丫。

  夏天蓝那天被同学捉弄了，心情并不好。若是以往，那段路她都会踩着自行车飞快通过，那样的话，也许就不会看到周嘉南了，看到了可能也不会在意，那样的话，两个人的人生也许要改写。

  后来夏天蓝回想起来，觉得还要感谢那名捉弄她的同学。那天放学后郁闷的夏天蓝推着坏掉的单车慢腾腾地走着，走到那棵树下的时候，被挂在树上的周嘉南吓了一跳。待到看清楚是个眉目还算清秀的少年，她就忍不住问了句："你在干什么？"

  周嘉南像被压了五百年的孙悟空遇到了唐僧一样，半眯着的眼睛突然放出光彩，没有理睬夏天蓝的询问，而是无厘头地问了一句："我像不像人参果？"

夏天蓝本来心情郁结，却被他这句话逗乐了，她觉得这个人好奇怪，于是停下来想跟周嘉南聊天儿。夏天蓝想，一个人没事干在这里扮演人参果真好玩儿。

（2）

"你在这里挂了多久？"

"一两个小时吧。"

"不累吗？或者就是为了锻炼身体？"

"还好，我喜欢倒着看世界。不过我今天挂在这里只是想有人来问我为什么要这样做。这一两个小时之内经过了三十六个人，你是第一个停下来问我为什么的。"

"就只是为了让人问一问你在干什么？"

"不然你以为呢？"

周嘉南的话让夏天蓝想起了小时候的自己，偶尔也会做一些奇怪的事情，希望能吸引别人的目光，希望能交到朋友，希望能摆脱孤独。可惜这个世界上真正会关心别人的人并不多，毕竟自己的事情再大，对别人来说也是小事。

见夏天蓝不说话了，周嘉南就从树上跳了下来，递给夏天蓝一块槟榔，然后说："你的自行车坏了吗？"

周嘉南是个天才，在少了好几个零件的情况下，还是让夏天蓝的自行车动了起来。可夏天蓝还是不敢骑上去，怕再像之前在学校那样摔个四脚朝天。周嘉南大概是第一次被人低估他的能力，他气鼓鼓地拍了拍自行车的后座，说："你要是怕摔的话就坐上来，我载你回去，如果半路车坏了我赔你一辆新的。"

夏天蓝想说那要是人摔坏了呢，你能赔我一个新的我？不过只是想想而已，毕竟是第一次见面，夏天蓝还远没有那么调皮。

也不是贪图一辆新车，只是觉得这个少年好玩儿，夏天蓝就坐上了自行车的后座，两手不情愿地扶着周嘉南的腰，没想到这一扶就是一整个夏天。

一路上周嘉南滔滔不绝地介绍着自己，夏天蓝没有细听，她一直在做着车如果散架了就马上跳下去的准备。她不是不信任眼前这个男孩,只是觉得女孩子摔在地上太难看了。

因为注意力不集中,所以偶尔周嘉南问路的时候,夏天蓝会答不上来。倒不是不熟悉这条每天都要走的路,而是周嘉南问的问题太复杂了。他不像别人那样,在快要到一个分岔路口的时候问往哪边走,而是问夏天蓝某某路走完之后走什么路。

夏天蓝只记得住路边的小吃店、路口的报刊亭,或者什么漂亮的建筑,至于路的名字,从来不是她想要在意的东西。而周嘉南在意的,正是这些被她忽略的细节。男孩和女孩终究还是有区别的。

快到家的时候,夏天蓝跳下了自行车,她蛮喜欢眼前的男孩,可并不想带他回家坐坐,虽然她知道姑姑这时候并不在家。毕竟他们只是第一次见面。

(3)

那天分别之后彼此都留了电话号码,可是夏天蓝一直没打。不是没有惦记,只是出于女生的矜持和对对方的期待。她想,如果他喜欢她的话,肯定会打电话吧,如果不喜欢的话,那么她主动打了也没有用。

这样想着想着一周就过去了。夏天蓝决定把周嘉南当作生命里的一个小插曲淡忘掉,毕竟只是初相识,虽然很有好感,但是忘记也并不难。所有的情愫,在时间这个敌人面前,都只有缴械投降的份儿。

然而孽缘总是藕断丝连。大约过了十天,夏天蓝又在那棵树下遇到了周嘉南。这次他没有倒挂在树上,也没有嚼着槟榔,懒洋洋的面容也消失了。这次他把眼睛瞪得大大的,望着夏天蓝走来的方向,当看到踩着自行车晃晃悠悠的夏天蓝的时候,他笑了。

那天周嘉南送夏天蓝回家,道别以后,周嘉南就上了一辆公交车。车上人不多,按道理不会遇到小偷,可当周嘉南坐下来想要给夏天蓝发条短信的时候,发现口袋已经空了。

之后几天周嘉南也去学校等过夏天蓝几次,阴错阳差都没能遇上。周嘉南甚至想过去夏天蓝家里找她，可惜总也鼓不起勇气。

不过这些事情，在他们第二次相遇的时候，周嘉南都没有说，夏天蓝也没有问。那天他们的对话更多的是关于未来的、过去的，谁也没提现在，仿佛提了就会伤害彼此。十天不长，却也足够让一颗心冷却。

夏天蓝老远就看到树下站着一人，想到那天就是在那里遇到周嘉南的，她故意放慢了车速，当看到真的是他的时候，她心里百感交集。

"你来了怎么也不打个电话？突然出现，吓我一跳。"

"想给你个惊喜嘛。"

"这有什么可喜的，倒是惊到了。"

"你呀，就嘴硬吧。今天有空没？我想带你去个地方。"

"去哪儿？电影院？游乐场？"

"你想到哪里去了，今天我弟弟生日，我想带你一起去。"

"你弟弟生日为什么要带上我？"

"因为我想告诉他，其实这座城市里，还是有值得交往的朋友的。"

"不要告诉我你没有别的朋友了。"

"还真没有别的朋友了。在这里，我只有你这一个朋友。"

"呃……"

夏天蓝的脑袋突然卡住，不知道该说什么了。当周嘉南说到他弟弟患有抑郁症、性格孤僻怪异的时候，夏天蓝觉得自己作为他哥哥的朋友，还是有必要去一趟的。脑袋里虽然这么想，心里却不是没有失落感的。

（4）

虽然第一次相遇的时候，周嘉南像很久都没有遇到人类了一样，说了很多话，虽然那些话让夏天蓝对他挺感兴趣的，可毕竟相识得太突然，一起经历的事情太少，夏天蓝总是觉得心里怪怪的。这是她第一次离一个男孩子这么近。

她不知道这是友谊还是什么，她对两个人的关系期待着，却又很迷茫。周嘉南是在她毫无准备的情况下突然闯入她的生活的,而现在,她也要闯入他的生活了,而且不仅仅是他的。

和天下多数亲兄弟一样,周嘉南的弟弟和他有着相似的名字,周嘉北,熟识的人都叫他小北。小北性格虽然孤僻怪异,但多数时候是温顺的。而且他和周嘉南一样喜欢运动,周嘉南和他无话不谈,他从来都不嫌烦,每次都默默倾听。

周嘉南跟夏天蓝说这些的时候,她还以为他是在讽刺她不认真听他说话。可是他的话实在太多了,要夏天蓝专注听一会儿还行,久了就困难了。那时候她觉得他就是个话痨,后来才知道,周嘉南只是在她和小北面前比较健谈,当他独处或者面对别人的时候,他就会恢复到木头的样子。

因为周嘉南讲了太多周嘉北的好,所以去之前夏天蓝是对周嘉北充满期待的,想着那个小伙子肯定是个忧郁的美少年。结果当周嘉南打开门呼唤着小北的名字,迎面扑来一条狗的时候,夏天蓝的脑袋再一次卡住了。

夏天蓝努力地对自己重复一句话,淡定,小朋友,天,没塌。可是重复了无数次,还是说不出一句完整的话。直到小北发现了夏天蓝,扑上来要舔她的时候,她才回过神来,转身欲逃。结果还是慢了一步,被周嘉南抓住了书包带。

"你怕狗吗?放心,小北不会伤害人的,就算你咬了它,它也不会咬你。"

……

"你没事吧?你先坐下来,我去给你倒杯水压压惊。"

周嘉南去厨房倒水的时候,小北一直蹲在夏天蓝的面前,目不转睛地看着她,似乎担心一眨眼她就会跑掉一样。夏天蓝虽然不是很怕狗,可她接触的都是一尺长的小狗,像这样长度和高度都不少于一米的狗,在她的世界观里已经不能算是狗了,具体算是什么,她也不知道。

当时夏天蓝想得最多的,就是周嘉南说过的话,他说小北性格孤僻怪异,最近还得了忧郁症。虽然大多数时候是温顺的,可是犯起病来就很难对付了。

夏天蓝大概默念了二十遍"阿弥陀佛、上帝、女娲、太白金星,各路神仙保佑小北不要犯病,起码不要在我面前犯病,我真的很怕,很怕",周嘉南才把水端过来。喝了口水，夏天蓝才算稍微放松了一点儿。

（5）

和夏天蓝一样，周嘉南是孤儿，和她不一样的是，他成长的时光里有爸妈陪伴。虽然不是亲生的，却很疼他。夏天蓝从小被姑姑带大，连自己的爸妈长什么模样都不知道。而周嘉南只是在六岁之前生活在孤儿院里，之后就在养父母身边幸福地生活了十二年。可惜三年前，他的养父母也都去世了。

若不论过程，只比最终的结局，夏天蓝还要比周嘉南幸运，毕竟她的姑姑还在。虽然姑姑不疼她，但毕竟夏天蓝身边还有一位亲人，而周嘉南就只剩下小北了。

难怪他会想要有个朋友，夏天蓝这才明白第一次相遇时周嘉南跟她讲的那番话。那天周嘉南说他觉得这是座冷漠的城市，每个人都只顾着自己的事情，不会去在意别人。幸好让他遇到了夏天蓝，他喜欢有好奇心的人，他希望能和夏天蓝做朋友。只要有了这样一个朋友，他就决定在这座城市待上一整个夏天，等秋天来了，再去往别处。

那天周嘉南说这些的时候，夏天蓝只是觉得他是个没长大的孩子，让她想起小时候总是把自己打扮得很漂亮希望惹人注意的那些糗事来。知道了周嘉南的身世之后，夏天蓝才意识到，孤独已经沁入了周嘉南的内心深处。她这个不称职的朋友，不知道能陪伴他多久。

说是小北的生日，其实周嘉南也不知道小北多大了。所以与其说是小北的生日，不如说是小北和周嘉南相遇的纪念日。那时候小北还没有这么大，也不像现在这样英姿飒爽。小北是一条被人遗弃的狗，周嘉南遇见它时它又脏又臭，可是周嘉南一点儿也不嫌弃它。

吃着在路上给小北买的蛋糕，夏天蓝心想她和周嘉南相遇的日子在以后的每一年也要纪念一下，也要买这么大的蛋糕，也要一口气吃掉大半个，即便那时候只是一个人的纪念。

在那个生命里只有一次的夏天，夏天蓝和周嘉南常常一起去看电影，看得最多的是宫崎骏的动画片。夏天蓝觉得自己就像《侧耳倾听》里那个充满好奇心的少女。如果那个少女没有好奇心,像别人一样对周围的一切漠不关心,那么她就不会搭理那只胖猫,也就不会因为跟随猫而发现那家玩具店,继而邂逅她美妙的爱情。

夏天蓝想自己那天如果没有问周嘉南一句为什么,如果她像别人一样对周嘉南视而不见,那么后面的故事便不会发生了。在周嘉南离开很多年之后,夏天蓝渐渐发现,成长,就是一个慢慢失去好奇心的过程。而童心,就是永远对陌生的事物保持好奇和热情。可惜她在失去了周嘉南的同时,也失去了童心。

周嘉南和夏天蓝相遇的那座城市离大海很近,夏天蓝小时候被姑姑骂了常常会一个人跑到海边,看着蓝色的天空和蓝色的海洋在远处融为一体。夏天蓝总会想到她的爸爸妈妈,想他们是什么样子的,想如果他们在她身边,该是多么美好的生活。这样想一想,渐渐也就淡忘了之前的不快乐。

在没有遇见周嘉南之前,夏天蓝一直是靠天空和海洋来治愈她心里的伤。遇到周嘉南之后,他就成了她的那片天空。

他们常常带着小北一起去海边。小北在家里的时候还挺活泼的,到了外面之后就呆头呆脑一副生不逢时的样子,不知道是不是以前独自闯荡的时候受到了什么伤害。流浪的狗和流浪的人一样,身上都有太多的故事。

(6)

夏天蓝和周嘉南相识不久,就到了暑假,两个人可以在一起的时间更多了。因为周嘉南已经不再读书的缘故,和他在一起一段时间之后,夏天蓝甚至也萌生了退学的念头。因为她也不知道她在学什么,而且为了这茫然的学业和未知的未来,她还要时常接受姑姑的埋怨。

但是周嘉南不读书,是因为他有自己的梦想,而通往他梦想的道路和上学没有直接的联系,所以退学对于他来说是件好事。而对于迷茫的夏天蓝来说,在找到自己的梦想之前,退学只会把她的生活弄得更糟糕。

其实夏天蓝也不是没有梦想的，只不过那些梦想都太小了，不够她用尽一生去追逐。而且用周嘉南的话说，太容易实现的梦想，根本算不上是梦想，只能说是一个短期目标而已。

周嘉南的梦想是做一名雕刻师，为此他已经到过很多座城市，拜过很多民间高手为师，可是和他想达到的境界还差得远。而且除了雕刻，他还想走遍足够多的城市，每个季节他都会在不同的城市度过。

周嘉南这个夏天会选择夏天蓝所在的城市，只是因为这里阳光够好，而且这里曾经有过一个名噪一时的雕刻师，虽然已经"仙逝"了。不过在周嘉南看来能和崇拜的大师处在同一片天空下，呼吸同样的空气，对自己境界的提升应该是有帮助的。而能在这里邂逅夏天蓝，并且和她成为朋友，完全是意外收获。因为刚到这里来的时候，他发现这里的人都足够冷漠，认识了夏天蓝，算是让他找到了一个留下来的理由。可是他终究还是要走的。

夏天蓝也想和周嘉南一起上路，可是怕卸掉姑姑的负担之后又会成为周嘉南的负担。而且周嘉南也不希望她因为爱情而上路，他希望她做一个独立的人，做一个有梦想并敢于去追逐的人。

夏天蓝曾经想过把自己的梦想建立在周嘉南的梦想之上，做一个成功男人背后默默付出的不为人知的女人。可惜这想法刚说出来，就被周嘉南打碎了。周嘉南说："那如果我失败了，你岂不是也要跟着失败？我希望你能找到真正属于你的路，我希望有一天，我们能一起迎接我们的荣光，并且能为彼此而骄傲。"

（7）

周嘉南走后的那年冬天，夏天蓝从姑姑家搬了出来，开始过真正意义上的独立生活。虽然她还在上学，可毕竟已经十九岁了，该是确定自己的梦想并去努力追逐的时候了。

在搬出姑姑家之前，夏天蓝用了一整个秋天的时间来畅想自己的未来，想各种自己喜欢的事情和自己擅长的事情，最终她决定做一名小说家。虽然这个职业如今已经被践踏，在这个国度已经不再受人敬仰，可也正因为如此，夏天蓝才觉得自己更有必要去坚守这个正在没落，随时可能消亡的行业。她希望自己可以写出很多美好的故事，她希望她可以把小说里的周嘉南塑造得更美好一些。同时在小说的世界里，她想他们的故事一定会有一个美好的结局。

2011年的最后一天，夏天蓝躺在床上辗转反侧，难以入眠。打开电视的时候，正遇上范玮琪在唱《那些花儿》：

那片笑声让我想起我的那些花儿，在我生命每个角落静静为我开着，我曾以为我会永远守在他身旁，今天我们已经离去在人海茫茫……

伤感的歌声和熟悉的歌词，让夏天蓝潸然泪下。新的一年又要来了，这一年，夏天蓝的生命里，依旧没有周嘉南。可是她并不觉得遗憾，因为她还有梦想。再美好的爱情都有凋谢的那天，只有梦想永远闪光。

路过青春路过你

一路望去，糖果店已经消失得无影无踪了。就像那个温泉女孩，好像从来没有存在过。

一

快要放寒假的时候，学校附近新开了一家糖果店。和其他的店不一样，这家店只卖糖果，不掺杂任何其他商品。这和周围卖锅碗瓢盆的文具店以及卖烤红薯的奶茶店一比，简直是鹤立鸡群。

辛远一向是喜欢有个性、有品位的东西的，他觉得这家糖果店和自己一样特立独行。在店里逛了一圈之后，他决定把半个月的零花钱全用来买糖。当然，这样干除了支持店主的开店风格之外，主要还是因为辛远是个糖果控。被父母"发配"到这座小城读大学之后，他已经很久没有见到这么多漂亮的糖果堆在一起了。

店主是个二十岁左右的女人，虽然并不比辛远大多少，但是长相上还不能让辛远爱糖及店，爱店及店主。

她可能开店到现在第一次遇到这么豪爽的顾客，给辛远称好糖之后，她又多放了两颗辛远没有选的糖进去，并且说："这种糖最好吃了，别看外表很一般。"

辛远心满意足地拿过糖放进书包往学校走去。身后糖果店的店主长叹了一口气，她心里暗道，如果这样的顾客多一些，也许可以说服爸爸不在糖果店里卖煮花生。虽然她也知道，冬天如果卖热腾腾的煮花生的话，生意肯定会不错。可这毕竟是糖果店啊，不能因为某种东西一时热销，就放弃自己多年的梦想吧。

辛远决定把买来的糖果分成两份，吃一半，留一半等放寒假带回家过年吃。虽然过年的时候妈妈也会买很多糖果，但基本上没几颗是辛远爱吃的。

吃过糖果之后，辛远会把包裹糖果的纸留下来，这是他多年的习惯。小时候为了集齐一百张一样的糖果纸，他不知道偷拿了多少家里的东西跟别的小朋友换糖纸。不过那时候也有小朋友拿自己家的东西跟他换糖纸。

一晃多年过去，糖纸这种东西已经没有人喜欢了，和辛远一起长大的人不会喜欢，连现在的小孩儿也不会喜欢了。现在的小孩儿玩具太多了，怎么会喜欢这种只是看起来花花绿绿、不会动不会出声的东西呢？

辛远已经集了满满一箱子糖纸。他有一个梦想，那就是等到他有自己的房子的时候，就在墙上贴满他喜欢的糖纸。

二

你喜欢吃糖吗？

这是辛远的口头禅，遇到美女或者自己喜欢的人的时候，他都会这么问一句，从这个共同爱好入手，慢慢地再找其他的共同爱好。这招在小时候战无不胜，不过长大后就不行了，很多女生看到他手里的糖果都会摇摇头说："不行，吃了这个会长胖的。"

遇到这样的女生，辛远不会劝说，更不会拿瘦弱的自己做例子。他觉得，他要找的，是看重糖果甚于身材的女生。

不过遇到唐小果之后，辛远就忘记自己的追求了。唐小果也怕吃了糖会长胖，但是辛远还是喜欢她。因为他觉得，唐小果本身就是一颗糖。

第一次遇到唐小果是在操场上。唐小果在看一场篮球赛，也许是球场上有自己喜欢的男生的缘故，唐小果看得特别投入。辛远连着对她说了好几声"你喜欢吃糖吗"都不见回应。

后来辛远就当她默认了，直接把糖往她手里塞。那是辛远最喜欢的酒心糖，外面包着很薄的一层巧克力，第一次吃可能不习惯，吃几颗后就会停不下来，有一种上瘾的感觉。辛远就是想找一个让自己上瘾，也对自己上瘾的女孩。他觉得唐小果首先在外表上已经达到并超越了自己的要求，看一眼，就停不下来了。

唐小果正看得津津有味，突然被人打断，心里自然十分不爽。看到对方递过来一颗糖，她更觉得莫名其妙了。但她天生是个凶不起来的人，所以只是迷茫地问："你干吗呀？"

"你喜欢吃糖吗？"

"不喜欢。"

"这种糖特别好吃，送给你吧。"

"不要，你快走吧。"

"为什么要快走？"

"你难道没发现我周围都没有男生吗？你看球场上正在投篮的那个，他是我男朋友，如果让他看到你离我这么近说话，你等会儿会很麻烦的。"

辛远顺着唐小果的视线往球场上看，一个高大帅气的男生刚刚抛出一个完美的弧线，球稳稳入筐。男生看向这边，似乎看到了辛远，但因为在比赛，他很快就把头转了过去，辛远没有看到他皱起的眉头。

辛远说："没关系的，我只是请你吃一颗糖，没有恶意，他应该可以理解的吧。"

"可是我根本不认识你，你为什么要请我吃糖？而且我说了我不喜欢吃糖。"

"吃糖可以让心情变得好起来。我叫辛远，你叫什么？告诉我你的名字，我们就算认识了。"

"你怎么不叫蜡笔小新呀？脸皮这么厚。你再不走，真的就麻烦了。"说完，唐小果不再理睬辛远，转过头继续看球赛了。球场上的男生又是一个远投，但是偏了一点儿，没进。辛远看了一会儿，觉得无聊，就独自走了。

辛远不喜欢看动画片，但《蜡笔小新》他还是听说过的，只是为什么唐小果会把他和蜡笔小新扯到一起？他想了半天也没想明白。难道是因为他姓辛？为了弄清楚这个问题，体育课上了一半，他就到校外的网吧下了几集《蜡笔小新》来看。直到看到蜡笔小新对着美女说"你喜欢吃青椒吗"，他才恍然大悟。

三

再遇到辛远的时候，唐小果就直接叫他小远了，是带着戏谑的那意思叫，且辛远听了还是很舒服。这大概就是传说中的贱吧，脸皮厚的男孩有时候是有些贱的。

唐小果比辛远大一岁，他们同校不同级，一个大二，一个大一。如果要要我找出一个共同点的话，那就是他们都是被父母从D市"发配"到这座小城读书的，理由都是这所学校就业率高，这座小城淳朴，在这里他们不会受到太多外界的诱惑，可以静心读书。

可是家长怎么也想不到的是，没有外界的诱惑，他们可以相互诱惑。他们第二次相遇是在回D市的汽车上。辛远很少回家，如果不是因为放的是寒假，他才懒得回去呢。家里一点儿也不好玩儿，父母都是服务行业的工人，不到春节的前一两天，他们是没时间回家陪辛远的。到了春节前一两天，他们更多的也是在陪亲朋好友。辛远觉得自己长大后，就被忽视了。可是他也不能埋怨，现在通货膨胀，父母挣钱不容易，没有时间陪自己，也是可以理解的。

唐小果已经认不出辛远了，她是在辛远低头挑选糖果的时候上车的，看到只有辛远身边的座位空着，她就坐了下来。直到辛远抬起头，看到她，说："你要吃糖吗？"她才想起几天前操场上的那一幕。那时候辛远也是穿着这身衣服，也是拿着一把糖。

"请乘客们坐好，车要开了。"

唐小果刚想站起来，司机就来了这么一句话。于是她咬着牙坐下来，心想赶紧开车也好，要是让男朋友看到自己和这个莫名其妙的男生坐在一起，就真的麻烦了。

可是怕什么来什么，车刚开出几米就停下来了，一个男生用力砸着车门。司机没有开门，隔着窗户说："人已经满了，你坐下一班吧。"

"车上有我的朋友，我们一起的。"男生满头大汗，拖着个大背包向司机求情。

"那你怎么不早点儿买票？"司机仍旧不为所动。

"我买了票,你打开门让我上去吧,多一个人又不会压坏你的车。我给你双倍的车费。"

"可是超载了被逮到是要罚款的,那可是车费的几十倍。"

在男生和司机的争执声中,唐小果低下了头,她知道车外的人是她的男朋友,他们刚刚吵了一架。她喜欢他的优秀帅气,但实在受不了他的小心眼儿,有时候逛街有男生多看她一眼,他都恨不得冲上去跟人打一架。现在她身边坐着这个像蜡笔小新一样厚脸皮的男生,如果这时候司机开了门,她就真的说不清楚了。

男生还在和司机僵持着,这时候辛远打开了窗户,冲窗外的男生说:"再过几分钟下一班车就开了,你急什么,你这样搞得我们一车人都走不了。"

那男生愣了一下,把目光转向辛远,盯着他看了很久,觉得眼熟,又想不起在哪里见过。等看到他身边坐着唐小果,心里刚才被司机拒绝而产生的怒火被这醋意一浇,就像火上泼了油一样,再也忍不住。他用力踹了一下门,大声吼道:"唐小果,你这个贱人,你这么着急回去,原来是要跟他一起啊。真好,真好。"

唐小果依旧低着头,像没有听到一样。此刻她一心想着让司机师傅快点儿开车,让自己摆脱这窘迫的境地,让这两个男生避免一场争斗。

辛远先是听到男生喊出身边女生的名字,他心想,终于知道她叫什么了,唐小果,糖果,还真是好名字,还真是适合自己。可是接着他就听到了那男生在唐小果的名字之后加的形容词——贱人。

辛远长得很秀气,甚至有些柔弱,单看外表的话,车外的男生一拳就能把他打趴下。可是在自己喜欢的女生面前,辛远觉得自己是坚决不能服软的。他把糖塞到唐小果手里,说:"你帮我拿着糖,我出去教训一下他。"

"你打不过他的。"

"那也要打,他竟然敢当众骂你。"

"他经常这样,我都习惯了。"

"那你还要和他在一起?"

"我们刚吵过一架,我已经想清楚了,过了这个年,就跟他一刀两断。"

"他家也在 D 市？"

"是的，我们从小一起长大的。"

辛远和唐小果聊着聊着，竟然就忘了车外的男生。司机也不再理睬那个男生，车缓缓地开出站。但是刚到出站口，车又停了。那男生竟然堵在车前。

"让我上车，或者让那个女生下车。"男生叫嚣着，辛远听着觉得很不爽。

"你还是回避一下，让我下去跟他好好谈谈吧。"唐小果站了起来。

"他不会打你吧？"辛远担心地问。

"当然不会，他只是喜欢吃醋。"

辛远想了想说："那好办，我跟他换下票就行了，你们先回去，我坐下一班车走。"

下车之前，辛远选了几颗自己最喜欢的糖，送给了唐小果。

四

回到家后，辛远的妈妈给了辛远几张温泉票，说是公司发的，他们没有时间去，让辛远去泡一泡，说是对身体好。而且冬天泡温泉也确实挺舒服的。

辛远看着票上的截止日期，心想这么多年来，自己干了多少这样的事。为了妈妈公司发的美发店的免费券去剪自己刚剪过的头发。为了爸爸公司发的消费券去吃自己不喜欢吃的火锅。这回是温泉。如果有朋友，他还可以叫上朋友一起或者干脆把票送给人家。可是去外地上学以后，辛远是一个朋友也没有了。

那个温泉在城郊的一家酒店里，那酒店依山而建，面积非常大。温泉是酒店主打的项目，平时人就很多，现在是冬天，又是寒假，更是爆满。

辛远到的时候已经是傍晚了，温泉里水雾缭绕，隐约可以看到男人女人在大大小小的泉眼里漂浮，一种人间仙境的感觉。辛远找了个人少的温泉跳下，斜躺着，闭上眼睛，眼前浮现出唐小果的相貌来。辛远之前一直找不到合适的形容词来形容唐小果给自己的感觉，说喜悦、甜蜜都不对，直到此刻躺在温泉里，他才恍然大悟，就是温泉一般温暖舒适的感觉。泡的时候舒服，泡完了更舒服。辛远想，如果不是她已经有男朋友了，无论如何要泡一泡她。

大概泡了五分钟，耳边突然传来了女孩们的谈笑声。辛远没有睁开眼，他想在嘈杂的水声中听清楚那些女孩在说什么，可惜听了许久，还是没有听清一句，只好睁开眼。

眼睛配合着耳朵，辛远总算弄明白，是有个女孩第一次泡温泉，看到有男孩在场，不好意思下水，身上还裹着浴袍，在寒气中瑟瑟发抖。因为离得远，辛远看不清楚那女孩的容貌，只看到她和与她同来的已经在水里的女孩们僵持着，争辩着。

这个温泉并不大，辛远放眼周围，发现这里竟只有自己一个男孩，其他的全是妇女和少女。辛远记得自己下水的时候还是看到了几个男人的，在他闭眼的那会儿，竟然全都走了。于是他有些明白了，那女孩迟迟不肯下水，竟是因为自己。想到这里，他站了起来。

在和那女孩擦肩而过的时候，他有意看了一眼，不看则已，一看就停不下来了。那女孩竟然是唐小果。原来她早就发现水里的自己了，所以才觉得尴尬，怕再产生什么误会，惹出什么麻烦。

"真巧。你男朋友没有跟你一起来？"辛远主动打招呼。

"没有。"唐小果抓着浴袍，像担心辛远冲过来扯掉她的衣服看到她的泳衣似的。

"那你还不下水？站着多冷。"

"我……你能去别的地方吗？或者你闭上眼睛。"

"你还真是纯情。好吧，我闭上眼睛。"辛远颤抖着闭上双眼，心想再这样聊一会儿，回去肯定得感冒了。

等睁开眼的时候，唐小果已经在温泉里泡着了。辛远站在泉边，不知道下去好，还是不下去好，想到最后，还是决定不下去了。可就这么走了，又有些不甘心，于是他就走到唐小果旁边，问她要了电话号码。

五

辛远有好几张温泉票，遇到唐小果之后，他每天晚上都要去那酒店的温泉泡一会儿，并且不断地换泉眼，生怕错过了唐小果。这样折腾了两天，他终于感冒了。

烧得浑浑噩噩的时候，他给唐小果发了条短信，说："为了再在温泉见你一面，我光荣地感冒了。"发完，辛远就烧晕了过去。等醒来的时候，已经躺在医院里了。

辛远想起昏迷前发出的那条短信，就去摸手机，手机却不在身边。等妈妈把手机带到医院来，已经是第二天下午。他打开手机，并没有看到唐小果的回信。他有些失望，想再发一条过去，这时才发现他之前发的那条短信还在草稿箱里，并没有发出。

这是辛远第一次感到自己爱上了一个女孩，即便在病痛中，一想到唐小果，他心里就乐开了花。以前他以为自己有多么勇敢、多么聪明，现在真遇到喜欢的女孩了，他却一筹莫展。而且上次在车上明明有机会表白的，自己却退缩了。在酒店的温泉旁也是，如果脸皮再厚一些，也许现在就不用在这里长吁短叹了。也许现在唐小果正坐自己身边削苹果给自己吃。

辛远把思绪从想象中挪回现实，身边只有一脸愁容的妈妈。辛远撒着娇说："妈，给我买点儿糖来吃吧，我饿了。"

辛远病好了以后，已经是大年三十晚上了。地上到处是小孩子放过的鞭炮屑，空气里飘着一股浓郁的火药味。辛远站在街边，掏出手机，确认了一遍唐小果发来的地址，可是这时候路上已经没有出租车了。

他们约好见面的地方离辛远家有些远，唐小果并不知道辛远生病的事，所以当辛远发来短信的时候，她随口说了一家离自己家不远的咖啡厅。

辛远病刚好，身体还有些虚弱，打不到车，就只能跑步过去。好在 D 市的路他都熟悉，不会走冤枉路。可即便如此，等辛远赶到的时候，咖啡店里的电视都已经在放新年倒计时的画面了。虎年即将过去，兔年即将到来。每个人都像吃了糖一样，乐呵呵的。

唐小果见到辛远之后说的第一句话就是：'我妈已经帮我把学籍转回 D 市了，

我以后不会回学校了，和那个男朋友也分手了。"

辛远点了杯卡布奇诺，扶着椅子坐下。他累坏了，一下子有些接受不了这三个信息，更不能理解这信息后面的寓意。他想，如果唐小果以后回到D市上学，不再去那座小城的学校，那他们见面的概率几乎就为零了。可是为什么她要告诉自己她和男朋友分手了？是在等着自己表白吗？

辛远还没有谈过恋爱，他可不想第一次恋爱就是异地恋，可是异地恋总比单恋和暗恋好。想了很久，正当他鼓起勇气想要表达爱意的时候，唐小果突然说："你在想什么呢？"

辛远有些紧张，连忙说没什么。

唐小果说："在这一年最后的几天里，能认识你，我还是很开心的。你送我的糖很好吃，也许以后我会喜欢上吃糖的，书上说吃糖可以让心情变好。以后想起你了，我就吃一颗糖。"

辛远说："我们以后不能再见面了吗？"

"毕业了也许还能见面的。"

"可是我不想等到毕业，我让我妈也把我的学籍转回D市。"

"不，不要，我想一个人安安静静地生活一阵子。其实我之前的男朋友对我很好，我也很喜欢他，如果不是因为他太小心眼儿了，我们不会分手的。"

"你不能考虑一下我吗？"

"如果你能用一句话打动我，也许我会考虑。"

辛远想了半天，结结巴巴地说道："我觉得世界上有三样东西是必须泡的，一是方便面，二是温泉，三就是你。"

唐小果听完这话，刚喝到嘴里的一口咖啡对着辛远的脸就喷出来了——"你这是夸我还是损我啊？"

辛远说："当然是夸你呀。虽然这比喻有点儿蹩脚，可是，这是我能想到的最好的句子了。"

"你的语文成绩不是很好吧？"

"你怎么知道的?我每次都是班级后十名。"

"看出来了。你太纯情了,我不忍心带坏你。"

六

唐小果走后,辛远想到一个新词语——无稽之恋,用来形容他和唐小果真是再合适不过了。莫名其妙地开始,匆匆忙忙地结束。

街上有人在放烟火,绚丽短暂。辛远从口袋里摸出最后一颗酒心糖,放在嘴里,直到巧克力融化了,才咬开。这时候辛远真希望这酒水能浓烈一点儿,麻醉自己的神经。

他想到新年过后,就要离开D市,离开唐小果,回到学校过那一成不变的生活了,眼角竟滑下了一行热泪。"纯情有罪吗?"他自言自语。

他想踢一踢路边的小石子,可是找了半天,地上竟然干净得没有一颗小石头。看到路边的小超市里有卖娃哈哈AD钙奶的,他就买了一瓶。他小时候最喜欢喝这个牌子的饮料了。如果不是后来有人取笑他长不大,他才不会去喝可乐和雪碧呢。喝完之后,他把瓶子放在地上,一路踢了回去。

虽然离开学还有一阵子,还有很多时间可以跟唐小果相处,可是唐小果说想一个人安静地待一待,他又怎么好意思去打扰人家呢?爱一个人,还真是难哪。辛远看着升起又落下的烟火,用力哈出一口白气,然后对自己说了一声"新年快乐"。

七

寒假结束后,辛远回到学校想到的第一件事就是去那家特立独行的糖果店买酒心糖。他顺着记忆中的路线走去,看到的却是一家奶茶店。他问店里的工作人员:"这里的糖果店呢?"

工作人员说:"糖果店?这里没有糖果店呀。"

辛远想说,寒假之前这里明明就是一家糖果店嘛,我还在这里买过糖,那个卖糖的姐姐还多给了我两块糖呢。可是看到奶茶店陈旧的装修和磨得掉色的沙发椅，他终究没有说出口。

这真的是一家开了很多年的奶茶店，辛远站在街口，一路望去，糖果店已经消失得无影无踪了。就像那个温泉女孩，好像从来没有存在过。

自己喜欢的那个人，可能永远也不会属于自己。真正可贵的感情，也不是一生一世。是因为对方，而变成了更好的人。

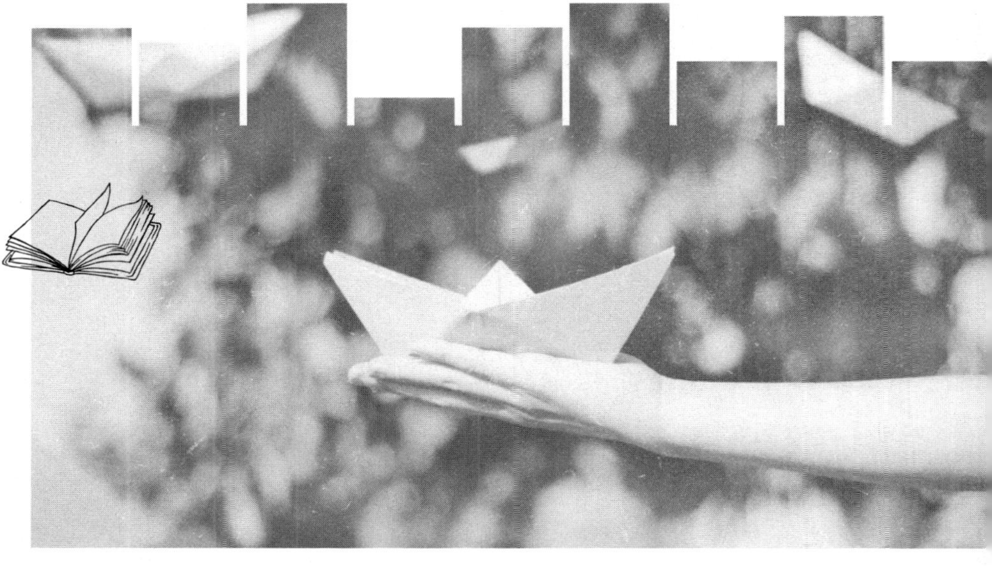

（1）画中美男

阳光洒满人间。在云和山的彼端，有一个巨大的湖泊，湖水清澈，时常有调皮的鱼儿跃出水面。不远处荡着一叶扁舟，舟头立着一只鸬鹚，如果不是身后的主人仁慈，它早就冲下去把那些调皮的鱼儿一条条全捉上来了。

一人，一舟，一只鸬鹚，在这山脚下平静的湖面上形成了一道独特的风景。如果仔细看，还能看到闲坐的人手中捧着的书。

这墙上的山水画李麦一年要看数千遍，睡醒睡前看，饭前饭后看，画已经不仅仅是画，更像她的信仰。她一边看一边想，整个身心都融入了画中。如此痴迷，倒不是因为这是她父亲留下的最后一幅画，而是因为画中那看书的人，是她的心上人。

李麦念大二，跟随外婆生活。画中的湖泊叫洱海，画中的人姓许叫默谦。许默谦比李麦足足大了十岁，但这在李麦看来不算什么。从洱海回来之后，她每天晚自习都会写上一封信，折成自己喜欢的样子，买来喜欢的信封，封好，等待放学的铃声响起，以最快的速度，冲到最近的邮筒。看着信封沉入筒底，她仿佛把一颗心都丢了进去。

这样的生活已经持续了一年多，安稳且平静，除了父母去世的时候乱了一阵子之外，从未间断过。父母的离开对李麦并没有造成太大的影响，她自幼跟随外婆生活，热爱游山玩水的父母一年之中陪伴她的时间不会超过两周，所以即便很多人都羡慕她有一双可以化腐朽为神奇的画家父母,她却从未将此当回事。

父母刚离开的那些日子里,她给许默谦写的信长了些,絮絮叨叨地说了很多小女孩的幼稚想法。因为写了太多页,不能折叠成好看的形状,只能简单对折,有时候还会超重,邮费要多付许多。也就是这时候,她才会想起,父母的离开还是带来了一些变化的,起码零花钱不再有那么多了。除此之外,其他改变都不大。尤其是许默谦那边,还是一如既往地沉默,从来不回信,也不打电话。有时候李麦都要怀疑自己寄出的信是不是都丢了,不然那么多热情的情话,就算许默谦的心冷得像梅里雪山一般,也该被暖化了吧。

(2) 旅途偶遇

一年中有三百天以上都在外面旅行的李氏夫妻,之所以从来不带上李麦一起,也是有原因的。小时候是因为她爱哭闹,长大了是因为她爱乱跑。李氏夫妻的风格是走在路上,看到悦目的风景了,就会不约而同地支起画架,沉浸在画的世界里。这时候身边有个小孩儿的话,只会扰乱心境。

只有高中毕业的那年暑假,算是对李麦优良成绩的奖赏,也算是对长久忽略她的一种补偿,父母带着李麦把西藏和云南走了个遍,足足用了两个月的时间。他们停留的最后一站便是大理。

墙上那幅画,就是在李麦的要求下画的。上路之前,父亲就对李麦做出过要求,父母想画画的时候,她就得在一边老实待着,不要跑太远也不要打扰父母。李麦也一直听从父母的安排,直到行程接近尾声,直到看到那个出尘的人,她才忍不住坏了规矩,打断了凝神构思的父亲。

"帮我画下那个人吧,就当提前给我的生日礼物。爸爸,我是第一次向你求画,你不会拒绝我吧?而且你不觉得那个人所在的角度比你仰望的那座山更美吗?"

"如果你只说了前半句,我也许还会考虑答应你。可是后半句是什么意思?你在怀疑我的能力?觉得我还不如你?你问问你妈妈,哪个角度入画更好看。"

"小麦说得对,我也觉得,那个人所在的场景入画更好看。你就听孩子一次吧,行程快要结束了,也该给孩子留下点儿什么做纪念,你若不画,我就画了。"破天荒地,母亲第一次没有顺着爸爸,李麦在心里面抱着妈妈亲了一口。

妻儿相求,纵使心性再高,爸爸也不忍拒绝。但也许是因为赌气,他把场景画得很大,人物画得非常小,甚至那只鸬鹚,都比它的主人大上几倍。

李麦虽然知道父亲是故意的,但也不好说什么,父亲能画,已经是给她的最好的礼物了,画成什么样李麦并不计较。更何况这画虽然不是李麦心中构想的那样,但从一个局外人的角度来看,还是相当美的。

(3) 因画结缘

许默谦在大理州古城区一条僻静的街道上开着一家客栈,名叫"画饼充饥"。说是客栈,可以提供的客房却没有几间,倒是有两个房间都摆满了书,像个小型的图书馆。

许多游客慕名而来,主要也不是为了住宿,而是为了许默谦这个国内知名的书法高手,想跟他求个字、合个影什么的,拿到了就走了。懂了游客的心思之后,许默谦白天便不守在店里,不是去爬苍山,就是泛舟洱海,直到天色很晚才回来。于是为了等他,游客们也只能住在店里,交足了住宿费,才能换来一张合影。至于字,许默谦是不会轻易送人的。

大理是李麦一家人暑假畅游的最后一站,阴错阳差,选了半天,最后选中了"画饼充饥"。李氏夫妻一直沉浸在自己的世界里,并不知道许默谦这个书法界的后起之秀,选择住在这里,只是因为客栈的名字里有个"画"字。

所以他们也算是因"画"结缘。

许默谦照例不在,李麦一家在靠近图书室的房间住下之后,就租车去洱海玩。一路避开了无数导游,终于看到了梦寐以求的洱海,李麦心里畅快极了。她极目远眺,就看到了远处舟上那个孤独的人。

李麦没有遗传父母的绘画基因,生下来只爱两样东西,一是看书,二是下棋。看到有人在这样的环境里看书,李麦就觉得非常亲切。于是她怂恿父母租了条船,在船上作画,上船之后,她就让船家把船开到了许默谦的舟旁。

显然是被打搅了,许默谦有些不爽,但也不好说什么。毕竟这是公开的水域,不是他的私人领地,如果不是为了等人,他真想立刻走掉。

看了看时间,离约定的时间已经过了一个半钟头,许默谦在心里暗骂了好友一句,随即静下心来,继续看书。也就是这一幕,被李麦的父亲画进了画里。

当日无事,许默谦等来了好友,如愿下了半日棋。李麦一家游完洱海又去爬了苍山,直到很晚才回到客栈。一进客栈,就看到正在磨墨的许默谦。

李麦一愣,双目交接之间,心头有一丝悸动。好在许默谦只是看了她一下,就把目光转移到她父母身上了。不过彼此也只是看了看,并没有搭话,那时候他们也不知道许默谦是客栈的主人。问前台的服务小妹拿了钥匙上楼休息的时候,李麦忍不住回头看了看许默谦。遇到一个这么合自己脾性的男生,对于李麦来说,是两个月来最大的收获。她吞了吞口水,心想如果不是跟父母一起,她一定要过去搭讪。这男生比那些明星好看多了,而且有一种超凡脱俗的气质。李麦第一次为自己不会画画而感到懊悔,她想如果会画画的话,一定要近距离给眼前这人来一幅肖像画。当然,前提是人家愿意配合。

(4) 为棋相识

累了一天,父母早早休息了,李麦却怎么也睡不着。房间里开着空调,她却还埋怨天气燥热,索性穿着睡衣下了楼,想看看那个人是不是还在。

前台的时钟提醒自己,已经临近午夜,虽然是闲散的游客,但不睡觉也不是件妥当的事。靠近前台的茶几上晾着一幅字,笔力雄健,茶几旁的沙发上,两个人正在围着一盘象棋厮杀。

李麦搬了条小板凳坐过去围观,下棋的人看了她一眼,没有说话,继续激战。下棋的一人是许默谦,另一人看上去得有七十多岁,满头银发,但精神依旧矍铄。

眼看许默谦就要输棋,李麦忍不住提醒了一句,话一出口她就后悔了。观棋不语真君子,更何况她支的那一着儿未必管用。

不等许默谦落子她就道歉道:"对不起,观棋不语,我多嘴了。"

许默谦没理她,继续思考对策,倒是那老人蛮好玩儿,笑着对她说道:"观棋不语真君子,见死不救非丈夫。"

"用'丈夫'不妥,明明是个女孩,应该换成'巾帼'。我要感谢她支的这着儿,不然按我的想法,还真得输了这盘。"说话间,许默谦已经落子。

你来我往,一盘棋很快下完,老人输了。看了看旁边跃跃欲试的李麦,他很知趣地道了句"天色已晚,我人老体衰,得回去睡了",然后就把位置让给了李麦。

下棋之前许默谦说道:"我是个棋痴,如果你把我下得兴起了,一定要陪我下到尽兴,不要中途赢了棋就回去睡觉啊。如果做不到,就改天再下。"

李麦一口答应,迅速摆好棋子,并不相让,直接一马当先杀了过去。虽然帅哥当前,心思一开始全在美色上,但一旦进入棋局,自幼就热爱博弈的她再没心思想别的,仿佛赢了他的棋便意味着赢了他的心一般。

两个人通宵对弈,一句话没说。前台的姑娘已经睡着,睡前给他们沏了壶茶。两个人一直下到天亮,也没有旅客来叨扰,许默谦十分开心。

"下了这局我们就去睡吧。你棋艺很好,如果不是年纪太小,我真想把你留下来。找一个和我棋艺相当的女生陪在我左右一直是我梦寐以求的事啊。可惜了。你打算住几日?"

"明天就走了。爸妈已经带我玩了两个多月,后天就开学了。"

"那真是太遗憾了。我还以为你能再陪我下几天的。我们能遇到也是缘分,我送你一幅字吧,就是我刚才写的……咦,字呢?"

"是放在茶几上的那幅吗?刚才那位老爷爷走的时候拿走了。"

"那家伙,一定又是拿去换茶了。也罢,要不我送你一盒茶叶吧,就是你刚才喝的这种,你喝得惯吗?"

"蛮好的,喝的时候香气四溢,喝完唇齿之间还有甜意。这茶我以前都没有见过。"

"这是苍山上一名棋友种的茶,没有量产的,比我的字可珍贵多了。"

许默谦回房间取了一包茶交给李麦，然后更收拾了棋局回房睡了。天已大亮，李麦也困得不行了，好在父母也都是能睡之人，李麦回去睡到中午才被他们叫醒，下午逛了下古城的街道，当晚便坐车回去了。临走之前，李麦要了客栈的地址和许默谦的电话号码。

（5）知道真相

回到学校之后，换了教室，但周围还是那么一群俗人，生活照旧，枯燥得让人生厌，李麦便生出了给许默谦写信的想法。毕竟打电话太唐突了，两个人并不熟络，而且都不是善于言谈的人。

第一封信她写得很委婉，只是表达了对许默谦的那种生活方式的向往，没有表达个人意愿。写第二封信的时候，她先给许默谦打了个电话，确定第一封信收到了，才开始写第二封。只是电话里的许默谦有些冷，只说有机会再下几局，没提其他，显得非常客套。

李麦讨了个没趣，但并不灰心，还是一如既往地写着自己的生活琐事。大约过了一个月，她在信封上写地址的时候被同桌看见，问了她一句："大理的许默兼，是那位书法家吗？"

"什么书法家？"

"你不知道吗？网上最近传得蛮凶的，说是著名美女作家俨如心因为和许默谦搞婚外恋，被夫家净身出户了，你上网百度下就知道了。"

李麦心里一凉，冥冥中有一种不祥的感觉，但放学后还是去了趟网吧。家里有电脑但是没有联网，网吧的气氛李麦很不喜欢，所以一直以来她很少接触网络。

进了网吧，她按同桌说的去搜了许默谦、俨如心和画饼充饥客栈，一大堆消息扑面而来，这时候她才意识到，自己喜欢的那个人，可能永远也不会属于自己。

她原先以为许默谦这块宝生活在那么出世的地方，应该是鲜为人知的，被她发现了，那以后就一定是她的了，却没想到许默谦是躲在那里的。

网上把许默谦的资料曝光得无比清楚，出生日期、出生地，连开"画饼充饥"

客栈的缘由也能查到，竟是被父母逼婚，不得已才逃去大理。

至于同桌说的和俨如心的恋情，倒没那么确定，因为俨如心已经去了国外。如果两个人真有猫腻，那她应该是去大理和许默谦一起啊。

但就算没有俨如心，许默谦这样的人，也不会看上自己吧，仅仅是在下棋上能和他对等而已，其他方面都是天壤之别。李麦有种知道真相之后眼泪掉下来的感觉。

当晚，她给许默谦打了个电话，接电话的是客栈前台的姑娘。她告诉李麦一个很让人绝望的消息，那就是许默谦出国了，要过几个月才回来。

（6）大胆表白

父母出事就在许默谦出国的那几个月。李麦找不到说心里话的人，就一封一封地给许默谦写信，知道彼此可能永远无法在一起了，她心里反倒放下了包袱。爱他只是她的事情，不一定非要让他为她的爱困惑。

这样的生活大概过了两年，她一直写信，从不打电话。两年之后的一天，已经读大三的李麦收到一条短信，内容是："你的信我都看了，你现在在读大三吧，学业要紧，不要再分心给我写信了。你若考了好成绩，我可以去看你。和你再大战一场，也是我一直期待的事。"

李麦好想问他结婚了没有，和那个俨如心的事情怎么样了，但是那些话打出了又删掉，发出的时候，只有四个字——我知道了。

李麦依旧写信，但不再寄出，都存在家里放茶叶的盒子里了。盒子很大，但是两年过去，茶叶已经被喝完了。她曾经想过再让他寄茶叶给她，但是想了想还是忍住了。她想等信把盒子装满了，再也塞不下了，她就把盒子快递给许默谦。

她一开始想那时候可能已经大学毕业了，或者可以考到云南的大学读研究生，那样就不用快递，自己捧着盒子亲手交给他。但是时间过得很慢，盒子塞满了，大学最后一年才过去一半。而且学习压力越来越大，她可以腾出的心思越来越少。为了能顺利去云南读研，她不得不咬牙去学那些她并不喜欢的科目。

她想，只要他还没有结婚，她就还有机会；只要她足够努力，幸运之神迟早会眷顾她的。她在床头刻了一句话——许默谦，你一定要等我长大！

信不再写了，但是想他的时候，李麦还是会做一些关于他的事情，比如看那幅画，比如研究象棋，甚至她还干出了织围巾这种她以前觉得只有很俗气的女生才会做的事。

做了这些俗事之后，时间便过得稍显快些。毕业过后，她跟外婆请了长假，打着外出散心的幌子去大理看他。他依旧是老样子，看书、下棋、泛舟洱海上，才不过三十多岁，却过得像位百岁开外的世外高人。

她依旧住过去的房间，不过守前台的姑娘已经换了。看着她对许默谦太热络，那姑娘的眼睛里便有了几分敌意，摆明了也是喜欢许默谦的。

两个人见面后二话不说，摆上棋就开始下。其间喊前台的姑娘泡茶，那姑娘磨磨蹭蹭，老大不情愿，最后泡了两壶茶，一壶是许默谦喝惯了的自己和的茶，一壶是招待游客用的粗茶。

李麦也不计较，拿起来就喝。两个人一下又到了半夜，一旁当电灯泡的姑娘受不住，先去睡了。趁着没人，李麦鼓起勇气说了句："我想留在你身边。"

"留在我身边干什么？"许默谦装作不在意，继续下棋。

"做什么都行。你看那前台姑娘能做的事，我都能做。"

"前台姑娘一年换一个，你愿意干一年就走吗？"

李麦沉默了，她知道他要的是一生一世，却还拿这样的话问她，分明是想让她知难而退，可是她怎么会甘心呢？她觉得就是磨，也要磨下去，反正这里的房费也不贵，她就住上一夏天，看他动不动心。

似乎是看穿了她的心思，喝了口茶之后，他接着说道："其实你不用在我身上浪费时间，不值得。毕竟我们年龄相差太远，就算我让你留在我身边，也不是长久的事。而且真正可贵的感情，也不是一生一世。"

"那是什么？"

"是因为对方，而变成了更好的人。"

"若变得更好了，对方却不在了，那变得再好又有什么意义呢？"

"你太聪明了。"

"聪明不好吗？"

"聪明用在下棋上是好的，但若要是相处，还是傻一点儿好。"

听了这话，李麦心里安稳了一些，既然他都提到相处了，那说明自己也算没有白来。只要在云南读研究生，经常来找他玩儿，就算他不承认也喜欢自己，又有什么关系？反正相恋的最终目的也不过就是日日相处，若能时常见到他，她的目的便也算是达到了。

（7）一局终了

考研的事情顺利结束，但去画饼充饥客栈做前台的提议，许默谦并不同意。拒绝的理由是，真工作了，他就不能随时要求她陪他下棋了。

伴随新学校到来的还有许默谦送她的礼物，和那次临别的礼物一样，还是一盒茶。和上一次的区别是，他拗不过她的软磨硬泡，带她去见了那住在苍山上的种茶人。

让她意外的是，那居然是个气质超凡的美女，不是她想象中的中年大叔，而且棋艺不在她之下。她第一次见到许默谦的那天，就是许默谦约种茶人在洱海下棋的日子。

许默谦和种茶人之间的对弈比和李麦下棋有趣多了，他们常常会小赌一把，赌注是字和茶。这两种东西都是无价之宝，拿到俗世可以换到不少宝贝。

看着他们对弈，李麦第一次心生自卑。上一次看到俨如心和许默谦的绯闻的时候，李麦还有那么一丝不甘，她觉得自己比俨如心年轻漂亮，更重要的是她和许默谦志同道合，能陪他下棋，还能欣赏他的字。

可是如今遇到了这个种茶的姑娘，她算是明白了什么叫绝望。和他们两个人的郎才女貌比起来，自己活像个小丑。有了这样的想法之后，李麦就萌生了退意。可是许默谦和种茶人的棋只下了一半，李麦的任性让许默谦有些扫兴。

  当天回到客栈,她留了一封长信给许默谦,信上的言辞幽怨无比,但最终是以祝他和种茶的姑娘百年好合收尾。

  许默谦看了她的信之后,和以前一样,丢进了床头柜里,那里已经丢了满满一柜子李麦写的信。但是丢进去之后,许默谦第一次拿出纸笔,给李麦回信。

  他想了很久,写下的却只有一段话:

  爱一个人未必非要求一个结局,就像我喜欢她,你喜欢我,都不会有结局。她也有她喜欢的人,环环相扣,谁也离不开谁 谁也成就不了谁。有一天你也会遇上像你喜欢我一样喜欢你的人,你也会面临选择自己喜欢的还是喜欢自己的这样的难题。我想以你的性格,多半也会选择前者,那就会和现在的我一样。其实这样也没有什么不好。上次和她没下完的那半局棋,等你回来了,我和你接着下下去。

爱与不爱的区别，不爱才分对错，爱就不顾一切。

那年我们十八岁

1

我十八岁的时候,在汝州市艺术学校学西洋乐器。艺术学校前身是戏剧学校,所以大部分学生仍旧在学唱戏和东方乐器。

和我一同学习的还有四个男生和两个女生。我们七个人组成了一个西洋音乐班,七个人中除了一个女生来自遥远的邯郸之外,剩下的几个人都来自省内周边城市。

我学吉他、贝斯和爵士鼓。来自邯郸的女生叫美佳,学街舞。本地的女生叫舒雅,学钢琴和小提琴。另外四个男生分别叫于连、郝晓然、谢优、赵阳,跟我一样都是同时学吉他、贝斯和爵士鼓。其中于连还学唱歌和萨克斯,所以后来我们组了乐队,他就顺理成章地做了主唱。

教我们的老师有三个,小巧玲珑的美女王老师教全校学生的乐理和视唱,当然也就包括我们。高大威猛、长发飘飘的帅哥李老师教我们所有乐器,他曾经是国家艺术团的演员,多次随团出国演出,后来受了伤,才回到小城开始从事教学工作。另外一个性感迷人的刘老师是李老师的老婆,她比李老师小了二十岁,但两个人非常相爱,她教舞蹈和唱歌。

我们每周只有一节视唱课和一节乐理课,其他时间都是自由练习。正所谓师父领进门,修行在个人,基本的乐理知识懂得之后,再跟李老师学些技巧,剩下的就全靠自己练习了。李老师每周会来两次,纠正我们练习中的错误,同时教授一些新的技巧。

　　刘老师来的时间多些，虽然学舞蹈的女生只有一个，但是学校有很大的舞蹈教室，她不上课的时候，自己也在里面练习。看得出来，受伤之后，李老师只是把音乐当作赚钱谋生的技能了，而他的老婆刘老师对舞蹈和唱歌还是心存梦想的。虽然已经结婚，但她应该像我们一样，不甘心一直待在小城，毕竟她比我们也大不了几岁，还处在心比天高的年纪。

　　我喜欢看刘老师跳舞，她长得本就性感迷人，脱掉外衣只剩下舞蹈服之后，那火辣的身材就更是让处在青春期的我们吞口水了。每次她跳舞的时候，窗外都围满了学生。跟着她学舞蹈的邯郸女生美佳也很漂亮，但可能是因为年纪还小的缘故，她是那种未发育的青春之美，虽然看着赏心悦目，但和刘老师站在一起，外表上就毫无诱惑力了，剩下的只有内心深处的吸引。

　　美佳在跳舞之余也喜欢看书上网，所以跟我的共同话题蛮多，我们经常一起溜到校外通宵上网，经常互看彼此买的或借的书。因为这层关系，我就不太好意思跟那些学戏的学生一样围观她的老师，同时也是我们的师母。

　　但不太好意思不代表不想，一有空我还是会借着找美佳的工夫，溜到舞蹈教室里面去。刘老师也会弹吉他，所以对我在她们的教室里练琴也不反对，偶尔看我弹错了还会指点我。这样久而久之，那些无法进教室，只能在外面围观的学生就很嫉恨我。

　　那些学生中不包括于连他们。虽然同样是在情窦初开的青春期，但是他们四个都秉承兔子不吃窝边草的原则，各自交了女朋友，都是外校的学生。所以对于刘老师和美佳，他们虽然也喜欢，却只能保持适当的距离。

2

　　我不擅长和陌生人打交道，所以每次大家一起出去玩儿，一有陌生人我就借故离开，独自去书店看书，或者去上网。

　　时间长了之后，于连等人带着各自的女朋友去KTV（指配有卡拉OK和电视设备的包间）的时候，也习惯不叫我了。只有美佳或舒雅跟他们一起去的时候，才会叫上我。

舒雅是个很纯朴和传统的女生，因为家就在本市，所以她和老师们一样不用住校，每天骑着自行车上下课。她的梦想是考入更大的艺术学校，然后出国留学，同时也因为家境较好，她跟我们在一起，总是有一种距离感。

比如一起吃烧烤，她是从来不吃的，外面的所有小吃她都觉得不干净。一起挤公交车，她也不习惯，除了自行车和步行之外，她去哪儿都是坐私家车。因为她的这种不合群，让美佳误以为我和舒雅是一类人，每次大家在一起，美佳都会有意无意地撮合我们。可惜我对舒雅一点儿兴趣也没有，舒雅一心要去外面的世界，也根本看不上我。

电影《立春》里有一句台词——我不想在这个小城市发生爱情。汝州对于我来说，也是一个小城市，如果我要在这里发生爱情的话，那女主角只可能是美佳。尽管她看上去对每个人都一样好，但我仍旧觉得，我和她之间，比她和其他人更亲密、更默契。

邯郸离汝州还是很远的。一到月底假期，附近城市的学生都会回家，整个学校都空了。我因为和父母在一起总是起争执，同时也想陪着美佳，就从不回去。

校长也乐意有学生留下来守校，这比让他专门请保安划算多了。所以每到月底假期他都会发几百块钱生活费给我，让我来负责四天假期里留下来的学生的生活。

通常留下来的就我和美佳两个人，偶尔有个别不想回去的学生，也都是在校外玩，不到天黑要睡觉了根本不会回来。

因为时间太多，我和美佳就在空荡荡的教室里下棋，谁输了谁就负责去买外卖。吃饱了她会跳舞给我看，我的吉他虽然弹得不好，但一两首情歌还是会唱的。

我们过得像情侣一样，但谁也没有提爱情。

3

貌合神离的关系持续了三个月，我们几个人总算都有了点儿音乐方面的基础知识。这时候老师提出来让我们组一支乐队，共同进步。于连自然是主唱，我做主音吉他手，郝晓然负责贝斯，谢优弹和弦，赵阳打鼓，舒雅负责键盘，美佳有时候给我们伴舞。

班级自然没有乐队的凝聚力大，组成乐队之后，因为各司其职，谁也不敢懈怠，有一个人跟不上节奏，其他人就都要停下来等。谁也不想做那个拖后腿的，于是去KTV的次数少了，去网吧打游戏或者去书店看书的次数也少了。

不过这种牺牲是值得的，一个月时间，我们就排练好了四首歌。教我们乐器的李老师同时还经营着一家酒吧和商演团队，他答应借酒吧的场地给我们试演，如果演出成功，就安排我们接商业演出，不但能赚点儿名气，还能分点儿钱。

而这个时候，我们才想起来乐队需要一个名字。

因为美佳不需要时刻陪我们排练，所以乐队的杂事比如买东西、对外谈事情就都交给她了，她从我们音乐班的班长晋升为了乐队队长。美佳姓余，于是我就提议我们的乐队叫"虞美人"乐队。

于连表示赞同，其他人也就勉强接受了这个奇怪的乐队名。我当然不会解释我的别有用心，李老师问起，我也说是心血来潮。

在酒吧的演出还算顺利，来看的都是年轻人，听到动情处，大家都跟着跳起了舞，于是商演的安排也就进入了流程。

我倒是不介意是否赚钱，毕竟我那时候还在"啃老"，钱对于我来说还是无足轻重的东西。我只想尽快成名，像于连那样。

于连在小城是个奇迹，因为长得帅，萨克斯也吹得不错，在乐队没组建的时候他就已经声名在外。几乎每天都有外校的女生慕名而来，于连身边的女生也是走马灯似的换个不停。

同样十八岁的我，当然也渴望被关注、被崇拜，有一个闪闪发亮的青春期。

为了公演能够成功，我们夜以继日地排练着，生怕演出当天出现一丁点儿差错。李老师来看我们的次数也频繁了，因为是签了约的商业演出，如果我们搞砸了，他不但拿不到钱，对他以后跟人合作也会有影响。

4

离商演还有半个月的时候，刘老师带我们去洛阳置办服装。我们每个人都把自己打扮得酷酷的，好像一登台就会红得发紫一样。

现在回想起来，那简直是白日做梦，那时候在我们看来闪耀无比的舞台，让我紧张得不行的演出，其实不过是一场只要两千块演出费的开业庆典罢了。

场地在商业大楼前面的广场上，还算开阔，除了我们这支乐队，还有一群身高一米八的模特儿等着走秀。

演出的时候看着周围黑压压的人群，我整个人都是蒙的，不记得自己唱了什么，是否弹错了，甚至不记得自己是怎么上台又下台的，整个人好像都变成了麻木的机器。好在事后老师并没有说我们弹得不好。

为了庆祝乐队的首场公开演出，我们把老师给的钱全买了烧烤和啤酒。除了于连一早就被女粉丝带走之外，剩下的人都喝得烂醉，我醒来的时候，裤子都找不到了，完全不记得自己是怎么回到住所的。

第二天一早去学校，舒雅说我喝醉的时候搂着美佳非要亲人家，搞得美佳吃到一半被吓跑。舒雅让我见到美佳的时候跟她道歉，我说我什么都不记得了，美佳一定会原谅喝醉了的我。

可惜第二天我并没有见到美佳。一连几天没见到，我就忍不住问了刘老师，然后才知道美佳家里出了些事情，她回邯郸了。

于连不知道美佳家里的事情，还揶揄说美佳是为了躲我才回邯郸。

"邯郸"这个对于我来说陌生到只在课本上看过的城市，在美佳回去之后，突然变得让我向往起来。因为一个人，而喜欢一座城市，这是第一次。

我的生活因为美佳的离开而暂停了，于连等人的生活仍旧在继续。因为公开演出的成功，乐队拥有了一大批女粉丝，都是读高中的学生。我们去老师的酒吧的时候她们跟着去，我们回学校练习的时候她们跟着来。

我也因为这批女粉丝的到来，有了第一个追求者。她的名字叫李凤，平时打扮得"特立独行"的,据说还是他们学校小太妹们的大姐大。

虽然是女生,但她看上去比男生还 man(男人)。刚认识没多久,她就在我去书店的路上堵我,说:"我喜欢你,你看着办。"

我能怎么办,我还在等美佳回来呢。我当然是"凉拌",一见她就躲。结果她不觉得我是在"凉拌",反而觉得是她太主动了,搞得我害羞了。

天地良心,我是一个大老爷们儿,我害什么羞。

5

俗话说,长得漂亮是优势,活得漂亮是本事。像于连这种人,长得漂亮,活得更漂亮,招女生喜欢的同时,也招男生嫉妒。而我呢?活了十八年,既没优势,也没本事,唯一的优点就是心态好,遇到于连这种既优秀还勤奋的人,也能保持一颗平常心。

我觉得只要自己保持平常心就好了,但树欲静而风不止,我能控制住自己不去嫉妒别人,却无法阻止李凤这样的人看走眼,愣是看上了处处不如于连,甚至连郝晓然、谢优、赵阳等人也不如的我。

因为美佳不在,我只好找舒雅诉苦,可是舒雅觉得,野百合也有春天,野百合应该珍惜春天。

这等于变相地让我不要等美佳了,我怎么能甘心,我虽然是野百合,但我纯天然无公害,不像于连天天祸害漂亮妹子。相对来说,李凤也算是一个祸害,他们俩明明更般配,结果他们确实谁也看不上谁。

在躲避李凤的日子里,学校里也发生了一些变化。校长觉得学校地理位置太偏僻,生源太少,想搬到市中心去。其实明明是师资力量不够嘛,放假请个保安都舍不得,让学生当保安。好不容易有几位老师吧,基本上个个都像李老师一样有副业,基本上个个都靠副业赚钱,教书育人更像个幌子,这样的学校,生源能多才怪。

学校一搬家,学费就要涨,这让我有了退学的念头。另外几名同学呢?虽然也跟我一样学了半吊子，但是他们天赋好，而且跟李老师说好了，如果退学就到李老师的酒吧和商演团队打工。

还没搬家呢，先吓到了学生，让众人都有了退学的念头，这是校长始料不及的。没奈何，为了保住这为数不多的学费，校长特意准许我们提前毕业。只要再交一年学费，就算我们出去实习了一年，就能拿到毕业证。

我其实不在乎毕业证，十八岁的时候，情窦初开的我几乎什么都不在乎，除了爱情。我想只要有了爱情，现实中的一切都可以战胜。

所以我并没有对学校的变故表现出多大的关心，我只关心美佳什么时候回来，只担心李凤又来拦路表白。

6

美佳回来的时候，离我们离开学校已经没剩几天了。她兴致勃勃地回来想再学一年，却没想到我们都要走了。

可能是都觉得离分开不远的缘故，大家都格外珍惜彼此了。去KTV，大家硬拖也会拖着我。而我也不好意思独自去书店或者网吧，大部分时间，都更愿意跟同学们待在一起，但我们待在一起也没多少事可做，无非是一遍又一遍地排练。对于未来，我们信心满满，却又顾虑重重。

李凤来找我的时候，我就拖着美佳去拒绝她。她倒是拿得起放得下，再也没来找过我。更难得的是美佳，竟愿意暂时做我的女朋友，替我去回绝李凤。

感情的事情，有时候答应是过错，拒绝也是错。答应和拒绝的对错，全看最后的结果。如果有情人终成眷属，最后白头偕老了，那当初的努力付出和坦然接受就都是对的；如果最后不欢而散分道扬镳了，那当初答应就是错的。

所以我安慰自己，假如跟李凤在一起，以后肯定会后悔，所以拒绝了对彼此都好，接受了才是对她的伤害。而美佳呢？不管最后结果如何，爱过就好，没有天长地久就要曾经拥有。这就是爱与不爱的区别，不爱才分对错，爱就不顾一切。

得知我们大多数人都要走，老师来得也勤快了些。虽然知道一口吃不成个胖子，三天教不出个人才，但他们还是想尽可能地把所有知识都教给我们。

我们也很争气，有时候熬夜学，弹吉他、贝斯的手指都磨出了血，又在血中长出老茧。打鼓的都用砖头练习，几百块厚厚的砖头都被我们敲打成了粉末，粉末又成了灰，风一吹，那些砖就像没有存在过。

7

最后几天，我们不再练习，没事就聚在一块儿聊梦想。

于连说他要超过黄家驹的成就，打造一支可以跟 Beyond 媲美的王牌乐队；美佳说她要参加世界街舞大赛，成为世界舞王；舒雅说她要移民澳大利亚，和袋鼠生活在一起；郝晓然、谢优、赵阳，他们三个跟我一样，要做一流的吉他手，顺便还想做做鼓王。刘老师也加入了我们，说等学校搬家了，她就辞职，不再教学生了，她也要专心致志地去追求她的梦想。

梦想虽然离我们很远，可十八岁那年，谁也不觉得自己会被现实打败。包括这次离开学校，我们对彼此也说这只是暂时分开，乐队也不用解散，有朝一日我们重聚了，"虞美人"的歌曲还能重演。

期末考试之后的小长假，为了聚在一起，我们都没有回家。于连借了一辆小推车，用校长给的生活费，在学校隔壁的小卖部里买了一推车啤酒和花生米。

我们边喝边聊，啤酒瓶碎了一地。谁也没想到，若干年后，梦想会比啤酒瓶更容易碎裂。假期结束后，美佳回邯郸待了几个月，然后做了"北漂"，不知道她在家时经历了什么。去了北京后她就跟我们断了联系。很多年后我被朋友带到一家地下酒吧，一进门就看到穿着暴露的她围着钢管在跳舞。时隔多年，那个清纯得让我看了没有欲望的她，已经被欲望吞噬。我站在暗处，泪流满面，在她发现我之前，独自离开。

而于连，毕业后就一直在南昌他表哥的酒吧驻唱。他一开始说他去南昌只是为了挖人生的第一桶金，等攒够钱了就开始组乐队，结果一晃多年过去，有次我打开 QQ 看到他的新年祝福，回复的时候发现他正好在线，于是赶紧开了视频。

他已经剪去了指甲,染黑了头发,更可怕的是,他身后的女人抱着一个胖娃娃,管他叫"爸爸"。我们已经没有一点儿共同话题,寒暄了几句之后,就关了视频和语音。

要做世界鼓王的郝晓然、谢优、赵阳,毕业后一起去了歌舞团。从搬音响设备的杂工,终于到都可以上台了,但每个月一千多块钱的工资和寥寥无几的观众,让他们坚持了一年就崩溃了。

他们各自回家,后来又聚到一起,开了一家运输公司。郝晓然做老板,谢优开车,赵阳押车,昔日放荡不羁爱自由的三名摇滚少年,彻底变成了没有故事的泛泛之辈。

但他们都好过舒雅。舒雅毕业后一切顺利,因为有家里的支持,顺理成章地进了名校,完成了学业。但是在办完出国手续之后,她在去机场的路上死于车祸,终究还是没能看到袋鼠。

而曾经相爱的刘老师和李老师,也终于在孩子七岁时离婚。李老师依旧留在小城市守着他的事业,刘老师消失在了茫茫人海。

我呢,叛逆了十一年之后,也变得温顺柔和,关于音乐的梦想绝口不提了,关于写作的梦想却仍旧在继续。会不会有一天,我能成为享誉世界的畅销书作家,拿到诺贝尔文学奖,已经不是最重要的了。重要的是,我生命里最重要的那年,最快乐、最无忧无虑的那年,和那年陪伴在我身边的人,永远成为过去时,而那种永远,比梦想还要远。

没有过去的人

我对生活的要求不高,睡觉的时候能伸直腿就行。

（一）

  我在还很年少的时候就来长沙了，这是一座常年被雾霾笼罩的城市。我住在一条还算繁华的街道后面，每天早上穿过大雾到江边跑步。

  跑得大汗淋漓之后我就回住所洗澡，换上一身干净的衣服和鞋袜，到街尽头的甜品店吃早点。通常我会叫上某个姑娘陪我一起吃，她们和我一样，都是靠给影楼做模特儿为生。不一样的是她们总是起得很晚，我吃早点的时候叫她们，等真正有姑娘坐在我面前的时候，已经可以吃午饭了。

  我记得我的童年是在河南度过的，但具体是在河南哪个地方，和哪些人一起度过的就不记得了。

  我常常和姑娘们在甜品店里旁若无人地闲扯，有时候声音很大，会吵到隔壁桌的客人，但好在我们聊的内容不是那么低俗，所以一直也没有被抗议过。至于店老板嘛，我都不嫌弃他在甜品店里卖炒河粉和炸酱面，他有什么理由嫌弃我在吃东西的时候和人大声聊宇宙的寿命和海底世界呢？

  而且有时候吃完东西结账的时候我会发现邻桌已经替我们埋单了，或者聊天儿中途就会有人过来要签名。我坚持认为他们是被我们的聊天儿内容所吸引，因为我觉得我有时候就像个说书的，可是店老板认为那些顾客误把我们当作明星了，因为这条街上好看的女人并不是很多，寥寥数个全集中在影楼了，而我大概是这条街上唯一好看的男人了。

常有关系还算不错的人劝我找点儿模特儿之外的事儿做。

"总有一天你会老的，到时候影楼就不会找你拍片了。你总要为以后的生活做准备。"他们总是这样劝我。我有很多很多的理由反驳他们，可是我懒得说，毕竟他们也是一番好意。如果我说我老了就去死，他们搞不好会把我送进医院。我讨厌医院。我能想起的最早的记忆，就是我从医院里逃出来的时候，后面一群穿白大褂儿的人追我，我穿过三条街才甩掉他们。不过与其说这是我最初的记忆，不如说是我最初的噩梦，每个月总有几天，我会从这样的噩梦中惊醒。

我也有不跟人说话的时候。遇到影楼搞活动，我和那些姑娘就都要像雕塑一样站在街上，一站就是几个小时，别说闲扯了，动都不能乱动一下。我很尊重我的职业，所以偶尔有姑娘上来搭讪，我也视而不见，甚至遇到了熟人，我也还是那副"跟我拍了婚纱照就会成为世界上最幸福的女人"的表情。

这样的生活过了很多年，我以为会一直过下去，直到有天那个经常陪我一起吃东西的姑娘辞职了。她的照片被一本很畅销的杂志刊登了，这给了她巨大的信心，她决定离开这座三线城市，到大都市去闯荡一番。

她走的时候留了一本刊登了她照片的杂志给我，上面的她比现实中的她要美很多。在她的照片后面有一则征文比赛启事，巨额奖金让我觉得也许我也可以尝试改变一下自己的生活。

我是想到就会去做的那种人，于是早上从噩梦中惊醒的时候，我不再去奔跑，而是把噩梦记录下来，然后去吃饭。有一天我有一种强烈的预感，就像做梦梦到一串数字醒来去买彩票就中了大奖的感觉一样，我觉得我把我记录的噩梦发到征文比赛的邮箱里，也许能中奖。

然后我就做了，接下来是漫长的等待。等待中最开心的事是偶尔会收到离开的那个姑娘从远方寄来的橙子，吃起来有一种跋山涉水、漂洋过海的味道。

夏天过去之后，我收到了大赛举办方寄来的邀请函。我想我要离开长沙了，而且不只是离开而已，可能再也不会回来了。我心里有一点点恐慌，但更多的是期待。生活总是要改变的，或许我一时不能适应新生活，但万一我老了之后不想死呢？想活下来却没有钱多悲伤。所以提前做点儿准备也是好的，这样到时候也能多个选择。

（二）

一本书、一套换洗的衣服和鞋袜、一台轻薄的笔记本电脑和这些年我所有的积蓄，被我装在背包里。我要去的地方只有一个熟人，就是那个照片被刊登在杂志上的姑娘。她叫姜姜，是个非常善良的姑娘。

她看到我也出来追求梦想了，非常开心，主动把她住的地下室分了一半空间给我。虽然住所简陋得让人想哭，但是一听到她说还有人住在热力井里，还不如我们呢，我就把泪水强行收了回去。我对生活的要求不高，睡觉的时候能伸直腿就行。

比赛要五六天，我白天去参加比赛，晚上就和姜姜去地下影棚拍照，赚取的费用足够我们在这座车水马龙的城市生活。

因为在长沙的时候经常晨跑，我的肺已经锻炼得十分强大，所以新城市糟糕的空气并没有让我不习惯。有时候起早了，在去考场的路上，走到高处的时候，我会忍不住停下来，回头看脚下的人。他们都戴着厚厚的口罩，面目模糊，我看着他们，就像看着一个梦一样，感觉十分脆弱，一戳就破。

也许是因为之前没有写作经验，比赛到第三天我就被淘汰了，巨额奖金跟我打了个招呼就往别人的口袋里跑去。说不失望是假的，但我最不在乎的就是钱，所以只是为不被认可而失落了一下，和姜姜一起干了两瓶啤酒，一觉醒来就把这事儿搁下了。

而且我想我还要感谢这事儿，不然我就会一直待在过去的城市，永远也走不出来。新城市虽然也不是特别招人喜欢，但这里住着许多千奇百怪的人，单是这一点就挺好玩儿的。

有时候晚上接不到活儿，我就一个人在街上溜达。街上的人越来越少，最后只剩下我一个人的时候，我就往回走。

有一次在回去的路上遇到一个人，留着飘逸的长发，扛着一个巨大的画板，骑着一辆女式电瓶车，这些都不是最重要的，最重要的是他光着身子，那么好的身材，不穿衣服太浪费了。我有意拦下他跟我一起拍照，结果他一看到我，就猛轰油门，飞快地跑了。

干这么大胆的事儿的人居然这么羞涩，多好玩儿。我把所见所想讲给姜姜听，她叹了口气，说这不是好玩儿，是压力太大，这是释放压力的一种新方式呢。

因为长得好看，我不担心吃不上饭。连续几天没有接到拍照的活儿之后，我就去给人当群众演员，钱不多，但对我来说是个新挑战。我喜欢尝试不同的生活方式、不同的职业，累点儿也没关系。

晨跑的习惯到了新城市之后被我改成了午夜跑，有时候也拉上姜姜一起，在空旷的街头赛跑。她个子小小的，有时候却跑得比我还快。我追上她了会忍不住想亲她一口，总被她推开，她说她有喜欢的人了，还像模像样地拿出照片给我看。我一看吓一跳，那人不光比我好看，还是位明星。

"他知道你喜欢他吗？"

"总有一天我会让他知道的。"

"你真厉害，我做什么都好，就是在喜欢一个人这件事上没有毅力。"

"以后你娶个老婆就好啦，就可以一辈子了。你讨厌麻烦事，离婚那么麻烦的事儿你肯定不会做。"

"可是谁会嫁给我呢？"

"不好说，也许你明天就能遇上命中注定的那个人呢？"

"要是你追不上大明星，就嫁给我算了。"

"喂，咱们还能不能愉快地玩耍了？要祝福我，祝我成功知不知道？不要诅咒我，我一定可以追到他的。"

（三）

我是一个没有过去的人，就像离开了树的叶子，虽然被风带着自由自在，可是也常常希望能够生活在树上。简单来说,就是看到他们和父母愉快地玩耍时,我也会假想,如果我有爸爸妈妈,我的生活会有什么不同?

会有人爱我,但同时他们也会约束我。任何事物都有两面性,没有只好不坏的。想到这里,我也就乐得一个人了。姜姜跟我不同,她常常会陷入回忆里,走不出过去那些事儿。她羡慕我什么也不记得,她想过跟我一样的生活就只能拒绝回去。

我常常看到姜姜接到家里人的电话,他们用方言争吵着,我听不懂,只能看着姜姜的无奈表情。当她的泪水流下来的时候,我就切一块冰糖橙塞到她的嘴巴里。

我很担心有一天,有一个过去的人来到我面前,告诉我他是我的谁谁谁,告诉我我的真实身份是什么,经历过什么事。我想如果有那么一个人的话,最好等我要死的时候再来,这样在思考漫长的往事中时,死亡这件事就不那么痛苦,反而让人觉得有一丝丝惬意。

待在新城市的第二年,姜姜问我有没有离开的打算,我说:"换个地方也还是一样生活,不管在哪里都是为了梦想虚掷年华,所以没什么要紧事还是懒得换的。"

"像你这样没心没肺、无牵无挂的真好,如果我明年还不能赚到足够多的钱,就得回老家嫁人了。"姜姜捧着那本刊登过她照片的杂志说,那是唯一一本刊登了她照片的杂志,之后她和给我们摄影的人拿着新照片投了很多地方,再无音讯。

"为什么要回老家呢?在这里嫁人不可以?"我表示不解。

"因为爸妈需要照顾,我不能丢下他们只痛快地过自己的人生。"

"可以把他们接到城市里来。"

"那要有足够多的钱才可以,我不想为了钱嫁一个我不喜欢的人。"

"你这么漂亮,回去嫁人也太委屈了,你在老家也未必能有喜欢的人啊。"

"老家的人都很纯朴,要不你到时候跟我回去?算了,我不能耽误你的人生。"

我试着想象姜姜老家的样子,是不是有大片大片的湿地,有丹顶鹤在上面觅食嬉戏,有健康的小伙子和调皮的大姑娘在水上划船,那里的水是甜的,空气也是甜的？

可为什么姜姜要离开那么美丽的地方来到这里呢？我没有问，怕问了她就会立刻想回去了。梦想长久不能实现，真的会让人绝望。如果真有一个我想象的那么美好的地方，我想我会跟着姜姜回去。

（四）

我们尽管一直说着离开，可是谁也没有走。我们都觉得也许明天就成功了，如果在今天放弃，那就白费了昨天的坚持。因为不舍，而再难飞跃。

在姜姜喜欢的男明星被爆出已经结婚多年的那晚，姜姜喝醉了，把我看成了她喜欢的那个人，和我说了好多话。我困得不行，她还是拉着我不松手。后来她也睡着了，我就在她身边躺了下来。

我虽然没有失过恋，但我看过很多书，知道失恋只是一种常见的心理疾病，不需要吃药也不会致命，只要转移下注意力，静待时光过去就好了。偶尔遇到本质太差的人，只要减少独处，身边有人陪着，就不会太危险。

我躺在姜姜身边，感觉自己就像一包中药，在时光中熬呀熬，熬成了渣，熬出浓郁的汤水，只要姜姜吸一吸鼻子闻闻，病就全好了。

醒来的时候，我发现姜姜正侧着身子、手托着腮在看我，一脸疑惑的样子，好像看到了外星人。我伸出手，捏了捏她的脸问她："在干什么？"

她认真地问我："你的梦想是什么？"

我愣了下，看着低矮的天花板，想起《悟空传》里的一段话："我想我飞起时，那天也让开路，我入海时，水也分成两边，众仙诸神，见我也称兄弟，无忧无虑，天下再无可拘我之物，再无可管我之人，再无我到不了之处，再无我做不成之事。"

这段话凭空出现在我脑海里，我突然就想起了我过去的那些经历。那年，也是在一个清晨，我躺在床上，身边的电风扇吱呀吱呀地响着，在风扇声中，一个姑娘也像姜姜这样托着腮问我："你的梦想是什么？"

世　界
那么大，命中注定遇见你

浮生如梦

我们所能依仗的只有青春,当青春逝去,我们就会失去光芒,就会变成普通的甲乙丙丁。

十四岁的时候，在街上看到背着吉他和贝斯的长发少年匆匆走过，不知道是被他们远远超出年龄的冷漠表情吸引，还是因为他们特立独行的装束让我看到了一条不同的路。

那次原地驻足后不久，我在舞台上再次看到他们，他们冷漠的表情被热血取代。那时候我还分不清楚摇滚和民谣的区别，只觉得他们太酷了，怎么会有那么酷的人？

之后我从重点中学转到没有人看好的艺术学校，转学过程中和家长的抗争太过激烈辛酸，此前多有叙述，不再重复，在此只说到艺校后的事情。

首先是蓄发，打耳洞，去商店问店员要一只袖子的上衣和裤腿不齐的牛仔裤。从外表上看我似乎是加入了他们，踩着效果器听电吉他嘶鸣的时候，我甚至觉得我超越了他们。

梦想这么简单就实现了吗？为什么我不觉得快乐，反而更加迷茫了？在重点中学的时候我知道我的路就是战胜无数场考试，杀入名牌大学，征服世界级的公司，成为世人赞颂的成功人士。而进入了艺术学校，进入了地下摇滚圈子，加入了"死亡和弦"乐队之后，未来似乎变成了一个鲜红的问号。

我们抨击一切，却没人讨论未来，或者说未来对于我们来说是一块不可触碰的伤疤。我们所能依仗的只有青春，当青春逝去，我们就会失去光芒，就会变成普通的甲乙丙丁。

想透了这些之后,十五岁的我觉得无比空虚,每天反复地练琴,一首歌、一个和弦、一个切音动作就可以浪费整整一天。

我努力说服父母,融入了自己觉得酷炫无比的圈子里,听最黑暗的音乐,唱最绝望的歌,接受无数少女的崇拜和比自己大很多岁的女人的爱。空虚和忙碌交叉着的新圈子就像一个无底洞,而我是一块海绵。

海绵可以吸收超过自己体积的水分,可海绵只能吸收,无法消化,那些水轻轻一挤就会洒出来,而且柔软的海绵在这个坚硬的现实里,寸步难行。

靠着青春年少,我在乐队里茫然度过了三年。摇滚没有像我们期待的那样大热起来,反而变得越来越小众。演出的机会越来越少,键盘手主动跳槽到唱流行歌曲的乐队里,而那曾经是我们最鄙视的乐队。

但是他们最赚钱,他们什么活儿都接,开业庆典、婚姻庆祝,甚至给死人送葬。而我们,拒绝一切让我们不舒服的合作方,随着听众变少,我们也开始变得不自信。

尽管一直有单纯的少女给我们送来食物和水,但一直想靠音乐去改变世界的我们,怎么甘心接受粉丝的救助?

十八岁那年夏天,我决定去北京,硬挺了三年的乐队宣告解散。陪我们跳街舞的女生去了上海读舞蹈学校,贝斯手跟随家里的商队做了卡车司机,鼓手南下镇江在酒吧驻唱。而我,在我们租住的房子到期之后,摔碎吉他去了北京。

我没有颜面回家,我曾扬言靠音乐荣归故里,结果音乐差点儿让我饿死他乡。就像登上了山才发现山后有更高的山,实现了梦才发现梦醒后还有更多路要走。

"北漂"的日子虽然比在乐队更苦,但终于有了目标和希望,那就是以没有文凭的身份,获取比名校毕业的学生更好的工作机会。是不是有点儿像痴人说梦?

我也觉得,但有目标总比没有好。

那段日子,我连地下室都住不起,只能挤在胶囊公寓里,每天蹲在电影制片厂门口,出演那些永远不可能有正脸的角色,但这些辛酸终于让我有了一点点积蓄。

有时候路过798,路过三里屯,看到那些很像过去的我的少年,会想起关于音乐的梦，但这个梦就像一块隐疾，一碰就疼。

给家里打电话，永远是报喜，今天和某某某导演一起吃饭了，昨天和某某某明星同台演出，前天……

我身边确实围绕着无数光芒万丈的人，但光芒都是他们的，我只是一颗螺丝钉，平凡的螺丝钉。

这些关于辛酸生活的感慨，被我写成故事，发在了网上。没想到竟然被一些纸媒转载了，于是打工之外，我开始有了稿费收入。

但那点儿收入何其微薄，而我又不可能专职写作。

唯一的好处是有了读者之后，我有了一点儿精神支柱。我想他们给予的言语上的支持，至少可以让我支撑三五年吧。

而正是那三五年的坚持，我的人生开始有了转机。音乐是我放不下却只能放下的梦，而我需要新的梦，这梦想不能仅仅是赚钱，或者仅仅是一份让人羡慕的工作。写作似乎最适合那时候的我，但我很担心我全身心投入写作后，会变得像热爱音乐一样，头破血流，千疮百孔，一无所获。

十九岁过了一半，我握着手里的积蓄，南下成都，这次是为了爱情。那个女孩对我说，如果有梦，就要放手一搏。

她十五岁的时候打算写作，怕自己不能坚持，就借钱买了当时超级贵的IBM笔记本，然后逼着自己用半年时间靠稿费还清了债务。债务还清的同时她也变成了成熟的杂志作者。

她说："女生都可以对自己这么狠，男人为什么不可以？你有阅历，有想法，缺的只是执行。有时候不破釜沉舟，就没有成功的可能。"

我在南下的火车上对她说我是置之死地而期待后生，但我自己很清楚，此行更多的是为爱情，而不是梦想。

她需要读书，我就靠着之前的积蓄，把自己关在小城旅馆的房间里，埋头苦写了五个月。有时候她来看我，我们就聊未来，她说："未来你会觉得今天吃的所有的苦都是值得的。"

读重点中学时我害怕未来，那种未来是定好的、乏味的。玩摇滚后我不懂未来，只知道今朝有酒今朝醉。开始写作后，我期待未来，依赖未来。

但未来似乎永远也不会来。我用光了所有的积蓄，写作上仍没有半点儿进步。一晃我就到了二十岁，她也面临出国的选择。

异地恋很难长久，异地加跨国就像一把锁，锁住了我对爱情的所有憧憬。她像过去一样鼓励我，说在日本等着我，不就是赚钱嘛，坚持下去一定能赚到。

她对我还有信心，我对自己却没有信心了。选择了分手之后，我开始四处流浪，去银川、拉萨、香格里拉，住在大理、丽江、厦门，最后又回到了北京。

仍旧一事无成的我，已经不好意思再编谎话骗爸妈。有时候站在天桥上看着脚下的车流人海，我觉得人生、人身上的皮囊就像一副沉重的镣铐，有生之年都无法挣脱的镣铐。

我回到了摇滚圈子，开始在酒吧驻唱，过着颠倒黑白的生活。每天睡到傍晚，喝到半醉，然后抱着电吉他上台嘶吼，累了就呢喃，有时候突然醒了，甚至会大哭一场，而台下的人则觉得哭泣也是一种表演。

人生似乎就这样了，赚着勉强够用的钱，过着半死不活的日子。梦想，再提起已经变得可笑了，而未来，在她离开之后，就变得不值得期待。

只有写作仍未停止，虽然它无法养活我，却是最好的发泄渠道。在没有人听你倾诉的陌生城市里，键盘声、纸笔触碰的声音，让失眠的夜晚变得不那么单调空洞。

我就这样到了二十二岁。有人说如果上帝要亲吻你时，你只需要仰起脸；如果上帝不青睐你，你跪地苦求也没用。

那年，上帝吻了我。

开始有无数的杂志向我约稿，有的出版社甚至提出只要我肯署名，我写什么他们都愿意发表。我一口气出了十多本书，发表了几百篇文章。稿费源源不断地寄到家里，爸爸用稿费给我买了一个近两百平方米的房子。

爸爸问我对房子有什么要求的时候，我只说了一句："要十七楼。"

我曾经住过无数城市的十七楼,每到夜深人静的时候,我都会站在窗边,感受那些不属于我的城市的呼吸。

终于有一块地方属于我了,但快乐并没有如期而至。我拿着永远花不完的稿费,回到路上,把曾经走过的地方又走了一遍。

我知道,我是在寻找那被我丢在路上的音乐梦。我是因为这个梦上路的,这个梦没有彻底实现,做成什么都不会开心。

就像出门买苹果的人最后拎回来一串香蕉,也许香蕉真的更适合他,但香蕉就是香蕉,不是他贪婪,而是香蕉永远取代不了苹果。

我期待上帝再亲吻我一次,让我实现音乐梦想,怀着这份期待,我有时候也会去地下通道里扮演流浪歌手。

这样的生活一晃就是五年,很快,我的二十七岁就过完了,回望过去经历的各种荒诞无稽,我突然觉得这种浪费未尝不是一种财富。

人生不管怎么过,如果消极地看,都是一种浪费;如果积极地看,就都是经验的积累。一次又一次的挫败,让我明白我所困惑的、执迷不悟的,或者说使我痛苦的,常常是欲望,而不是梦想。

我执迷于舞台上的荣光,疯狂摇滚的潇洒和酷炫,却忘记了音乐本身应该是带给人愉悦、让人快乐的存在。

放下这种偏执的欲望之后,我有种返璞归真的感觉。在地下通道和广场上唱歌的时候,我开始尝试放弃别人唱过的、撕心裂肺、歇斯底里的摇滚,开始尝试唱一些自己创作的,简单的、欢快的、有一些瑕疵的民谣。

这种灵魂深处的改变,虽然让我失去了大批围观看热闹的人,却让我聚集到了不少死心塌地的拥护者。他们不求回报地默默付出,也让我意识到,真正的快乐,要从付出中得到。占有太多,只会让人患得患失。

世界上最伟大的付出,是像圣人那样,对所有人都付出,不计得失,这样便可以得到永恒的快乐。我离伟大还差很远,我只能选择对自己喜欢的那部分人付出,比如家人、爱人和朋友。这样的快乐虽然是一时的,虽然会随着付出对象的变化而变化，但这样的快乐温暖且扎实。

我联系到在日本的她，告诉她我已经把心打扫干净，准备让后来的人住进来了。人生还是应该有所期待，只有相信爱情，爱情才会真正降临。

而父母这边，我选择了停止漂泊，长久地陪伴在他们身边。属于他们的时光已经不多了，他们最需要的，并不是我多成功，而是我能健康安稳地陪伴在他们身边。

有了这样的改变之后，我发现其实周围也有很多美好的存在。过去我总觉得生活在别处，梦想和美好都在远方。等到经历了一切之后，才恍然大悟：远方除了遥远之外，跟眼前的一切并无多大区别。

自己疯狂追求的远方姑娘，未必比眼前看似平平常常的姑娘更好；家门口的湖泊如果静下心慢慢欣赏，似乎更胜过远方陌生的海洋。

此心安处是故乡，大概就是我这时候最贴切的心态。以前飘忽不定，都是因为心不安定，现在心安定了，一切也就顺畅了。

经过我反复打磨的几首歌曲，渐渐得到了周围人的认可。我成立了一支公益乐队，每周按时去养老院和儿童福利院演出，这种平凡的付出，仔细琢磨，对于我来说，竟是平凡的伟大。而过去那种对梦想疯狂地、迷茫地追求，反倒是渺小且自私的了。

就这样，在我不想靠音乐改变我的生活的时候，音乐改变了我的生活。写稿让我有了固定的经济来源，乐队让我有了释放梦想的地方，我重新燃起了对生活的期待，期待那个最好的人到来，期待那个最美的人到来，期待她陪我度过剩下的漫长人生。

总体来说，人这一生，最怕弄混欲望和梦想，前者使人变态疯狂，后者使人平和且美好。一味地坚持前者，只会在追求梦想的道路上迷失自我。

我想，在未来的某一天，当我有了孩子，我所经历的一切困惑和痛苦，都会成为为他指路的明灯。他或许也会像我一样叛逆任性，却不会再像我一样孤独。对于我个人来说，这是一种进步，而对于整个时代来说，这也是一种进步。

行文至此,突然想感谢这十多年来宽容我的朋友们,和一直赏我饭吃的编辑和读者们。还有那些听了我唱的乱七八糟的歌,硬是忍住了不丢香蕉皮的小伙伴,你们的存在是我坚持下去的动力和希望之源。

从某种程度上来说,是你们成就了我,也是你们让我看到了自己的渺小。而不远的将来,我有可能会变成你们,你们或许也会变成我。

浮生如梦,为欢几何。一念通达,万般自在。

抬头是遥远神秘的苍穹，
回头是我喜欢的人均匀的呼吸。

单恋一枝花

那年暑假，父亲和他新结识的女友去外地旅行，我懒得当电灯泡，就没有跟着。那段时间我的心情糟糕透了，连我最喜欢的作家写的小说和最欣赏的导演拍的电影都无法吸引我。做什么都觉得无聊，可是什么都不做更无聊。因为是夏天，天气闷热，不适合逛街，上网聊天儿逛网站吧，又遇不到有趣的人，偶尔遇到一个，人家又觉得我无趣。总之，那阵子我一听到哪儿刮台风，哪儿有地震了就郁闷，咋我住的这地儿就这么风平浪静呢？

不过那阵子我做的最多的事情还是上网。本来我是不爱在ＱＱ群里待着的，嫌里面烦。可那阵子不知怎的我就向人要起群号码来了，给我群号码的是个神人，有三百多个群。我进群之后，也不怎么说话，偶尔插一句，也没人搭理我。

那天夜里我看到一群文艺青年在聊轮回，就没头没脑地说了句：据说杨广轮回之后变成了杨玉环。我把这话发出去就后悔了，那群文艺青年都是鼎鼎大名的神人，我说那么浅薄的话一定要被嘲笑了。谁知他们停顿了几秒钟，有人接道：而宇文成都变成了语文课本。

于是我就注意起说这话的人来。他们实在是神侃，从轮回扯到公蚊子不咬人，咬人的都是母蚊子。关于蚊子的性别我还真没研究过，这也是第一次听人就这个问题发表看法。我只听说过母螳螂交配后要吃掉自己的老公。后来他们聊的话题越来越深刻，越来越专业，我就困了。睡觉前我把说"宇文成都变成了语文课本"的人加进了好友名单。

等我醒来的时候那群神人已经散了，唯独被我加了好友的那位头像还亮着。我就发消息问她无聊了怎么办，她说洗脚，洗干净了，就光着脚在地板上走几圈，然后再洗。我说你变态啊，她就不理我了。

　　我是个有心理障碍的人，无论我多么喜欢一个人，如果她不理我，我也绝对不会主动去理她，最多就是常在她周围晃悠，吸引她的注意。可是这招在网上就不奏效了，对方一沉默，我就尴尬了。我打电话问给我群号码的朋友，希望她熟悉这个叫"光子"的姑娘。沉默是金，幽默是白金。这年头儿姑娘们都可劲儿装忧郁，幽默的姑娘就像女明星身上的衣服，越来越少了。

　　朋友说光子和我们在一座城市里，觉得好玩儿的话就约出来见见。这对我来说可真是个惊喜，"下雨天打孩子，反正闲着也是闲着。"我就让朋友约了她，一起去KTV吼歌。

　　该怎么描述光子的相貌呢？她比我想象的要娇小，二十四五岁的光景，眼睛忽闪忽闪的，睫毛很长，总之我很喜欢就是了。后来我提到她，就说："那真是个柔媚得可以把人融化的姑娘啊。"在KTV里我一反常态，不唱二手玫瑰的不正经摇滚而是点了阿哲的《别怕我伤心》。

　　我唱得那叫一个投入，那叫一个惆怅，连她们俩什么时候走的也不知道。她们走后我又唱了几首，然后把没有喝掉的啤酒拎在手上结了账。回到街上的时候还不到十点，我拎着酒朝灯光照射不到的地方走，就到了河边。

　　尽管是雨季，河里却没什么水了。岸边的柳树倒是翠绿，树下坐着几对情侣。我很无耻地在他们中间坐了下来，反正是夜里，月亮躲在云里，谁也看不到谁。我是靠着一棵大柳树坐的，粗糙的树皮弄得我背上痒痒的。我感觉有一对情侣就坐在树的另一面。

　　我突然就觉得生活挺美好的，小口小口地抿啤酒吞进肚子里。风里的凉意逐渐浓厚的时候，我就可去洗洗睡了。

　　次日上网再遇到光子，话就多了。见过面的网友到底比没见过的多一份亲切感。她告诉我她靠给杂志画插图、写游记为生，只是暂时停留在这座城市。她是一个人住，本来想养几条金鱼或者小狗的，后来想想不久就要离开，送人不舍，带着麻烦。于是只买了一个鱼缸，养了几棵水草。

于是我去百度她的名字，就看到了她写的一些游记，很苍凉的笔锋，看起来和她的年龄很不相称。当然这是我后来才得出的感慨，当时我只看到她去过那么多地方，心里就小小地羡慕，暗想以后我也得像她那样，自由自在，四处游荡。那时也不明白她所说的："每到一处，就要租下一所房子，把住的房间涂成自己喜欢的颜色。等摸清这座城市的脉搏了，就到陌生的地方去，体验从陌生到熟悉的距离，在一次次蜕变中老去。"原来这是件很寂寞的事情。

又隔几日，朋友说光子生日，问我是否同去光子家玩耍。我自然应允了，可一时间却想不到带什么礼物好。像她这般走遍千山万水的女子，应是什么都看淡了。打车去朋友家的路上，看到路边有卖小乌龟的，眼前顿时一亮，我想光子的鱼缸不是空着吗，就送她这个吧。然而到了朋友家，却发现她和我想到一块儿去了，可是光子只有一个鱼缸啊。

朋友说："光子是个很不错的人，看得出来你喜欢她。可是她是行者，是过客，不可能为你停留。"

我说："我也没想过她能为我停留下来，随缘吧。你不要说破，这对小乌龟我来送，你就给她买点儿护肤品吧。"

见到了光子，她亲手把小乌龟放到鱼缸里，鱼缸一下子生动起来。看得出来，光子是喜欢我的，然而只是姐姐对弟弟的那种喜欢。在她眼里，我是一位即将读大学的少年，虽然父母过早地离异让我看起来比同龄人成熟一些，可举止言谈间，仍带着几分稚气。关于这个荒谬的世界，关于她为什么要行走，我是无法理解的。她即使要找个归宿，也是找那些历尽沧桑的人，我纵然不甘，也只能埋怨父母晚生了我几年。

光子许完愿，朋友就推说有事提前走了。我这么孤僻的人之所以能和朋友相处这么久，就是因为她事事都让着我，就算不认可我的想法，也会给我机会让我去把握。

吃完蛋糕，光子又打开一瓶红酒。看起来她有些惆怅，许是又添了一岁的缘故。人都是渴望被疼爱的，尤其是女人。我就讲一些学校的笑话给她听，她心不在焉地听着，突然就说："给你看看我的画吧。"

然后我就看到了她的画，她的画分两种：一种是拿去换钱的，就是那些和文字很搭配的插图；另一种就是画给自己看的。我自然喜欢后者，那种赤裸裸的没有丝毫秘密的画，可以直抵她的心，自由得那么自然。虽然不能说超脱尘世，起码是狠狠地触动了我的心，且为我以后要走的路，定了一个大致的方向。

我陪着她一直聊天儿喝酒到深夜，很奇怪我们几乎没有什么共同语言，却能一直说下去，那种"与君笑醉三千场，不诉离殇"的感觉很让人痴迷。后来她靠在沙发上睡着了，我找了一条薄毛毯给她盖上，然后环顾四周，想为她做点儿什么。可是窗明几净，并没有可做的事。然而我不想回去，也没有一丝睡意，就拿了一把椅子坐在阳台上看星星。夜里很凉，侵蚀着我每一寸裸露出来的肌肤。我突然就想一直这样坐下去，抬头是遥远神秘的苍穹，回头是我喜欢的人均匀的呼吸。

天快要亮的时候，光子醒了，起来找水喝。喝完水她就不睡了，陪我在阳台上坐着，问我以后的理想是什么。我突然就冒出一句顾城的诗："我想在大地上画满窗子，让所有习惯黑暗的眼睛都习惯光明。"

光子笑了，在我的额头上轻吻一下，说："你还挺有志向的呵。我像你这么大的时候，每天想的都只是我的男朋友，和他周围的一切。"

然后彼此就沉默了，不约而同地抬头看天。有些星星已经看不见了，因为天要亮了。星星是属于夜的，就像光子是属于路上的一样。

我没有在光子家吃早饭就回去了。路上看到早起的老人在打太极拳，我突然就想，我老了以后，会在哪里呢？这座城，终究不是我要长待的地方。

我回到家栽在床上就睡着了，连澡都没洗。一觉醒来已经是晚上了，想给光子打电话，突然想起没有她的电话号码。于是问朋友，朋友说："光子是不用电话的。"于是我上网，打开ＱＱ就看到了光子的留言，她说：我要走了，本来想让你送的，可是怕离别的情景会把你这个小鬼弄哭，所以我就一个人走了。你要好好的呵，也许有一天，我会再来看你们的。

就像电影里那样，我飞快地跑下楼，可是一时打不到车，把我急坏了。最后终于到了火车站，光子正在候车厅里安静地看书。我心里突然难过起来，我以为她会站在广场上东张西望，渴望看到我来相送的身影。

我们这里是座小城，火车站也很小，所以不用买票也可以进候车厅。我在候车厅门口犹豫着要不要进去，就在这时候，广播里传出了火车要到站的提醒，于是光子收拾好行李，往检票口走。我很想像电影里那样，跑到她旁边，把脖子上戴的妈妈签完离婚协议离开这座城市时留给我的可以保平安的玉佩送给她。

可是我终究没有过去。

从火车站回来的时候我没有坐车，懒散地走着，心里闷闷的。路边的音像店里传出歌手张宇沙哑的歌声，"都说要忘了她，曲曲折折后各自走天涯……"，是那首《单恋一枝花》。

别怕，有我

不管她假装得多么坚强冷酷，心里还是柔软的，渴望亲情。

二姐十六岁的时候开始整容,一开始只是微调,后来动作越来越大。有天我在回家的路上看到一位美女,明艳动人,就忍不住吹了一个口哨儿,结果对方来一句:"傻子,快过来!"

我这才发现那是我二姐。

她出国玩了几个月,回来整得连亲弟弟都认不出来,怕被爹妈骂,就在路边徘徊要不要回家,刚好就遇上我了。

"你这次下手有点儿狠啊,整成这样爹妈还敢认你吗?"

"滚蛋,嘴这么臭吃屎了吗?"

"你让我过来的!"

"我让你死,你去不?"

我二姐就是这样,跟我说话从来没有温柔可亲过。别人见面都是问"你吃饭了吗",她总是说"你吃屎了吗",搞得人没一点儿想要跟她聊下去的胃口。但我还是很喜欢跟她待在一块儿,不仅仅是因为别人打我的时候她总替我挡着,主要是我欠她一条命。

在河南待过的人大都知道,那个人口第一大省的人天生爱攀比,隔壁家生三个孩子的话自己生两个就会觉得低人一头,隔壁家全是男孩自己家都是姑娘的话也会不好意思去借酱油。

我出生之前,爸妈一直活得很自卑。因为第一胎是女儿,第二胎又是。我妈生第二胎的时候正赶上计划生育的疯狂期，这边正使劲往下生呢，那边一群人就在砸门。也幸好当时我爸正在剥兔子，管计划生育的人砸门进来之后我爸就往血淋淋的兔子身上一指："刚生下来就死了，你们要的话就拿走吧。"

在死兔子的帮助下，二姐也算是来之不易，但爸妈丝毫没有要珍惜她的意思。他们一心想要男孩，生出来一看是女孩，两个人就面面相觑，觉得很对不住对方。

为了挺胸抬头做人，父母决定再生一胎。因为已经对计划生育的人说二姐死了，所以二姐一生下来就被送到了新疆，让外婆暂时养着，伺机送人。新疆人口少，要送人的话还是很方便的，但外婆心软，养到三岁还没舍得送出去。

小孩子没记性的时候好送，长大了就没人要了，因为孩子记得认路了就很难忘掉，别人也不想含辛茹苦把孩子养大了，孩子却嚷嚷着要回去找亲妈。

等我出生的时候，二姐已经四岁半了。没我的时候爸妈还想着万一怀不上了就把二姐接回来，等怀上我生下来一看还是朝思暮想的男孩，爸妈送二姐出去的心就坚不可摧了。但外婆那关不好过，只能借着春节把二姐接回家玩儿，然后悄悄送人。

可惜后来还是被外婆知道了，她连夜坐火车赶到收养二姐的那户人家，把二姐要了回来。虽然这事儿我也是后来听妈妈说的，但每次一想到白发苍苍的外婆从新疆到长春，来回坐一百多个小时的火车接二姐的情景，我就感到一阵心酸。如果我死活不出生，二姐也许就可以逃过被送出去的命运，外婆就不会在长途跋涉之后生了一场大病。

后来外婆的病好了，身体却变差了，二姐七岁的时候外婆去世了。爸妈只好交了一笔罚款，把二姐接了回来。但是因为长期不在家，二姐跟家里人都没啥感情，对我更是恨之入骨，因为在她看来如果不是我出生，也许外婆就能多活几年，在她眼里，外婆才是最亲近的人。

二姐回来后，爸妈被罚得特别惨，为了多挣点儿钱养家糊口，他们经常不在家。大姐要上高中，于是我就由二姐带着，二姐为了我被迫晚上了三年学，直到十岁才跟六岁的我一起去读小学一年级。

因为心里带着恨，带我的时候二姐也不正经带，总是动不动就伸手把我胖揍一顿，看我哭得太难看了，又会拿糖给我吃。久而久之，我面对她的时候就很迷茫，不知道她是要拿糖给我吃，还是要把我胖揍一顿。这招对付熊孩子特别管用，后来我大姐生了孩子让我带，我就用姐传秘方来带他，闲着没事一会儿打他一顿，一会儿拿糖给他吃，他看到我的时候永远是迷茫的，不听谁的话也不会不听我的。打一巴掌给一个甜枣，恩威并施，让你永远想吃甜枣又怕巴掌，怕巴掌又想吃甜枣。久而久之，畏惧心和依赖心就都有了。

不过那时候我懵懂无知，真正跟二姐的关系发生转变是在我十岁那年。二姐跟男生出去玩儿，夜不归宿，爸爸知道后气惨了，拿拖把打她。我仗着是家里最小的孩子，又是男孩，深得父母宠爱，就在关键时刻冲上去替她挡拖把。爸爸一拖把抽在我身上，心疼死他了，之后也就光顾着给我擦药，不再计较她的事情。

从那以后，二姐对我就明显不像过去那么随便了，但因为她自小就爱美，一脸鼻涕的我在外面还是很招她嫌弃的，每次上学她都跟我保持一段距离，在学校也对我不理不睬，除非有人打我她才站出来跟人拼命。有时候我问她为啥要这样，她的回答永远是："因为你是我弟弟，只能我一个人打。"

二姐十六岁的时候开始变得非常叛逆，因为在寄宿学校读书，家长鞭长莫及，她经常逃课，去美容院打工，有了第一次整容的经历。二姐一开始只是动动眼皮，后来垫鼻、削下巴、隆胸、抽脂肪、开眼角、开嘴角样样都来，甚至连并不算畸形的牙齿都打乱了重新排序。

因为五官都是整的，特别不牢靠，我特别害怕她哈哈大笑的时候下巴突然掉下来，或者打个喷嚏鼻头飞出老远。

而且不光我自己害怕，她也担心，每次跟特别幽默的人在一起吃饭的时候她都捏着脸，因为她笑点非常低。对别人她都是说怕笑多了会长皱纹所以捏着脸，只有我知道她是担心笑着笑着五官变了样。你脑补下吃饭的时候别人哈哈大笑喷你一脸牙的情景，就能体会到我坐在她面前吃饭时心里的感受。

二姐靠整容成为校园红人之后，就退学了。因为老师也认不出她，每次点她的名字她回答"到"的时候,老师都冤枉她说她替别人喊到,她一生气就退学了。退学后她在社会上混得也不好,靠着整容整得好看,给人做做车模和平面模特儿什么的。在国内做模特儿,都不能穿太多,她那些暴露的照片被亲戚朋友看到了,总会招来一片责难。但她永远无所谓,她说反正过几天我就变样了,照片上的这些都是昨天的我。

因为她是我姐,不管在外面别人怎么说她,我都只能站在她这边,但实际上我也有点儿反感她整容。每次她整容前都会问我:"你看我的鼻子是不是不够翘,嘴巴是不是有点儿小?"

说实话,就像一个汉字你盯着看久了会觉得不像一样,人的五官如果带着挑毛病的心态去看,看久了也会觉得不协调。

但我还是会昧着良心说:"姐,你已经很好看了,比我好看多了。"

不过不管我怎么说,二姐都只是询问我一下,然后立刻就行动了,从来不真正采纳我的意见。她这样对自己乱来,像杰克逊一样不断地换脸,经常会让我做同样的噩梦。

梦中就在我老家的堂屋里,她坐在屋子中间,背对着我,看一台满是雪花的电视,我很怕她转过头,让我看到一张支离破碎的脸。

每次做了噩梦我就劝她,人这辈子,只能从镜子中看到自己,不管你多么漂亮,都是给别人看的,何必为了让别人看着舒心,把自己搞得这么累呢?而且整容不仅风险大还费钱,后期要定时做保养,跟玩车一样。二姐辛辛苦苦挣的血汗钱,全在医院里糟蹋了,但她不以为意,还经常自嘲说:"我这辈子,去过的高消费场所只有医院,拥有过的奢侈品只有弟弟。"

这倒不是她乱说,我们长大后,河南人的觉悟似乎在一夜之间提高了,大家都不再以儿子多少论英雄了,甚至生太多的还会被邻里鄙视责骂,说他们拖了发展的后腿。因为我改名之前就叫马发展,所以每次他们说到谁谁谁家超生了,拖了发展的后腿的时候,我就会不自觉地摸摸自己的腿,发现裤子和腿都还在,才放下心来。

后来我们俩都离开了河南,到北京、上海这样的大城市生活,渐渐发现这里似乎全是独生子女家庭。跟我们同龄的人也很少有哥哥、姐姐、弟弟、妹妹的,每次她跟她的姐妹去吃饭,吃到中途都会有人说,"把你弟弟叫来看看吧",就像在谈论一件稀罕物。

其实弟弟这种存在,只会花姐姐的钱,帮不上姐姐多大忙。但说矫情点儿,一日为姐,终生难负。只要她还没找到那个"免她惊、免她苦、免她四下流离无枝可依的男人",我就得一直陪着她等下去。

不过这么多年过去了,随着科技和医学的进步,二姐整得越来越好看了,有时候她甚至会怂恿我也去整一整,还经常拿那些长得好看的作家举例,说你不是写小说吗?整得好看了,书都能多卖两本。

虽然我面对她的时候还是很茫然地没有主见,但我毕竟长大了,不会真听她的去让别人在我脸上动刀子。身体发肤受之父母,我的传统观念还是很重的。而且我觉得虽然变好看了,二姐却并没有因为这份好看而变得更加自信,她还是那个经常会哭泣,经常会站在街头不知道该往哪边走的傻姑娘。她还是担心会被嫌弃。

她之所以不断地在脸上、身上动刀子,究其根源,还是因为爸妈在她小的时候给她心里丢了太多刀子。所以长大后,她就拼命地想把父母给她的身体还回去,我可以不吃你的、不用你的,你还要怎样?要我的身体吗?好,我一刀一刀割下来。她表面整的是容,实际上整的是心,但容好整,心难变。不管她假装得多么坚强冷酷,心里还是柔软的,渴望亲情。

就像这次,爸爸生日叫我们回来,如果不是我在路上遇到她,她可能走到家门口看两眼,流下几滴泪就离开了。从她退学以后,爸妈就跟她争吵不断,爸爸几次扬言要跟她断绝父女关系,她也渐渐地从过年回家一次到过很多年都难得回家一次。

而且不光是爸妈,大姐也视她为耻。尽管她后来实现了模特儿梦想,跟她整容离不了关系,但在爸妈和大姐那里始终还是不认可她这种行为。用妈妈的话说就是："她一点儿也不像我们家的人，该不会是送去你外婆那里的几年被人调了包吧！"

可是不管家人怎么说，在我心里她还是我骄傲、任性、勇敢又脆弱的二姐。为了避免她再半路跑掉，我直接揽住了她的腰："刚好爸妈让我带女朋友回来，你就假扮一下我的女朋友吧！只要你说话小声点儿，他们绝对认不出来。"

"滚蛋，万一被爸妈发现了怎么办？"

"不用怕，出了事有我兜着，小时候在学校都是你保护我，现在该我保护你了。"说着我就硬揽着她细嫩的腰往家里走去，从后面看，我的背影要比她高大好多好多。她似乎也感觉到，过去那个总是流着鼻涕追在她后面要糖吃的弟弟，已经长大了。

世 界
那么大、命中注定遇见你

香草薇儿

如果醒着时有许多有意思的事可干，谁愿意去睡觉呢？

你做梦都想到达的，和某些人拼命想离开的可能是同一个地方。比如我想去哈尔滨，常常梦见自己坐着狗拉的雪橇在冰雪上滑行，而从小在哈尔滨长大的香草，却希望自己能坐在南唐后主后宫里的秋千上，左手托着一盒橘子罐头，右手拿着小勺，美滋滋地坐在被树叶割得支离破碎的阳光下小口吞咽着温暖和甜蜜。

香草在哈尔滨读大学，她选择了一个很艰苦的专业，白天要在没有暖气的琴房里弹几个小时的钢琴，还要穿着单薄的舞衣在没有暖气的舞蹈房里上形体课。晚上她总要在电脑前熬到一两点才睡觉，她在榕树下建了一个社团，人气很高，她每天都要去处理社团里的事情。

上网的地方在校外的网吧里。网吧里环境恶劣，电脑陈旧，在键盘上猛烈地敲打一阵子后，总要发足五六分钟的呆，屏幕上才会不慌不忙地一个一个显示出你打的字。这比挨冻更让人痛苦，可是没有别的办法，方圆十里就这一家网吧。

刚进学校时香草想买一台电脑装在寝室里，学长告诉她要由辅导员、系主任等校领导批准才行，而等这些校官都批准了，香草也就毕业了。

这样的事情我也遇到过。我家在乡下，门前有几棵树，是我爷爷在世时种下的。这些树越长越粗，粗到影响出行的时候我决定把树伐掉。伐树要有伐树证，否则就是违法的，林业局要追究责任。我不想落个破坏环境的罪名。就到局里找各科室的领导。他们相互推诿，拖了一年也没把证办下来。没办法，我只好在墙上另开了一道门。但从此以后，每天我都去揭一小块树皮。众所周知，树没了皮很快就会死，死后不伐它也要干枯风化，所以总有一天我会胜利的。其实只要领导让我把树伐掉，我就会在屋后种上几棵小树苗，但他们不让我伐，我也就不敢种了。

不上网也不上课的时候，香草就洗衣服。这时候一般是在晚上，地点是卫生间，别的地方水流太小，洗衣服不方便。在零下十几摄氏度的天气里用冷水洗衣服，即使戴上橡胶手套也会把手冻僵，而香草什么也不戴，她觉得戴上那个手套像个中年妇女。这种事我也干过。为了保持玉树临风的形象，我在冬天光着腿穿一条牛仔裤，看到穿厚棉裤的人还不忘问一句："有那么冷吗？"

不过香草毕竟是在东北长大的，冻着冻着就冻成了冰肌玉骨，不像我，冻着冻着就感冒了。

香草的皮肤很白，刚开学的时候天气还很热，细腿、长发、穿短裙的她走在校园里很招人嫉妒。由于她每天晚上很晚才回寝室睡觉，不知情的人就开始散布谣言，说她行为不检点，知情的人装作不知情的样子四处打听。到后来无论香草走到哪里，背后都有人指指点点。

香草很苦恼，就给我打电话。作为著名的青年扯淡家，我不仅舌肌发达，臂力也很大。假如我和香草在同一所大学，我就可以把那些乱嚼舌根子的八婆打得满地找牙，就算不用暴力，我也能说得她们怒发冲冠，吐血三升，倒地不起。可惜我不在她身边，不但帮不了她，还会浪费她很多电话费。

我的好朋友草莓多多倒是和香草在同一所学校，她是一个咳嗽一下就有人送止咳糖浆，打个喷嚏就有人送白加黑的人。其实香草要是哭起来也有人送纸巾，关键是她不哭，她总是一个人吃饭、走路、唱歌，对身边的一切漠不关心。和谐社会，这样的人真要不得。

喜欢草莓多多的人很多，我不喜欢凑热闹，于是我就喜欢香草。香草写的文章大都是意识流。这个时代在网络上写意识流的人真多，总有像"拥抱多了，你就触摸不到更远的世界"这样的句子。把思想放在第一位，故事就有些跟不上，虽然有独特的语言做支撑，可是读多了就会犯困，所以失眠的夜晚我就读香草的文字。

凌晨两三点，我趴在床上，从被窝儿里伸出一只手，把床头的电脑打开，先去香草的博客看她自拍的照片，再去榕树下看她的专栏。香草博客里的照片是隐藏的，只有博主才能看到。我知道香草博客的户名和密码，所以我也能看到。要是香草偷懒没有更新博客和专栏，我就会发短信给她，告诉她我睡不着了她要负责。这样做有撒娇要赖的意思，很不像我的风格，至于我的风格是什么，我还没有想出来。正在床上脱衣服准备睡觉的香草收到我的短信后，脸上就会浮现出蒙娜丽莎似的微笑。她的回复一向简约：巨恶狂恶旋风恶。

　　得到这样的回复之后，我会感到很困惑。我和香草是不是在谈恋爱呢？如果是，那为什么我撒娇她会感到恶心？没有谁规定只有女人可以撒娇啊。如果我们不是在谈恋爱，那我为什么会向她撒娇呢？这样想着想着我就睡着了，第二天醒来就会把这事忘掉。

　　后来我才明白，当一个人说你恶心的时候是真恶心，当这种恶心升级到巨恶狂恶旋风恶的时候就不是恶心了，甚至可能是喜欢。因为物极必反。可惜当我想明白的时候香草已经消失了，伤感之余，我写了句诗：此情可待成追忆，只是当时已惘然。据说这句诗后来流传很广。

　　由于不在香草身边，我无法陪她荡秋千，也不能帮她洗衣服，汇钱给她让她买橘子罐头吃，她又不肯接受，所以我只好讲故事给她听。我这个人没有什么创意，喜欢照本宣科。

　　有一段时间，无论我讲什么故事香草都说"真恶心"，这让我很沮丧，但也只是沮丧而已，并不愤怒。这说明我那时还是小孩子心性。后来香草消失了，再没有人听我讲故事，更没人在听完我讲的故事后来一句"真恶心"。我憋了一肚子话没处说，终于活活憋成了愤青。

　　除了耐冻外，香草还有一种超乎常人的本领，就是耐饿。有时候没有课，香草就泡在图书馆里看书。她可以从早上七点看到下午五点，中间不进食甚至不挪屁股。这样一来我就很担心，怕她饿出胃病或坐出痔疮，得了胃病就不能美滋滋地吃橘子罐头，长了痔疮再去荡秋千就会很不爽。我把这些道理讲给香草听，她听后不但不领情,还说我诅咒她。天地良心,我怎么可能诅咒她,我爱她爱得要发疯。

二十岁时,我得了一种病,一到人多的地方就要晕倒。中药、西药、针灸、电疗都无法治好我的病,没办法我只好退学,整天一个人待在房间里睡觉、看书、上网。这时候我很喜欢这种病,它让我摆脱了考试的痛苦。

后来我在网上认识了一个叫香草薇儿的姑娘。我喜欢她的冰雪聪明,她喜欢我的玩世不恭。这是故事的开始,看上去很美。故事继续发展,如你所见,我爱她爱得要发疯。

我想去见她,让她煮汤圆给我吃,最好是"三全凌"牌的,豆沙馅。然而她在哈尔滨,我在平顶山,来回要很长时间,我担心我会在中途晕死过去。这时候我就很讨厌我的病。由此可见,生病并非坏事,关键是病在什么时候。

为了尽快治好我的病,我到处去看医生。邻居王大叔说生吃狗肺可以治好我的病,于是我就趁夜深人静的时候翻墙到王大叔家,扔了几块在迷药里泡过的馒头给他们家的狗。狗被迷倒后,我就取了狗肺趁热吃了。

可是吃了狗肺我的病仍不见好,我感到很痛苦。我把我的痛苦告诉香草,希望她能主动跑来见我。可是她认为女孩子主动去见男人是一件很没面子的事。用她的话说就是:"我不让你驾着七彩祥云来找我,你还想让我跋山涉水、千里迢迢去看你?简直岂有此理!"香草就是这样,死要面子。

现在我二十一岁了,香草已经消失了大半年。我的病还是老样子。香草消失后我就很少上网了,整天闷在房间里睡觉。据说一个小时的睡眠可以做出二十个小时的梦,睡觉可以大大地延长生命。显然这是一种自欺欺人的说法。如果醒着时有许多有意思的事可干,谁愿意去睡觉呢?

世　界
那么大，命中注定遇见你

阿呆

我想,也许一觉醒来,我就会如愿以偿,所以我经常为了醒来而睡觉。看过了很多次爱的凋谢,但是仍不甘心在孤独里冬眠。

我是一个男青年，长得不帅，脾气不坏，只是举止言行有点儿怪。

我常常一个人坐在北方那座以前住着我的爸爸妈妈、现在只住着我和一只狗的大房子里的卧室靠着墙的大床上，胡思乱想。我对我的生活环境很不满，我常想，假如我是一个姑娘，这糟糕的生活会不会变个模样。

我的狗名叫阿呆，其实它看上去一点儿也不呆。如果我心情好，会给它洗个澡，用我以前的女朋友留下的胶木梳子梳它的毛。那时候，它看上去甚至可以说是很帅的。我不喜欢它变帅之后趾高气扬的姿态，所以我很少给它洗澡。

阿呆是一只公狗，遇到它的时候，我刚刚失恋。我的女朋友去了太平洋对面的一个国家，我们没有分手，她告诉我她七年后会回来。她说如果我不愿意等她，就找个好姑娘恋爱吧。她说这话的时候一副欲语泪先流的样子，我是个心软的人，马上抱住她，信誓旦旦地说："我一定会等你回来的。"

虽然没有分手，可是我比分了手还难受。无论怎么看，我都是一副失恋的样子。就是这个时候，我在路上遇到了阿呆。那时候它看起来比我更衰，如果说我是失去了我的姑娘才变成这样，那么它肯定是爹死了，娘嫁了，老婆跟别人跑了，自己还被兄弟出卖，又挨了朋友一顿打。我略带同情地用眼光扫了它一眼。它低着头，走在路边，没有挡着我的道，可我还是冲过去踢了它一脚。

前面说过，我脾气不坏，可是失恋后我踢了路上一只陌生的狗。由此可见，人是善变的。阿呆被我踢了之后，惨叫了一声，跑出老远后，回过头来看我。我想，那时候它肯定很迷茫，它一定想不明白，我这个慈眉善目的人，为什么会莫名其妙地踢它一脚。迷茫之后，它感到愤怒。因为无论我遭受了多大的打击，都和它毫无干系，况且，它也烦着呢。

如果我是它，一定会找一只体形比自己小的动物，冲上去咬一口。可是我毕竟不是它。如果它真的去咬别的动物了，那么后来我也不会带它回来，拿我最喜欢吃的红烧排骨喂它。它不是一般的狗。前面说过，我踢了它之后，它惨叫着跑开，但是后来，它跟在我的身后。我失恋后，不想回家，漫无目的地在街上乱走，饿了就随便找家小餐馆喝酒吃饭。一开始，我以为这只陌生的狗跟在我身后是要伺机报那一脚之仇，后来我发现我坐下来吃饭时，它很温驯地蹲在我的脚边。它有很多机会下口的，可是它故意错过一个又一个美好的机会。我想，这恐怕就是在武侠小说中常看到的以德报怨吧。

到最后，我走累了，就坐出租车回家。下车后，我发现这只陌生的狗居然一直跟在车的后面。它累得浑身的毛都湿透了，像被雨淋了一样。我很感动，我想，这狗可能是喜欢上了我。爱情的力量是可怕的。曾经我喜欢上网，和很多姑娘聊天儿，那些姑娘喜欢上我后，就坐火车、飞机、汽车、轮船等各种交通工具不远万里来看我。虽然她们看到我本人之后很失望，觉得我不该长这副模样，可这是她们的事情，我的感觉是：爱情真是可怕的东西。

阿呆比那些姑娘强，它一点儿也不嫌弃我的容貌，它甚至不嫌弃我是一个人。它义无反顾、斩钉截铁，以迅雷不及掩耳之速爱上了我。我一点儿也没有惊慌失措、措手不及。我立刻抱起它，当天晚上就给它洗了澡，并亲自下厨给它烧了我最爱吃的红烧排骨。我以前喜欢叫我的女朋友小呆瓜，现在她不在了，我决定把这只陌生的、为了爱而甘心受虐的狗命名为阿呆。

阿呆不会说人话，我不通狗语，所以我们在一起没有什么共同语言。但是我们有一些共同的爱好，比如睡懒觉、发呆、看到烧好的排骨会不由自主地流口水。

有时候我想，阿呆并不爱我，它只是需要一个伴儿而已，这样看上去不那么孤单。逛街的时候，阿呆总是无精打采地跟在我后面。我走路很慢，有时候它走得快了会撞到我的腿。

我常想，假如我是一个姑娘，阿呆会不会在我无聊的时候跳舞给我看？就像我以前对我的女朋友那样。我常想，假如我是一个姑娘，阿呆会不会在逛街的时候兴高采烈地跑在我前面，像我以前的女朋友那样，看到好玩儿的物件就大呼小叫让我去买？

我常想，假如我是一个姑娘，生活会是什么模样？当然，我得是个漂亮姑娘。我应该像含香公主那样，浑身带着一股异香。我的皮肤应该是光滑细腻的，而且冬暖夏凉。我走在街上会引起路人不住地张望，开车的司机会因为看我而把车开到人行道上。我想，也许一觉醒来，我就会如愿以偿，所以我经常为了醒来而睡觉。

我睡觉的时候，阿呆会独自外出。它喜欢在空旷的地方待着，废弃的厂房、乱草丛里也是它的游乐场。那里通常会聚集着很多无家可归的流浪狗，阿呆曾经和它们一样，我想阿呆是厌倦了漂泊无依的生活才追随了我。或许有一天，它又会厌倦烦闷的宅狗生活，重新开始四处漂泊。

远在大洋彼岸的女友偶尔会寄明信片给我，这些明信片漂洋过海，到我手里，有一股潮湿的味道，让我着迷。我从来没有见过海洋，我的家乡有一条五米多宽的河，每到冬天就会断流。断流之后，你去掀河床上裸露着的大石头，可以看到一窝窝小螃蟹，爬来爬去很可爱。我的女友没出国的时候，常陪我去河边玩耍，她害怕蛇、青蛙甚至泥鳅等滑腻的东西，我经常拿这些东西吓得她尖叫。

我常想，假如我是一个姑娘，我的男朋友会是什么样呢？会不会像我这样百无聊赖地生活着？有时候兴奋不已，有时候莫名其妙地感到绝望。可是我想，无论如何，我都会陪在他身旁，在他失落的时候想尽办法让他拥有快乐的力量。可惜我终究不是一个姑娘，我不能给任何人带去希望。

阿呆虽然在外面和那些城乡结合部的野狗乱搞男女关系，可是它也有自己的原则，那就是绝不带女朋友回家过夜。我知道它是怕我看到了会感到孤独。有时候我会假装睡着了，在阿呆外出的时候悄悄地跟在它后面。

月上柳梢头，狗约乱坟后。在月色的掩护下，阿呆和我一前一后，向郊外的乱坟场走去。那里是狗的天堂。据我观察，那里最大的一座坟，被一只年迈的母狗占据着，里面住了很多年轻的母狗，我称那座坟为"青楼"。

阿呆的座右铭是：只爱陌生狗。可是如果在半路没有遇到漂亮的陌生狗，它就会到青楼去一醉方休。我一般会在离青楼十米远的地方停下脚步，再往前走，就会被放哨的狗看到，惹上不必要的麻烦。后来，我带了一些食物，和那只放哨的狗建立了友谊。它也是只公狗，因为它有很长的毛，所以我叫它"长毛"。我把食物丢给长毛，它只吃很少部分，大多数食物要留给青楼里的一只母狗。

后来，我从阿呆的眼神里看出，那只母狗是长毛的女朋友。阿呆在青楼里鬼混到半夜，就会离开，通常送阿呆出来的都是长毛的女朋友。阿呆走后，长毛的女朋友不会立刻回去，而是会吃一些我带给长毛的食物，然后和长毛缠绵几分钟。看得出来，它们很恩爱。

离开青楼后，阿呆不会立刻回家。它要到我所在的城市的唯一一所大学里去，里面有个人工湖，湖中有座小岛，有一条两米宽的没有护栏的堤坝通往小岛。

阿呆进学校很容易，只需要侧侧身子，就可以从校门下面的缝隙里钻进去。而我就难了，一开始是翻墙，后来被门卫发现了，挨了顿臭骂。我说我是来找狗的，他说我是小偷。没办法，我只好给了他一些钱，堵上了他的口。其实阿呆到学校的小岛上也没什么事，就是坐在岛上望着湖水发呆。所以后来我就不进学校了，躲在角落里等它出来。我猜测，阿呆肯定看过了很多次爱的凋谢，但是仍不甘心在孤独里冬眠。

阿呆是只颓废的狗，郁郁寡欢是它的基本生活状态，遇到我那天，纯属抽风。我想让它积极乐观起来，可是它一点儿也不配合，我带它去晨跑，它总是慢悠悠地在后面晃悠。后来我烦了，就开始给它制造麻烦。白天我故意把食物摆在很高的地方，夜里我把它装在篮子里挂到墙上。有一天醒来，我发现篮子掉在地上，阿呆不见了。篮子挂在很高的地方，阿呆摔下来一定受了重伤。

我开始寻找阿呆。如前所述，阿呆是不堪忍受我的折磨才愤然出走的。愤然是我想象出来的，或许阿呆只是感到失望而已。它一开始一定觉得我这个男人与别的男人有所不同，所以才舍生忘死地追随我。可是在一起生活了一段时间后，它发现我其实与芸芸众生没有什么区别。不但没有什么区别，而且比那些人更恶劣、更变态。

如果找到阿呆，我想告诉它，无论人生还是狗生，都一样无聊。人类创造的一切，艺术也好，科技也罢，都是因为无聊。而我折腾它，不让它吃好睡好，也是因为无聊。我不指望阿呆能明白这些道理，我只是想找到它，和它说说话。如果它执意一个人在孤独里冬眠，我也不会勉强它。

我去了阿呆以前常去的地方，乱坟后、大学里的人工湖、第一次遇见它的那条尘土飞扬的路。我没有看到阿呆的身影，却看到了我很久以前的女朋友。她居然还认得我沧桑的面孔，她告诉我，她终于学会了恨一个人。说完那句话她就走了，留我在原地发呆。我不知道她说的那个人是我，还是别的什么人。可是我想，她应该学的是遗忘，而不是恨，就像我小时候不应该去学音乐而应该去学画画一样。人活着，应该学一些自己感兴趣并且对自己有用的东西，否则，就是一种浪费。

阿呆应该是离开这座城市了。人们常说，爱上一个人时会爱上他所在的那座城市，失去一个人时会离开他所在的城市。阿呆是一只非正常的狗，有时候可以跑得和出租车一样快，有时候需要踹一脚才能磨蹭几步路。我不知道它离去的方向，算不出它一日的脚程，我想象不出它在离我多远的地方。

我走在路上东张西望，看到人就拦住人家的去路，以极其悲凉的口气询问对方，有没有见过一只神情和我一样沮丧的小狗。每个人都会被我问得不耐烦，骂一句"神经病"然后扬长而去。我想假如我是一个姑娘，一定会有人告诉我阿呆在什么地方。我想假如我是一个姑娘，那么每个路人都会投来同情或鼓励的目光，给我继续寻找下去的力量。

  我回到家中，翻出所有的积蓄，变卖了所有的家具。我决定远走他乡，在我经过的地方画上阿呆的模样，让所有人都认识这只善良的小狗，它曾为了我肝肠寸断、遍体鳞伤。等我推开家门，却看到阿呆正坐在通往楼顶的楼梯上。它看到了我，马上跳下来，舔我那落满了尘土的鞋子。我想，它是想告诉我，它需要的只是一场出走，而不是永远的背离。

我走在未知路上，
你消失在人海茫茫

(1)

刚过完年，空气里还残留着烟花爆竹的味道，没有清理干净的鞭炮屑被风一吹，夹杂着五颜六色的塑料袋子飘在空中，看得人心烦意乱。在这样的天气里鹰城人很少出门。但是何唉还是起了个大早，他要送颜美美离开鹰城。

鹰城是座非常小的城市，骑自行车不到十分钟就能横穿整座城市。也正是因为小，所以铁路虽然从这里经过，却没有设车站。出远门的话，都要坐汽车。

颜美美是要去上海，其实她并不想去，但为了面子不得不走。在去车站的路上她一直在等何唉回心转意，只要何唉说一句"我不想你走"，颜美美这辈子都会跟着他。可惜何唉一直沉默着，甚至有些心不在焉，好像他不是在送他最爱的姑娘远走他乡，而是在送一个陌生人。

为了拖延时间，到了车站之后，颜美美说风太大吹得头发好乱，她想去洗个头再坐车。说出这个想法的时候，颜美美很怕何唉说"那你去洗头发我去买票"。

何唉终究还是没有那么绝情，反正要分开了，他也不着急，起了个大早只是因为晚上睡不着。他看着时间还算充裕，就跟着颜美美进了美发店。车站附近的饭店也好旅馆也罢，条件都是非常差的，车站附近的美发店自然也好不到哪儿去。店里坐着几名洗头妹和美发师，一个客人也没有，颜美美进去的时候，也只有一个人上来迎她，其他人只是抬头扫了她一眼便继续专注于手里的手机或报纸。

习惯被注视的颜美美悲伤的情绪里平添了一股失落感，她的美丽在她曾经生活过的地方是有目共睹的，可是在鹰城，好像每个人都对她的美丽漠不关心。她觉得她跟这里的一切格格不入，如果不是因为何唳在这里，她想她这辈子都不会到这又脏又小又奇怪的地方来。

（2）

颜美美的头发散开的时候，何唳心里动了一下。想到几天前，他还在家里亲手给颜美美洗过头发呢。那是他第一次给女孩子洗头发，可能也是此生唯一的一次了。手里握着颜美美海藻般浓密柔长的头发的时候，何唳心里是洋溢着幸福感的。他想这姑娘是属于我的，只属于我，她是我未来的妻子，会伴随我度过一生，我要用我的一切，包括我的生命去爱她。

可惜才几天，一切就物是人非了。

颜美美和何唳相识在网上。最初只是闲散地聊天儿，后来越聊越投机，到了难舍难分的时候，就在现实里见了面。没有见光死，反倒在见面之后更亲密了。

何唳是一名画家，名声在国内不算大，但在他混迹的那个圈子里几乎无人不晓。因为他的每幅画都能换来不少钱，所以何唳算是一名成功人士。起码他在二十多岁就取得这样的成就，是非常惹人关注的。周围爱慕他的女孩很多，他也不断地跟不同的女孩交往，给外界一种对待感情如同儿戏的印象。

颜美美认识何唳的时候才十九岁，刚读大学。除了画画，她没有别的爱好，除了漂亮，她也没有别的特长。不过对于一个女人来说，漂亮就已经是特长了。

那时候何唳正在四处漂泊，画各种名山大川和路上偶遇的人和动物，偶尔也画他幻想里的东西。颜美美所在的城市有一座景致不错的山，一开始何唳主要是打算登山看景的，顺便看看颜美美。结果见了颜美美之后，就变成顺便登山看景了。

他们在颜美美所在的城市纠缠了一个多月。这一个多月颜美美离开学校，关了手机，一直和何唳住在旅馆里，几乎是形影不离。

等何唳要走的时候，颜美美就给爸爸打了个电话，说她不想上学了，说她现在过得很好，让爸爸不要担心，也不用再给她打生活费了。她的爸爸在另外一座城市,她从小是跟着奶奶长大的,妈妈在她很小的时候就去世了。后来奶奶也去世了,就只剩下她和爸爸,在不同的城市,一个月联系一次。通常这一次的联系也不是因为感情,而是因为生活费。

这段爱情从一开始就太过于激烈,正所谓峣峣者易折,皎皎者易污,物到极致则必反。爱到极致就会出现各种问题。原先的好学生颜美美突然要退学,从来没有跟男生交往过的颜美美一下子就决定嫁人了。同样风流不羁的何哽也收了心,公布了他要结婚的消息。

何哽第一次决定带女朋友回家,回他在落后的鹰城的那个贫困的家。出身卑微是何哽身上唯一不好的一面。何哽和很多女孩交往过,那些女孩都只能看到他光鲜亮丽的一面。他拒绝给她们看他的阴暗面,他想完整的他是要留给他未来的妻子的。他终于遇到了颜美美,他觉得她就是他遗失的那根肋骨。

他们对外都是以未婚妻和未婚夫互称,他们幼稚地穿着情侣装,用着同一款手机,连设置的手机铃声都是一样的。他们都觉得彼此是对方不可分割的一部分。

(3)

鹰城是一座中部偏北的城市,常年干旱,气候十分干燥,而且伴有凛冽的风。何哽并不喜欢鹰城,从十四岁开始,他就一次又一次离开鹰城。但这里始终是他的根,他总要回来。

这里有他年迈的父母,和熟稔的邻里。虽然跟父母没有太深的感情,可是他觉得他有必要让他们知道,他要结婚了,他不再任性地四处飘荡了,他要带着他的妻子,陪父母一起过一段简单的日子。他觉得他还是要担起身为人子的责任。而且颜美美想见见何哽的爸妈,她觉得只有这样才够正式。他们都需要有人来见证他们的爱情,他们希望能够被祝福。颜美美甚至想好了,等时机成熟就带何哽去见她的爸爸。郭靖都是要见黄老邪的,何况何哽那么优秀。

因为漂亮又听话,何哽的父母非常喜欢颜美美。北方人的厨艺大都一般,但每天何哽的妈妈还是变着花样做各种小吃给颜美美吃。颜美美也不惧生,每天她也会早早地起来，帮着何唤的妈妈做饭，遇到不合口味的饭菜，她也会咬着牙吃下去。她想习惯了应该就会好的。

这样的生活过了两个月，如果不是因为颜美美还没到结婚的年龄，何唤都打算和她去领一张结婚证了。

自行车是何唤家唯一的交通工具，无事的时候，何唤就带着画板，载着颜美美到鹰城的郊区画画。何唤恨不得把自己的所学都交给美美，可惜颜美美虽然酷爱画画，天资却远远不够，进步一直很慢。何唤就像教自己的小女儿一样教着颜美美，他想勤能补拙，要不了多久，颜美美肯定也能画出漂亮的画来的。

（4）

那是他们回到鹰城的第三个月，有一天何唤的父母不在家，颜美美去厨房做饭，何唤在卧室睡觉，突然被电话吵醒，按了接通键何唤才发现他错拿了颜美美的电话。

电话里传出一个陌生的男人的声音，用不友善的口气说："你就是何唤吧？"

何唤说："你是谁？找美美的话你等一下，我去叫她。"

那人说："我本来是找美美的，但既然是你接的电话，我就跟你说吧。"

何唤说："你是谁，要跟我说什么？"

那人说："我先讲个故事给你听吧。"

从前有一对青梅竹马的情侣，他们从小学到高中一直是同学，直到高考的时候，男孩考试失利被迫复读，和女孩有了短暂的分离。女孩讨厌这种分离，为此甚至想辍学，可辍学了她又没有谋生的能力，年少的男孩也没有能力去养女孩，为此他们很苦恼。直到有一天女孩对男孩说她在网上认识了一名知名的画家，她要跟他去学画画，说学好了画画，可以赚钱了，就能和男孩在一起了。

女孩让男孩给他一年的时间，并且让他一年之内不要找她，一年后她自然会回去。为了一生的幸福，男孩答应了女孩。可是几个月过去，男孩忍不住思念女孩，还是通过朋友找到了女孩的联系方式，结果打过去的第一个电话，却是那名画家接的。

听完这个故事,何唳第一反应是这是哪个浑蛋搞的恶作剧啊。他正想怒骂,却听到那男孩接着说:"也许你不信,不过我可以肯定,到现在,你还没有碰过颜美美。"

这句话,像一块巨大的石头,重重地砸在了何唳心头。

的确,和颜美美在一起已经几个月了,他们一直睡在一张床上,何唳也不是没有动过念头,但是颜美美说,张无忌都没有碰过小昭和赵敏。颜美美说真正的爱情不能一开始就掺杂肉欲。颜美美说:"等我们结婚的那天,我会给你的。你爱我,就要体谅我,我迟早都是你的。"

这也是何唳喜欢颜美美的原因之一,现在已经很难找到这样传统的女生了。可是突然有人告诉何唳,这一切只是因为颜美美根本不爱他,和他在一起只是利用他而已。

何唳想不明白,既然是利用他,那为什么不等利用完了再告诉他?在还没有得逞的时候就告诉他真相,这样不就竹篮打水一场空了吗?

男孩说:"之所以现在就告诉你,是因为我不相信你们在一起几个月什么都没做,我不愿意让美美继续跟你这样下去了。我也是个男人,我就是卖血卖肾也要把她带回来。"

何唳挂了电话,呆坐在床头。颜美美已经做好饭,叫了他几次他都没反应,于是只好到卧室来找他。看着何唳木然的样子,颜美美问他怎么了,他也不说话。过了许久,他才拿起手机,递给了颜美美。

颜美美翻看了下通话记录,那个号码她是无比熟悉的。她说:"那家伙都跟你胡说了些什么?你不要相信他说的,我是跟他在一起过,可是高中毕业的时候我们就已经分开了。"

"可是你之前跟我说,我是你的初恋。"何唳说出这句话的时候,泪水已经湿了双眼。

"那是因为我之前一直把他当哥哥,遇到你,我才觉得我开始恋爱了。"

"你不应该瞒着我的,我把我的一切都告诉你了,你为什么要瞒着我呢?你究竟还有多少事情瞒着我呢?"

颜美美说:"我没有瞒着你什么,关于他的事情我没跟你说是因为我怕说了你会不喜欢我,会觉得我没有你想的那么好。"

许多年后何唳已经不在意颜美美说的话是真是假了,他只是觉得当年的自己竟然是那样一个容不得半点儿谎言的人,他一点儿也不了解过去的自己。他不知道自己为什么把那份爱情看得那么重,摆在那么高的位置。如果一开始他就以一份普通的爱恋来对待,那么是不是后来即便有谎言,他也会不在乎?两个人也不会那么快就分开,更不会说出如果有缘我们还会相聚的话来?

爱情这种事,向来是合久必分,分久难合的。那个突如其来的电话让何唳对颜美美失去了信任,即便当天晚上,颜美美钻进了何唳怀里,说要把她完全给他的时候,他还是有一种被骗的感觉。

(5)

洗完头发出来,意外地下起了雨,而且是暴雨。颜美美笑了,心想老天是在帮自己。他们奔跑在雨中,穿过马路到了车站里。因为颜美美去的地方离鹰城太远了,只有一班长途汽车,当天的票已经卖完。何唳没有抱怨,买了次日的票,然后两个人不知道去哪里好了。

雨越下越大,他们在车站角落里躲雨。还有足足二十多个小时需要他们一起度过,一起消磨。为了缓和悲伤的离别情绪,他们讨论起未来孩子的名字来。颜美美说了好多个,像何必、何苦、何故、何满子。何唳说叫什么都比他自己的名字好,风声鹤唳,从一出生,就活在惊慌失措之中。

说这些话的时候,何唳心里在想,我们会有孩子吗?永远也不会有了吧,那为什么又要讨论孩子的名字呢?我们今天分开了,大概一生都难再见了。

雨停下来的时候已经是傍晚了,他们都饿了,于是去吃饭。颜美美是南方人,而且自小生活在优越的家庭环境里,有些挑食,吃不惯所有的面食。而北方的米饭和菜又比较粗糙，所以去吃什么，都成了问题。鹰城倒是有肯德基和德克士之类的颜美美可以接受的地方，可是离车站太远，何唳不想去离车站太远的地方，于是他们就买了一堆水果充饥。

本来何唳以为出来就能把颜美美送走了，没想到会买到次日的票，他只好再和颜美美待一晚。而他不想回家去，只能住旅馆。

车站附近的旅馆又脏又吵，何唳以前是不住的，可是这次他什么都不嫌弃了。他不想离车站太远，吃饭也好住宿也好，他都想在车站附近，好像一远离车站，他就会心软让颜美美留下来一样。他不想让自己心软。宁愿以后后悔，宁愿在寂寞孤独里度过余生，他都要这样去做。

天刚黑下来，他们就住进了旅馆。一天下来虽然没做什么事情，何唳却觉得好累好累。他躺在床上，放空思绪，不愿意去想自己的决定是对还是错。接到那个电话之后，他虽然表面上说相信颜美美，心里却如同打翻了五味瓶，很不是滋味，很不爽。

他说他想离开鹰城去外面一段时间，让颜美美自己待在鹰城他也不放心，所以他想把颜美美送回到她爸爸那里。

颜美美并不傻，她知道那个电话伤了何唳的心，她知道他虽然表面上原谅了她，心里却还是觉得她骗了他。就算真相不是那个男孩说的那样，但起码那个男孩是存在的。何唳无法接受他最爱的人曾经还和别人在一起过。何唳也不确定自己是否会跟颜美美结婚并且相伴终身了。

颜美美答应了何唳，她愿意离开，虽然她并不想去爸爸那里，也不知道去爸爸那里能做什么，可她已经离开学校了，又没有谋生的能力，除了爸爸那里，她无处可去。虽然她很舍不得何唳，可她也是要面子的，何唳不主动要她留下来，她想她任性地留下来也没有意义。

（6）

晚上两个人躺在一张床上，说了很多话，像第一次在网上认识的时候一样。

有好几次，何唳都想说："颜美美，你不要走了，我明天去把票退了，你和我一起离开鹰城去别的地方吧。"可惜他终究还是没说。

那晚他们很晚很晚才睡去，醒来的时候，都要到开车的时间了。洗漱完了，他们一起去车站。何唳眼睁睁看着自己最爱的姑娘独自离去，就像眼睁睁看着别人砍掉他的双手一样，他麻木地站在原地，心如刀绞。

车很快就开走了。颜美美趴在车窗上往外看，何唳的身影越来越小，她也终于流下眼泪。她想跳下车，再也不要面子和尊严了，她只想要何唳。可是她什么也没做。

何唳也想追上去，可是看着越来越远的车，他的身体仿佛瞬间失去了力量。他想自己已经死了，以后活着的都不是他了。他离开车站，漫无目的地走在街上，看到一家酒吧，就进去要了瓶酒，慢慢地喝着。耳边响起拇指姑娘的歌：

黄昏下起了雨，哭泣的雨，我们走进了雨，相对无语。抚也抚不去的忧伤，赶也赶不走的惆怅，在细雨之中，飘扬。我们走到了头，爱的尽头，徘徊已经太久，挥一挥手。故事好美却要结尾，心里说不出的滋味，在离别之际，说无悔。我抚摸你湿润的双眼，你强装出微笑着的脸，我亲吻你炽热的双唇，你紧靠在我的怀里边。我行走在未知的路上，你消失在人海茫茫……

你去你的未来,我去我的未来,从此在彼此的梦境里虚幻地徘徊。

不会说话的爱情

远方除了遥遥什么也没有。我一直是这样想的。所以活了十八年，我没有离开过我的出生地。我很庆幸我出生在这个地方，这个城市远离海洋，远离沙漠。这里不会有台风，不会有沙尘暴，不会有洪水或者泥石流。虽然不久前离我所在的这座城市不远的地方地震了一下，但并没有影响到这座城市里的人的生活，完全可以对地震忽略不计。

这座城市空气湿润，街道干净。很多年前这里出生过一个叫苏东坡的人，这个人才华横溢，所以至今仍旧被人仰慕。这座城市凡是有路灯的地方就有这个人的诗词。这个人以前住的院子现在成了著名的景点，每天都有很多外地人慕名而来，看看他生前用过的笔墨纸砚，看看他生前睡过的床和房间，为他生前用过的尿壶感慨，向他生前穿过的袜子致敬。

如果不是遇见季沐阳，我想我这辈子都不会离开这座城市。为什么要离开呢？这里有我需要的一切，上南大街可以买到我喜欢看的各种图书杂志以及我喜欢听的唱片，下西街有我喜欢的各式各样的衣服。至于日常的生活用品，下了楼就能买到。虽然这里没有高大的摩天轮、过山车或者巨大的音乐喷泉，但是着什么急呢？田家炳中学附近不是正在修建一个广场吗？耐心地等待吧，一切都会有的。

可是季沐阳不这么想。

他一听到"远方"这个词就激动。如果给他足够的钱，他必然要把地球走个遍。他说他活着就是为了流浪，就像钢琴活着就是要被人弹，篮球活着就是要被人打一样。

如果我口袋里有一块钱，我会买个冰激凌吃。如果季沐阳有一块钱，他会随便搭上一辆公交车坐到终点再走回来。如果硬要在我们俩身上找共同点，那只有一个，就是贪睡。

我学习成绩很好，季沐阳学习成绩很差。所以虽然我们都会因为贪睡而迟到，待遇却不一样。我即使在下课前一分钟才踏进教室，老师也不会说什么。季沐阳即使在课刚上一分钟就踏进教室，也会被罚站，下课后还要到办公室接受思想改造。

我和他相熟，就是因为迟到。因为前一天晚上通宵看小说，第二天我一直磨蹭到上午最后一节课上了一半的时候才到学校。我看看时间，离中午放学不到二十分钟了，索性不进教室，躲到操场上，掏出书包里的小说继续看。

我刚坐好翻开书，就有人拍我的肩膀。我回过头，就看到了季沐阳那张睡意未消的脸。他说："林倩，你干吗呢？"我说："看小说呗。"他说："真嫉妒你，你迟到半天还可以心安理得地在这里看小说，我只迟到了十分钟就要被罚扫厕所。"

我合上书，抬起头看着季沐阳乱糟糟的头发说："大概是人品问题吧。如果你学习成绩好一点儿，高考的时候能不影响学校的升学率，应该也不用扫厕所吧。"

季沐阳看我合上了书，就在我身边坐了下来。他说："我们聊聊天儿吧，同学快三年了都没和你说过几句话。我一直觉得你挺神秘的，天天迟到看小说，成绩还是那么好。"

我说："你坐远一点儿，坐这么近，不知道的还以为我们早恋呢。我不听课不代表我没有好好学习，咱们那几位老师课上得太烂了。以我的智商，即使一节课也不听，考试的时候也不会犯难。你要是没事就去扫厕所吧，别影响我看小说。"

季沐阳说："你不用嫌我烦，过阵子我就走了，离开学校，离开家，离开这座城市。"

如果季沐阳把脸洗干净，头发理顺，再换上一身飘逸的衣服坐在我身边说这句话,我可能会觉得很伤感。我可能会拉着他的手语重心长地说你不要走,你走了以后谁扫厕所。

可是他偏偏顶着一头乱糟糟的头发,一副吊儿郎当的样子,让我觉得他所谓的退学甚至离家出走不过是他昨晚没做完的梦。于是我说:"你是不是青春叛逆的小说或者电影看多了?"

季沐阳说:"你才看青春叛逆的小说,你们全家都看青春叛逆的小说。你这个人太冷血了,但凡内心有一小块柔软的地方的人都不会对一名即将退学的同学说这样的话。"

季沐阳学习成绩不好,语文最烂。可是他偏偏喜欢说一些听起来很华丽唯美,仔细琢磨却是病句的话。还好他要表达的意思我基本上明白。为了证明我的内心还是有那么一小块柔软的地方,我假装很不舍地说:"你为什么要离开啊?"

季沐阳说:"这个说来话长,我在很小很小的时候就有一个梦想。"

我说:"你就不要提小时候了,长话短说,我等下还要去吃午饭呢。"

季沐阳说:"你有没有什么遗憾?"

我说:"我唯一的遗憾就是小时候没有一个会讲故事的外婆。"

季沐阳说:"我很久以前就想退学,现在眼看要毕业了,再不退学就没机会了。没机会了就会感到遗憾。村上春树曾经说过,十五岁的时候最好来一次离家出走。我十六岁的时候才看到村上春树的这句话。我已经错过了一次,不想再错过第二次。"

我说:"你这是什么逻辑啊,刚才说你青春叛逆小说看多了你还不承认。退学容易,离家出走容易,但是之后呢?你靠什么生活?"

季沐阳说:"到时候会有办法的。我给你讲个故事吧。"

"有一个孩子,九岁时失明,常年生活在盲人影院,从早到晚听着那些电影,听不懂的地方靠想象来补充。他想象自己学会了弹琴,学会了唱歌,还能写诗。他背着吉他走遍四方,在街头卖艺,在酒吧弹唱。他去了上海、苏州、杭州、南京、长沙还有昆明,腾格里的沙漠、阿拉善的戈壁、那曲草原和拉萨圣城。"

"他爱过一个姑娘,但那个姑娘不爱他;他恨过一个姑娘,那姑娘也恨他。他整夜整夜地喝酒,朗诵着号叫着。他想着上帝到底存在不存在,他想着鲁迅与中国人的惰性。他越来越茫然,越来越不知所措,找不到出路要绝望发疯。他最后还是回到了盲人影院,坐在老位子上听那些电影。四面八方的座椅翻涌,好像潮水淹没了天空。"

季沐阳讲完故事,下课的铃声就响了。我一边收拾书包一边对季沐阳说:"你不要胡思乱想了,学习才是硬道理。"

季沐阳说:"到了远方,我会寄信给你的。"

我没有再理他,背着书包朝食堂走去。食堂最近来了一位山东的厨师,做的大饼很好吃,去晚了就卖完了。

下午上课的时候,我回头去看季沐阳,发现他的位子空着。连续几天,一直空着。后来我就听说他退学了,再后来他的桌子被老师搬出了教室。

季沐阳退学这件事并没有引起多大的风波,他一直独来独往,没什么朋友。如果不是他退学前和我聊过天,恐怕我也得过很久才注意到他不在了。

除了退学前的聊天儿,我和季沐阳几乎没有什么交往。记得高一第一次看到他的时候他还是挺有精神的,戴着耳机摇头晃脑旁若无人。那时候他的学习成绩也不是很糟,后来他好像恋爱了,然后被甩了。高二的时候他就明显地消沉颓废了。在书店买书的时候也碰到过他几次,但也只是点头微笑擦肩而过。

在我快要将季沐阳遗忘的时候收到了他的信和一张周云蓬的专辑。信很薄,字迹不像我想象的那么糟糕。信中他告诉我他在丽江,他说那天给我讲的故事其实是一首歌的歌词,他建议我去听周云蓬的歌。

专辑的封面上有关于周云蓬的介绍。九岁失明,留在视觉中的最后印象是动物园里的大象用鼻子吹口琴。十五岁弹吉他,二十三岁大学毕业,其后游历十余座城市,以弹唱为生。

我听着周云蓬稳如泰山静如秋水的歌声,暗想季沐阳平白无故为什么要寄信和送礼物给我。按我看过的言情小说的情节来推理,作为唯一的男主角季沐阳和唯一的女主角我，如果继续接触下去，势必要擦出一些爱情的火花来。可是哪个蹩脚的作者会一开篇就把男主角发配到远方，让整个故事都变成女主角的独角戏呢？

此后直到大学毕业都没有季沐阳的消息，我没有丝毫的期待。他不是我喜欢的那类男生，我喜欢的男生应该像早上八九点钟的太阳，让人感到温暖，让人充满希望。而季沐阳是下午五六点钟的太阳，随时会消失不见。如果一定要从季沐阳身上找出让我喜欢的地方，那就是他会讲故事，而且是第一个讲故事给我听的人。我喜欢会讲故事的男生，夜深人静的时候听着故事入睡是我向往已久的事情。可是我不喜欢故事里的人。故事里的人太遥远，就像季沐阳，讲着讲着就把自己讲进了故事里。

暑假里我窝在家里看了两个月小说。我考上了研究生，依旧在原来的学校。我不知道这样做是不是为了收到季沐阳的信。他不知道我家的地址，我不知道他的地址。如果他要联系我就只有把信寄到学校，如果我想知道他的消息就只有留在学校。这一切看起来都太像爱情，女主角为了男主角而留校，心甘情愿地忍受考研的压力。

我觉得如果把心态放松的话读研究生和读大学没有什么区别。这座城市没有特别好的学校，读名校的话起码要去几十公里外的省城。我读的大学是所谓的贵族学校，里面有一个体育场、两个食堂、三个操场、四条两边是花草的长廊、五座公寓楼、六座教学楼。省城有些大学还没有我读的大学环境好、地方大。

开学后，季沐阳的信来得断断续续，有时候一星期能收到两封，有时候两个月只有一封。无聊或者烦闷的时候，我就拿出季沐阳的信来看，有时只是盯着信封发呆。想象这信跋山涉水漂洋过海从遥远的地方一路走来。有时我会把信拿起来放在鼻子上闻，看有没有风尘味。之所以这么矫情，倒不是因为这信是一个男生写的，而是这信来自一个遥远且陌生的地方。

有时候我会想，季沐阳为什么要放弃家里舒适的环境去远方流浪，这不是花钱买罪受吗？从这个问题我会想到为什么有的人喜欢吃猴脑，有的人看到猴脑之类的东西就恶心？为什么有人喜欢待在熟悉的地方而有人总想去远方？这些问题就像旋涡，在看似平静的生活中旋转，一不小心就会跌进去，无法自拔。

季沐阳在信中说他到了远方之后，我所在的地方对于他又成了远方。这世界上有无数个远方，有时候远方只是一个词语，不去远方是一种遗憾，去了远方又是另外一种遗憾。

季沐阳始终没有回来，或许回来了，但是没有找我。研二下半学期，我没有再收到季沐阳的信，关于他的事情逐渐模糊，最终变成了回忆。为了纪念他，研究生毕业那年的暑假我买了张火车票，目的地是远方。一路上我都在反复地听周云蓬的歌，那直达内心的声音，像微凉的风打在脸上。从此你去你的未来，我去我的未来，从此在彼此的梦境里虚幻地徘徊。

世 界
那么大，命中注定遇见你

没必要强调谁是谁的谁,谁只属于谁。人最终都是只属于自己的。

被现实扯碎的长着翅膀的心

我出生的时候,计划生育抓得正紧,政府提倡少生优生最好不生,对超生的人实施"抓、打、罚"三位一体疗法。许多幼小的生命啼声未止便被父母扔进了尿罐。我也不例外,可惜我天生水性好,泡了半天也没断气。无奈之下,父亲只好以十块钱的价格把我卖给了一对不会生育的夫妇。

在农村待过的人大概都知道,若是母鸡不会下蛋,就需要在它的窝里放一个圆圆的类似鸡蛋的石头,俗称"引蛋"。这样母鸡就会发现自己除了和公鸡调情之外还有下蛋的功能,然后义无反顾地下出蛋来。没想到这办法放在人身上同样管用。那对不会生育的夫妇把我抱回家不久,就弄出了自己的孩子。

然后我就成了多余的。他们打算把我退还给父亲,可是父亲卖我的时候没有开发票,我又无灾无病不属于"三包"范围,于是矛盾产生了。他们争吵着,唾沫星子喷了我一脸。可怜我那时太小,如果那时我会走路,我一定悄悄地走掉,我最不喜欢给人添麻烦了。后来,那对夫妇硬是把我扔在我家门前老槐树下废弃的磨盘上,理直气壮地走了。母亲心慈,顶着父亲的骂声把我抱回了家。然后父亲被迫交了一千多块钱的罚款。再然后跟所有的农村孩子一样,我玩着泥巴拖着鼻涕磕磕绊绊越长越大。

与农村小孩子不同的是,我特敏感,屁大点儿事也会被我引发出无限感慨。识字以后,我爱看小人书,就像现在的小孩子痴迷漫画一样。那时为了看书的时候不被人打搅,我常常揣上手电筒和小人书溜到东厢房的衣柜里。有一次我不小

心在衣柜里睡着了，醒来的时候已是深夜。我以为爸爸妈妈一定在外面疯了似的找我，可是出去一看，人家早钻进被窝儿里打起了呼噜。这事情让我伤感了许久。小人书是向邻居王二借的。那是位雕刻艺术家，他喜欢雕刻小人书上的人物，小时候我很钦佩他。不过这篇文章跟他没多大关系。

我是在离家百里之外的一所私立院校读书。那学校真叫烂呀！我们八个男生挤在一间不足十平方米的寝室里，早上放个屁到晚上还没散尽，大有"余臭绕床三日不绝"之趋势。食堂也很小，打饭要排队，一不小心就会溅上一身汤汁。教室和厕所倒称得上宽敞明亮，可教室里一天到晚都闹哄哄的，厕所又不宜久留。所以喜欢独处的我只好翻墙到校外的小树林里散步。也就是在这里我认识了邻班的李小白和同班的栀子。当时他们俩鬼鬼祟祟地躲在一棵巨大的松树后面聊天儿。

李小白："做我女朋友吧！我会给你幸福的。我们一起仗剑走天涯。"

栀子："我们刚认识哦！"

李小白："没关系的，感情可以慢慢培养，过程可以省略。"

栀子："你带我来这里不是谈诗歌的哦？"

……

我懒得当灯泡，转身欲走，却被眼尖的李小白发现，他居然还叫出了我的名字。我相当惊讶。因为刚开学不久，同班的人尚且不熟，隔壁班的他又是如何晓得我的名字的？因为刚才听到栀子提到诗歌，我就答应李小白坐下来聊聊。其实我当时对诗歌的认识仅限于几位唐朝的诗人，所以当李小白神侃卧轨的海子和疯掉的食指的时候，我只能哼哼哈哈地敷衍过去。侃完诗歌侃教育。第一次接触我就领教到了李小白同志的三寸不烂之舌。但我想他多半只是说给栀子听的。

栀子坐在我后面一排靠窗的位置，那里光线好，噪声小，很适合看小说。相比之下，我的位置简直是腹背受敌。同学口中连绵不绝的单词和公式像一种咒语，搞得我心烦气躁，几欲抽人。我渐渐觉得李小白那天在小树林里说的话也不无道理：等待我们的是长达四年的加工，然后合格的送到研究生院校再加工，不合格的就被淘汰到社会上。就像我们小时候玩的玻璃球，出厂前要被不断地打磨，直到棱角尽失。

我们班主任是个认钱不认人的家伙，迟到、早退、旷课、考试不及格、上课不认真听讲都要罚款。所以每个月提前预付了一百块钱之后，我就可以在所有时间随心所欲地看小说，自习课时也不会有人过问我的去向。其实大多数时候我是被栀子拉去当电灯泡。她好像不喜欢李小白，但也不讨厌和他在一起。毕竟这学校有趣的人实在太少了，李小白好歹也算是一鬼才。他真是语不惊人死不休，我曾拜读过他的文章，里面经常出现这样的句子：我疼得千山鸟飞绝，饿得手可摘星辰。

我觉得这除了能证明他记得不少诗歌之外，再嚼不出别的味道了。可他的语文老师竟称赞他想象力丰富，有李太白之遗风。还有这样的句子：我郁闷地看着同样郁闷的你感到更加郁闷；我津津有味地看着你津津有味地啃着鸡腿感到更加津津有味。

据说李小白还写诗，但我看过他的文章之后就断绝了看他诗歌的念头。栀子的诗我倒是看过一些，隐隐约约记得一些支离破碎的句子：我停在某个空白处，等待那些陌生的字迹；所有的生活方式和感觉，我都体验到了，只是缺少实践；他在流言蜚语中走过，他乐于选择自己的道路，寻找我们最终渴望的，我和你会在那里相遇。

栀子为我们逃课找了一个很好的理由：艺术是懒散人的事业，我们都是为艺术而生的孩子。所以我们是为了艺术而逃课，我们很伟大！那时我们这里还没有网吧，除了在小树林里闲聊，到佛光广场喂鸽子之外，我们不是在学校，就是在"暗地病孩子"书吧，不是在"暗地病孩子"书吧，就是在去"暗地病孩子"书吧的路上。随便挑一本书，要一杯廉价的奶茶，把身子完全陷进柔软的沙发里，一待就是一个下午。书吧的老板兼服务员是一个二十岁左右的骨感美女，脸上总是挂着一抹忧伤。她喜欢郑智化的歌，店里常常萦绕着那首《中产阶级》：

我的包袱很重 / 我的肩膀很痛 / 我扛着面子流浪在人群之中 / 我的眼光很高 / 我的力量很小 / 我在没有人看见的时候偷偷跌倒 / 我的床铺很大 / 我却从没

睡好／我害怕过了一夜就被世界遗忘／我的欲望很多／我的薪水很少／我在台北的马路上迷失了我的脚／没有人在乎我这些烦恼／每个人只在乎他的荷包／我常常喝着可乐／我吃着汉堡／只是心中的空虚／饥渴无法填饱／是不是就这样平凡到老／我的日子一直是不坏不好／是不是学会了放弃思考／这样的我才能够活得很好／头壳坏掉才能够活得很好

　　李小白写小说的时候也喜欢听这种音乐。说真的我很怕李小白写东西，每次他写完一篇小说后都会激动地拉起我的手，说："兄弟，我就要出名了！我这篇小说绝对是十年来中国最好的文学作品。你说我投给哪家出版社好？"

　　我从不追问他那些稿子后来的归宿，估计都被他烧掉了。他喜欢烧东西，用他的话说就是他喜欢那种灰飞烟灭的感觉。

　　大一下半学期，我花了点儿钱买到了栀子旁边的座位，没有近水楼台先得月的意思，只图清静。我一直对异性没有什么特别的兴趣。我觉得，能在一起快快乐乐的就好了，没必要强调谁是谁的谁，谁只属于谁。人最终都是只属于自己的。

　　有一天李小白突然消失了，半个月后收到他从拉萨寄来的信："村上春树说十五岁的时候最好来一次离家出走，安妮宝贝也在苦口婆心地劝我们流浪。于是我整理好行囊，踏上火车不告而别，一路向西，幻想着能遇到崔健口中的花房姑娘。可是饿了两天肚子，一件新鲜有趣的事情也没碰上，到处都是一样的高大的楼房，到处都是一样的麻木的脸庞。火车站里随处可见流离失所的人，他们脸上满满地写着四个字：世态炎凉。"

　　信上没有说他要不要回来，我和栀子目瞪口呆。不过我想社会主义国家应该是饿不死人的，碰了一鼻子灰之后他自然晓得回头。李小白走后不久天便转凉了，小树林里弥漫着苍凉的味道。栀子仍穿着飘逸的裙子，露着雪白的小腿。女孩子似乎都舍不得夏天，感冒了也要义无反顾地穿着一身单薄的衣衫。我是怕冷的，早早地用长裤和夹克把自己裹得严严实实。少了巧舌如簧的李小白，我和栀子就像两个不合槽的齿轮。我们都不想一个人待着，可是两个人在一起又不知道该做些什么。栀子喜欢自顾自地拨弄地上的松针，或是把玩一块光滑的石头。这样一蹲下去就要玩几十分钟,站起来的时候毫无悬念地要两眼一黑倒在我身上。她贫血。每次我告诉她,要缓缓地站起来,她都是答应了然后又忘记。不过说真的,被她香软的小身板倚着,是件很惬意的事情。

每天傍晚吃完晚饭,我们都要去以前从不去的广播站,那里有一台十四寸的黑白电视机。我们等着《新闻联播》结束以后看《天气预报》,关心的当然是拉萨。书上说那是日光城,我想李小白去那里可能是为了躲避黑暗吧。他走之后我才发现原来我一点儿都不了解他,甚至从没想过要走到他内心深处去看一看。

一晃就到了大四,同学们都忙着考研,桌子上堆着的学习资料高过了头。而我的桌子上一如既往地孤零零地躺着一本被我摧残成海带状的小说。栀子依旧津津有味地在桌子底下折着飞禽走兽。我们都抱着混到死也不向应试教育低头的态度。到毕业的时候,看着匆匆离开学校的同学,我惊讶地发现我竟然叫不出其中任何一个人的名字,长达四年的大学生活仿佛只是睡了一觉。不过醒来后并非无路可走。改革开放让父亲的腰包鼓了起来,在家过了一个悠闲的暑假后,父亲给了我一笔数额不小的钱,让我选择创业或上学。我仍旧去了栀子所在的小城,说服栀子跟我一起去附近的一所艺术学校读书。栀子对我言听计从,开学那天她却消失得无影无踪。

新学校真是另一个世界,老师和学生比着玩个性。奇装异服就是校服,正儿八经必遭人唾弃。耳钉、唇钉、鼻环、脚链、手链、项链,缺一不可。你若是穿西服打领带,门卫都不让你进校门。艺校的宗旨是:先龌龊后清纯,先流氓后艺术。到处可见这样的标语:生命在于折腾。头可断,发型不可乱。校园里的花花草草、雕像路标是不可以乱摸的,当下流行行为艺术,没准儿那蹲着的就是你的导师。早操是不用上的,这里几乎没有昼夜之分,老师想上课了就会打电话给你。每个房间都是隔音的,你可以疯到四肢瘫痪,睡到海枯石烂。戴着小红帽的校长在开学典礼上说:"艺术与规矩无关,与公式定理无关,与功名利禄无关,我们发现美,创造美,享受美。若是对艺术的感情不纯粹,我劝你赶快退学。一周内退学的,学费全部退回。"这话吓了我一跳,说真的我对艺术没什么具体的感觉。我狂热得不干脆，忧郁得不彻底，看不出一点儿艺术家的潜质。我连颜色都认不全，就厚颜无耻地来学美术了。

我依旧是独来独往。有时我真想揪起某个同学的衣领使劲摇晃几下，然后问她为什么不愿意跟我交往。可始终只是想想。教学楼前有一片宽阔的草坪，夜深人静的时候我会躺在上面，看遥远的天空，看昏黄的路灯。偶尔看到校园里长发飘飘眼神落寞的姑娘会让我想起栀子，想起她柔软的皮肤和带着拉芳洗发水味道的长发，想起那句当时流传的很广的一句话：世上多少笨小孩，未曾深爱已言别。

"暗地病孩子"终于停业了，老板不知去向，招牌换成了北京烤鸭，生意红火。我开始留长发，幻想有一天头发变成翅膀，带我飞翔。睡觉的时候我故意用被子把自己裹得像一个茧，幻想一觉醒来变成蝴蝶。可是生命一天天腐烂，该变的都没有变。我傻傻地告诉自己，一切会好起来的，以后会好起来的。

干涸已久的心田又下起了爱情雨。为了让漫画的内容更充实一些，我们相恋好不好？

公交车上的爱情

(1)

　　离愚人节还有一个星期的时候，在拥挤的701路公交车上，李岩和夏果第一次相遇。

　　长沙是一座多雨的城市，在他们相遇那天之前，已经连续下了两个月雨。也许正是因为天难得放晴，才会有这么多人出门。在平时的这个时间，701路上是没有这么多人的。

　　李岩跟随人流渐渐挤到车尾的位置，看到靠窗的位置上坐着一个穿着时尚、模样精致的女孩。女孩一直在玩手机，李岩无聊地站了一会儿，想到还要十五站才能到目的地，就也掏出手机玩了起来。

　　他们第一次的相遇就是这么简单，玩着各自的手机，在同一站下车，却朝着不同的方向走去。那情景很像几米多年前的漫画，《向左走，向右走》。

　　那时候李岩刚到长沙，在一家杂志社做美编，因为是先找的房子后找的工作，导致住的地方离上班的地方有些远，李岩每天来回加起来有两个小时是在公交车上度过的。

　　第一次相遇的时候，夏果对李岩完全没有印象。李岩对夏果的印象也仅仅是知道回家的途中遇到了一个漂亮的女孩子。

　　三天之后，李岩第二次在公交车上遇到了夏果。因为之前见过一次，再见之后，李岩觉得这或许是一种缘分，路上就不免多看了几眼。但也仅仅是看看而已。

第二次相遇的时候是在下班的高峰期，车上人更多了，他们俩都站着，相距不到一米。一路上两个人还是把大多数时间都交给了手机，只有车子突然刹车的时候，他们才会从手机里回归现实，看几眼窗外，挪一挪身体，然后继续沉浸在手机中。

第二次相遇时，李岩看到了夏果的男朋友，他们在同一站下车。夏果走在前面，下车后就被一个男孩抱住了，然后两个人牵着手，向和李岩的去向相反的方向走去。李岩看到的时候，叹了口气，觉得夏果的男朋友真的够丑。但看到人家那么甜蜜，依旧单身的李岩，心里还是泛起了一股子凉意。他算了下，自己好像都快五年没有谈恋爱了。

（2）

愚人节那天，他们第三次相遇，这次李岩和夏果都注意到了对方。在这座帅哥卖烧饼都能引起交通堵塞的城市，坐公交车被人盯着看这种事，李岩已经习以为常了。

夏果也习惯了在公共场合被无数目光围绕，偶尔看到有帅气的男孩看过来，她还会反视过去，直到对方不好意思。

或许帅哥美女都该坐在各种私家车里。总之在并不拥挤的公交车上，他们俩坐在一起，是非常吸引眼球的，不知道情况的，会不由自主地把他们当作一对情侣。

第三次相遇的时候，一上车，李岩就看到了坐在后排的夏果，车上人不多，前排也有空座，但李岩还是径直走到了车尾，坐在了夏果旁边。

毕竟是第三次相遇了，夏果对身边的男子也有些印象，心思偶尔也会溜到手机之外，瞄上身边的男子两眼，然后就又回到手机之中。

夏果玩手机，除了短信电话，大部分时间都消磨在微博上，李岩也是。夏果关注了非常多的各行各业的优秀人才。李岩只挑选了这些人中用真人照片做头像的来关注。他们相遇了三次，三次都在玩手机微博。但是他们怎么也想不到，自己偶尔忍不住会偷瞄上两眼的对方，竟与自己是微博上互粉的对象。

之所以说是互粉的对象，而不是朋友，是因为他们彼此关注很久了，却很少聊天儿。李岩在微博上的认证说明是漫画家,他给自己取的网名很独特,很容易被记住。所以当他不经意地回头看到夏果的手机微博上出现自己的网名的时候,不由自主地就停住了视线,然后在夏果来回翻动微博的时候,李岩也看到了夏果的微博名,那名字熟悉又陌生,经常出现在李岩的微博首页,但几乎没怎么沟通过。就像身边的女孩,已经遇见几次了,却从未说过话。

李岩明显感觉自己心跳有些加速,不知道是因为自己屡屡邂逅的对象就是微博上和他互相关注的人这一巧合让他激动,还是他干涸已久的心田又下起了爱情雨的缘故。

李岩掏出手机登录微博,确认了身边女孩的照片和身份,之前一直忽视的那女孩的资料和说明,这次也被李岩看了又看。李岩甚至想把手机放到女孩面前,说,看,这个人好像是你。

但终究还是碍于羞涩,李岩直到下车,也没有说什么。这次两个人在同一站下车后,李岩目送了夏果很久,他发现这次没有男孩在等夏果了,夏果的表情明显有些失落。

愚人节过后就是清明节,放假三天,李岩在家里画了三天漫画,因为靠编辑的工资远远不够维持他的生活,他必须不停地画画画!

假期结束之后,想到下班的路上会遇到那个微博上的漂亮女孩,李岩心情非常好。可是出乎他意料的是,一连五天,他再也没有遇见那个女孩。

他打开那个女孩的微博,也发现她五天没有更新了,最后一条是在清明节发的,只有四个字:爬山真累。

李岩忍不住想,她不会失足掉下山了吧?想到他知道对方身份是在愚人节那天,难道是上天愚弄他的玩笑?上天已经不是第一次愚弄李岩了,这样的进展让李岩很失落。

(3)

转眼半个月过去了,李岩一直没能再遇到那个女孩。这半个月他养成了每天都去那女孩的微博看看的习惯，每次都带着希望打开微博，然后又带着失望关掉。那女孩一直没有再更新。

有天下班后李岩坐在公交车上胡思乱想，不知不觉就睡着了。醒来的时候闻到身边有一股异香，转过头，就看到那个微博女孩坐在自己身边。李岩激动得刚想打招呼，就听到车到站了。女孩站起身，李岩也跟着下了车。

这次李岩没有回家，而是跟在女孩后面，想找机会打个招呼。结果女孩一直没回头，一路上走得飞快，过了三个路口。李岩终于鼓起勇气喊了声："喂，等一等！"

女孩回过头，迷茫地看着李岩，说："你是叫我吗？"

李岩说："是的，我是……"

女孩笑了，抢在李岩前面说："我知道，你是公交车上那个男孩，我们遇到过几次了。"

李岩说："不是的，是微博。"说着，李岩拿出手机打开微博，给那女孩看。

夏果看着李岩手机上的微博名，愣了下，把微博上的照片和现实中的李岩对比之后，仍旧带着不敢相信的口吻说："居然是你啊！"

本来要回家的夏果因为偶遇了李岩，决定带李岩去吃饭。李岩刚来这座城市，对很多地方还不熟悉，夏果已经在这里生活了二十一年。每次有外地的朋友来，她都会带着他们去火宫殿，那里有很多长沙特色小吃，吃完了还可以看戏。

那天李岩被湘菜辣得眼泪直流，饭吃到一半下雨了，吃完饭雨还没停。他们撑着一把伞，在雨中看戏。看着戏台上浓妆艳抹生动活泼的戏子，李岩突然觉得，自己也像在演戏。

看完戏两个人一起搭公交车回去，雨越下越大，车上人很少，李岩心里突然升起一股暖流。看着身边单纯可爱的夏果，他想吻下去。正酝酿着情绪，夏果突然转过头说："我很高兴认识你，可惜不是在对的时间。"

好像被看透了心思一样，李岩愣了下，然后脸就红了。

夏果是个非常单纯的女孩，单纯到逛街的时候会被拉进美容院宰几十块钱，出来的时候还觉得自己赚到了,单纯到买防辐射的植物的时候,被人用几片植物叶子插土里就忽悠过去了。

不过这都还不算什么,更单纯的是,她前段时间才知道,她交往很久的男朋友都对女生不感兴趣。

真是岂有此理。也正是因为失恋,夏果才请了假,去凤凰古镇待了半个月。刚调节好心情,回来就遇上了李岩。本来夏果因为曾经的爱情而看到男生就有些恶心,但这恶心偏偏在看到李岩的时候会减弱,甚至减到负值。

(4)

李岩送夏果回去之后,没有立刻回家。他想买一个礼物,在明天的公交车上送给夏果。他们约好了第二天一起上班和下班,他们俩一个在杂志社,一个在电视台,两家单位离得很近。

可是因为太晚了,而且下着雨,很多店铺都关门了。李岩走了很久也没看到礼品店,只好郁闷地回家了。回家的路上李岩一直在想,夏果那句"可惜不是在对的时间"是什么意思。

回到家后李岩也睡不着,望着天花板发呆的时候,突然想到自己可以先送夏果一本自己以前出版的漫画书。然后花几天时间创作一组专门给夏果的漫画册,想到这里李岩更睡不着了,拿起画板就画了起来,等他觉得实在太困画不下去的时候,天已经亮了。

李岩想稍微睡一下就去上班,结果躺下就睡着了。醒过来的时候,已经错过了上班的时间。不过比上班迟到更让李岩郁闷的是,第一次和夏果相约一起去上班,自己就失约了。

手机上有两个夏果的未接来电,李岩想了一会儿,就打了过去。

"我昨天晚上画漫画画到很晚,就睡过了头,对不起,晚上我在电视台楼下等你吧。"

电话接通后李岩就主动道歉,夏果笑了笑,似乎完全没有把李岩的过错当回事，答应了下班后见面，就挂了电话。

　　下班的时候李岩去等夏果，十分钟左右夏果出来，可以看出她化了淡妆，看起来比前几次见到的更美丽动人了。他们一起步行去公交车站，人很多，于是自然而然地聊到了地铁。李岩说如果地铁修道了，公交车的运输负担就能减轻很多。夏果说她上班的时候看到了一条地铁求爱的微博。

　　那条微博李岩也看到了，是一个北京男孩在地铁上邂逅了一个他喜欢的女孩，下车时男孩向女孩要联系方式，被拒绝了。不甘心的男孩就在微博发了寻人启事，希望能唤回女孩的爱。

　　那条微博被很多人转发，大家都支持男孩的行为。想到自己也是在公交车上邂逅夏果的，李岩觉得如果自己表白的话，没准儿也会得到大家的支持。只是这是自己的事情，他不想牵连到太多人。他把早上准备好的礼物拿出来给夏果看。

　　那是一本李岩很早之前出版的画集，那时候李岩才十几岁，天真无邪，画的画儿也都很萌。现在李岩已经画不出那样的画儿了，即便画得出形，也画不出那样的神韵了。

　　李岩还说了自己的打算，说要画一组关于夏果的漫画，漫画的内容就是他们相遇相识的过程。下车要道别的时候，李岩终于鼓起勇气说："为了让漫画的内容更充实一些，我们相恋好不好？"

　　夏果被这突然的表白吓了一跳，她不讨厌眼前的男孩，可是刚从一段失败的恋情里走出来，夏果还不想马上开始新的恋情。而且他和李岩认识的时间太短了，一切都太突然了，这不是她喜欢的风格，她喜欢日久生情的那种感觉。

　　被婉拒之后，李岩说："那就让我用想象力完成后面的部分吧，我会尽量画得慢一些，等到完稿的那天，我再表白一次，我想那时候你会答应的。"

　　夏果笑了笑，没有说话。

（5）

　　夏天说来就来了。长沙的气候太诡异了，昨天还穿着棉袄，今天就要换上短袖。

听同事说,有一年长沙在大年初十的时候,气温都达到了二十九摄氏度。同事说,长沙是没有秋天和春天的,过了冬天,就是炎夏。

长沙没有春天,别的地方却大都是有的。继北京男孩在微博上发寻人启事之后,成都有女孩也在微博上发了寻人启事,内容是她在沃尔玛超市邂逅了一位帅哥,当时没能鼓起勇气,后悔不已,所以就想靠微博的力量来寻找错失的真爱。

紧接着,南京、武汉、广州、厦门、上海,不断有人发微博,寻找路上、车上、书店、广场上偶遇的心仪对象,那情景只能用四个字形容——春天来了!

想到夏果说的时间不对,再看看微博上的情景,李岩就联想到了春天的问题,他想是不是因为长沙没有春天,不适合求爱,所以夏果才那样说?

第二天一起乘公交车的时候,李岩就聊到了微博上遍是求爱启事的事情。夏果说那些人真不幸,眼睁睁看着真爱从身边走掉,事后发微博,只是亡羊补牢。

李岩说有的人更不幸,车上偶遇的对象,竟然是微博上关注多年的好友,相见不相识也就算了,相识了还不相爱,真是浪费这大好时光啊!

夏果说:"这么说,你也要发条微博去求爱了?"

李岩说:"那可说不定,长沙的现实里没有春天,可长沙的网络上还是有的。"

当晚李岩处心积虑想了条微博内容,但是没有发出去,而是存到了手机备忘录里,他想等献给夏果的漫画画完那天,连同漫画,一起发到微博上去。

因为只能下班时间画,而且李岩画的时候总是想到夏果,想着想着就忘记自己在干什么了,导致漫画的进度很慢。

气温一天天升高,李岩租住的地方没有空调,有一天他正画得兴起,突然感觉肚子一阵刺痛,久违了的感觉让他毫不犹豫地拿起了手机,按下了120。

在等救护车到来的那段时间,李岩打开电脑,把自己画了一半的漫画,和之前想好的表白信发了出去,末尾还附上了一句:我怕等不到漫画画完了。

(6)

五年前李岩还在广州一所美术学校读书,女朋友是附近一所音乐学校的女生。

两个人在大一相识相恋，大二分手。分手之后，李岩就再也没有交过女朋友。不是因为没遇到喜欢自己或者自己喜欢的女生，而是因为李岩觉得谈恋爱是件奢侈的事情，他没有那么多的时间花在恋爱上。

　　他和女朋友分手的原因是他在体检的时候发现自己身体内有一个肿瘤。而且是无法彻底根除的那种肿瘤，动手术切除之后，过上五六年，这肿瘤就又会长到影响他生活的程度，再切除再花五六年生长，如此反复三四次，他的生命便会到尽头。

　　算起来自己也就只有一二十年的生命了，他觉得没必要连累女朋友，于是果断选择了分手。当时女朋友还很生气，李岩还觉得自己的行为是一种爱她的表现。现在李岩突然发现，其实自己根本不爱当时的那个女朋友，他更爱的是自己，自己那短暂的生命，让他不想浪费一分一秒在别人身上。

　　直到遇见了夏果，他才算是遇到了他生命里的真命天女。他才发现在真爱面前，生命算不了什么。就算他死了，他的爱也在，并且将陪伴夏果一生。

　　尽管医生再三嘱咐李岩短时间内不要上网也不要玩手机，但是出院后李岩做的第一件事就是打开手机，登录微博。看到他住院前发的那条微博被转发了5200次，他赶紧去看夏果的微博，这次，夏果的最新一条微博还是只有四个字——等你回来。

世 界
那么大．命中注定遇见你

年少时的无所畏惧，终会变成长大后的无能为力。

我们再也回不去

晚上睡不着,刷朋友圈的时候看到一则招聘启事,一家名叫"殊途同归"的客栈在招合伙人。我看了下发布者,竟是号称城市流浪者2号的小强同学。

"你怎么开起客栈来了?漂了这么多年一下子停下来能适应?跟哥说说,是不是遇上什么人了,哥这儿正缺素材呢。"作为资深浪子,我很清楚,能让一个漂泊多年的人突然停下来,改掉曾经的爱好,开一间名字寓意深刻的客栈,这背后肯定有催人泪下的故事。

"年轻的时候会放肆,长大了总是要克制。"我等了半天,等来这么一条《后会无期》式的回复。以我对他的了解,他既然暂时不想说,那我就只能等他酝酿够情绪再问了。对这种爱装的人,就是得更装才行。

但装归装,看到他真的停下来不再上路了,一直把他当作流浪继承人的我,还是有些伤感的。我们曾经痛恨的朝九晚五的生活,曾经厌恶的那些套着我们的套子,在时过境迁之后,还是不知不觉地套住了我们。或者真如他所说,年少时的无所畏惧,终会变成长大后的无能为力。没有人能幸免。

小强认识我比我认识他要早一些,用他的话说,他是看我的书长大的。长到十几岁后他在论坛上问我,退学后的生活,真的像我书中描绘的那样快意吗?

那时候我刚出了几本书,正志得意满,丝毫没有意识到自己的一言一行都会误导读者,所以我就干脆利索地说当然是真的了,你没看到野生的动物都比圈养自在吗?

为了炫耀自己的经历,我没有说出下半句——野生的动物需要待在乡下,如果是在寸草不生荒凉冷漠的城市,那情况会要多惨有多惨。

十几岁还天真善良的小强听信了我的话,果断地离开了校园,离开了爸妈,到离家千里之外的成都卖起了手机。他说他打算像我一样,一边行走一边写作,在卖手机的日子里边写作边攒去往下一座城市的钱。

那时候我还在苏州,因为房租太贵稿费太少,我常常要在写作之余到过街通道里弹唱几个小时,换点儿交水电费的钱。去过街通道弹唱的时候,我总是要穿上自己最漂亮的衣服,以昭显出自己和旁边的乞丐不同,同时也幻想自己是在开一场不插电的个人演唱会。

尽管我衣着光鲜,但在城管眼里,我还是和乞丐没什么不同,甚至都不如乞丐,乞丐都是安安静静地工作,我却要制造一堆噪声。

为了赚那点儿可怜的水电费,我不仅要卖力嘶吼,还要躲避城管的围追堵截,几个小时下来,回到住所的时候已经累得连洗澡的力气都没了。

在我为我捉襟见肘的生活感到茫然愤慨的时候,小强却给我发来了感谢信,说在我的指引下,他现在过得很快乐,不但有钱有自信了,还有了一个美貌的女朋友。他说如果有一天我到成都了,一定要去找他,他要好好地感谢我,管吃管住管美女。

我的天!世界上怎么会有这样的事情?他明明是按照我的话退了学,去写作去打工,过像我过的一样的生活。为什么我这么惨,他却那么爽?

小时候考试,有同学照抄我的卷子,最后他考的分数比我的还高!这种让人愤恨的事情,为什么一次又一次发生在我身上?

为了看看徒弟到底是怎么超过师父的,我就在论坛上问他如果我去成都了,他能管吃管住多久,他说:"你待多久我就管吃管住多久。"

看他如此霸气,我就去了。毕竟再在苏州待下去我就要饿死了。

结果到了成都一看,他竟是住在一栋废弃的房子的地下室里,因为房子无主所以房租全免,因为没有水电所以水电全免。这样的房子当然是想住多久住多久!

比这更可恨的是，他说的管美女，竟是坐在马路边看。

我是一个有洁癖的人，但因为身上没钱了，所以还是没有拒绝他的邀请，暂时跟他住到了地下室里。同住的不仅仅是我们俩，还有一群喜欢在墙上涂鸦的玩摇滚的年轻人。

"有没有感觉很酷？我觉得我也变成城市流浪者了，你要是不介意的话，我就把我论坛上的名字改成流浪者2号了！"在我看着潮湿的被子懊恼的时候，小强在一边兴高采烈地拨弄着我的吉他。

"哪里酷了？这里连一台电视都没有。洗个脸都要跑到小区门口的花池边。上厕所都要走到地下室最后一间，一路上一盏灯也没有，如果不是被尿憋着，真会被吓死。"

"你下次去还是拿着蜡烛吧，不然容易踩到……至于电视，我觉得你不用愁，我们就生活在电视里，明天我带你上上电视。"

小强不是开玩笑，我们生活的这个小区，还真是隔三岔五就会上一次电视。因为这一块儿要拆迁，有几位老人不愿意走，他们每天都要在小区门口挂上一道抗议的横幅，刷上一排抵制的标语。半夜被来路不明的人撕掉横幅抹掉标语之后他们第二天又会精力充沛地重来一次。这种战斗方式已经持续了一年多，电视台也一直在做跟踪报道。小强带我做围观群众的时候总是会问我——有没有看电视的感觉？还是3D的。

不仅可以近距离地看热闹，有时候还会被当作背景拍到一个侧脸或者背影。甚至有几次记者竟采访了我们，她一脸严肃地问小强对这种社会现象怎么看，小强深思了几秒回答道："当电视看。"

正所谓饥不择食。因为没有钱，我们就吃方便面。只有小强的女朋友来找他的时候，我们才有机会改善下伙食，去吃炸酱面。

小强的女朋友叫小莫，在亲戚家的店靠卖机票过活，是个看上去很文静的女生。她在音乐节上认识了小强，看到小强纯真帅气，就主动追了他。小强是第一次恋爱，没有经验，看到女孩长得不错，又愿意跟他一起听朴树的《那些花儿》，两个人就在一起了。

因为是文艺女青年,对金钱物质没什么渴望。看到小强挣钱少还要攒路费,她也不计较,反而很欣赏小强的想法和追求。每到周末她就请小强吃饭,陪小强看电影,带小强去酒吧听歌喝酒。

我很羡慕嫉妒恨。

以前住在苏州的时候,因为住着豪华的房子,总是不想写稿子。等到了成都,为了早点儿摆脱住地下室的生活,早点儿拥有一个漂亮的女朋友,我开始跟文档死磕。

看到我写稿子卖力,小强也受了不小影响,他把他写的文字拿给我看,请求我指点。我好不容易遇到这么一个可以为人师的机会,当然要不遗余力地批判一番。我说:"你这文字写得太没有生气了,我觉得你需要多走走,像我一样,至少去过二十座城市以上,行万里路,读万卷书,然后再写。"

小强似懂非懂地点了点头,然后继续问道:"那我是不是应该跟现在的女朋友分手?"

"分手?写文章跟分手有什么关系?"

"你不是说要像你一样吗?我看到你在书里说,你在每座城市都有女朋友。读万卷书,行万里路,交遍十二星座的女朋友,才能懂得人生,懂得爱情。"小强都能把我书里的话背出来了。

"女朋友这方面你不用学我,你应该有更远大的追求。"

"十二生肖?五十六个民族?"

"你脑洞太大了,你现在的女朋友挺好的。要学会珍惜。"

"我觉得我们早晚要分手的,我攒够钱就会去下一站,而她不打算离开成都。"

"小强,你不要活得太理想化,不要把我书里的话当真。梦想这个东西,不一定非要在路上实现不可。"

"那你为什么还跑来跑去?"

那天的谈话以我无言以对告终。的确,我干着一样不靠谱儿的事儿,很难劝别人靠谱儿起来。所以也只能祝他好运了。

那次谈话后不久,我就收到了一笔稿费,搬离了地下室。小强也攒到钱,买了一辆摩托,打算骑摩托去拉萨。

小强长得好看,找女朋友很顺利。我租到新房子后,成功弥补了自己长得不帅这一缺陷,也顺利找到了一个漂亮的女友。蜜月期无暇他顾,等我想起小强来的时候,他已经到拉萨了。

从此我们再没有相遇过,我漂在南方的时候他浪迹在北方,我定居长沙的时候,他又去了拉萨。不过现在通信发达,从网上还是可以看到他的消息。他第一次骑摩托去拉萨的时候,走到半路摩托就报废了,后半截全是搭别人的车。到了拉萨后他做了一段时间义工,然后又骑自行车去了新疆。

我没事的时候就会去看看他晒的那些照片,看着越来越黑越来越瘦的他,就像看着当初的我。看着他身后的梅里雪山,看着他在三亚冲浪的时候汹涌的浪花,说实话我还是很向往的。可是我对自己说,你已经长大了,不能再随便上路了,得有责任感,得对喜欢自己的姑娘和已经老迈的父母负责。

这样想着,我也就安于朝九晚五的工作,那些漂泊时光,久远得像上辈子的事情了。但每次看到小强跟我说话,我心里还是蠢蠢欲动的。前阵子他不知道怎么搞到了一个去五明佛学院免费进修的机会,在那里带发修行了半年,其间他不断诱惑我去,说那里空气多么清新,民风多么淳朴,更重要的是没有网络,可以和大自然零距离接触。

但我硬生生忍住了。他见劝说无效,后来又独自去了印度。就这样走来走去,我们的联系越来越少,我不知道他在追求什么,也不敢问。怕他反问我说:"是你让我上路的啊!你还不知道我在追求什么?"

一晃这么多年过去,他在走的路、经历的事情上已经远远超过了当年的我,我已经不好意思再以城市流浪者自居,更不好意思再以他的偶像、他的榜样自居。但有时候我还是会忍不住想,等我到中年,父母离开,爱人也不在的时候,我会不会像《月亮和六便士》里那个人一样,在中年后突然放下一切回到路上?

我们会不会有一天，重逢在路上？

如今看来是不会了，我买了房子，为了房贷一刻也不敢松懈。他盘下了客栈，也开始学着对身边的人负责。我们已经丧失了无所畏惧的心，一旦离开现在的生活，我们就会茫然失措找不到自己的位置吧？尽管相距甚远，经历也不同，但若干年后，我们还是拥有了同样的心态，过上了一样被圈养的生活。

因为迟迟看不到他发来新的回复，我只好继续浏览他之前的朋友圈，试图找到他突然停下来的原因。在分享朴树的新歌的那条动态里，我看到他这样写道："我曾经毁了我的一切，只想永远地离开。小莫，你知道吗，听到朴树唱这句歌词的时候，我哭了，在拉萨人潮拥挤的街头，旁若无人地哭了。或许我当初不该离开成都。"

一切都回不去了。

但即便回去了，那时候的我们，或许还是会做同样的选择。

世　界
那么大，命中注定遇见你

能够实现的都是欲望。

与光同行

我送被打得鼻青脸肿的小光回家，一进门就听到他妈妈鬼哭狼嚎一般的叫声，接着是翻来覆去的那几句话："和谁打架啦？他打你你不会打他啊？"

在她手上的肥皂水溅到我脸上之前，在她问出那句我无法回答的"你为什么不帮小光打架"之前，我一溜儿小跑回了家。

从小妈妈就教育我不要和人打架，"别人打你，你就躲就跑。你打伤了别人我们没钱给人出医药费，别人打伤了你妈妈心疼。"

可是谁能一直不打架呢？从幼儿园开始，我就被迫和一群同龄人待在一起，就算我再老实再不去招惹是非，总是会有讨厌的人来招惹我。有时候靠讲道理根本不管用，而且我没地方躲，学校就那么大，小时候读书的厕所又没有门。

于是我就经常被人打。

我能和小光成为朋友，最大的原因就是我们两个不打架。我不打架是因为家里没有钱，万一出了事摆不平；小光不打架的原因要高大上一些，他的口头禅是："君子动口不动手，打架的都是小人。"

于是我俩就整天腻在一起，靠着精神胜利法慢慢长大，被打一次，我们就过一次做君子的瘾。

虽然小时候同学们下手也都不重，但君子做久了也腻味，每次看着他被打，或者我们一起被打的时候，我总是在想，什么时候我们也做次小人。不管老师和家长说得多么好，我还是觉得小人过得更好些，君子总是被欺负。

我去问我大姐，家里三个孩子，就她读书最多。大姐说："你们做君子是对的，君子再被欺负，也是被尊重的。你现在害怕那些打架厉害的同学，但是你打心眼儿里尊重那些学习好的同学吧？你长大了会羡慕那些有钱人，但是你内心深处会更尊重那些有文化的穷人。只要知识还是被尊重的，一切就还有救。"

大姐读书读傻了，我听不懂，就去问二姐。二姐说话畅快："什么时候我们家有钱了，什么时候你长大了，有力气了，就不用挨打了，就可以做小人了。"

因为太小不懂得怎么挣钱，我只好把希望寄托在长大有力气上。我每顿吃三碗饭，因为电视里说"三碗不过岗"，吃四碗就得蹲厕所，在家里蹲人多要排队，去学校蹲霸道的同学多，更要排队，所以我每次的极限都是三碗。

吃饱了我就去锻炼。那时候除了二姐和小光，没有人知道我那么拼命地想长高长大长力气，其实是想过一把小人的瘾。

小光虽然懂我，却从来不跟我在一起。我在小腿上绑着沙袋，从坑里往外跳练习轻功的时候，他在读书，他说知识的力量要比身体的力量更强大。

他说这话的时候声音太大，招来了在旁边玩耍的男生。他们走过来不由分说对着小光就是一顿胖揍，然后问他："是你的知识厉害还是我的拳头厉害？"

小光护着手里的书，还是那一句："君子动口不动手。"

那群人哄笑着散去。这时候小光又小声对我说了句："秀才遇上兵，有理说不清。"

小光会特别多名言警句，都是他那个爱读书的爸爸在去世前教给他的。小光的爸爸在世的时候，经常跟小光的妈妈吵架，因为他爸爸总是把本该买菜的钱买了书堆在家里。他们吵架的时候，小光的爸爸说得最多的是那句"不跟你说了，我们就是两个世界的人，没法沟通。"

小光的妈妈从不示弱："没法沟通你就给我滚。"

等小光的爸爸去世后，我对小光说："你爸说得真准，现在你爸跟你妈真的变成两个世界的人了，可是你妈妈好像更不开心了，脾气更暴躁了。"

小光一听到我说这些，就会鼻子一酸，岔开话题跟我聊读书。那些关于君子和秀才的话都是小光的爸爸教给他的。他爸爸临死时让他做一个谦恭有礼的君子,所以不管她妈妈怎么唆使,不管被别人欺负得多么过分,他最多就是流几滴泪,从来不还手。

因为小光总是跟我说这些话,我也渐渐明白了,秀才和君子一样,都是被欺负的角色,要想心里畅快还是得做小人。想清楚之后,我锻炼身体锻炼得更卖力了。

我把精力全用在锻炼身体上之后,成绩就变得特别差。但好在二姐成绩比我更差,所以每次除了被妈妈劝诫要向大姐学习之外,也不会受到别的什么责难。

随着时光一点儿一点儿地流逝,我渐渐长成了彪形大汉,用小光的话说就是身高九尺有余,用现代话说就是两米一。因为长得高大壮实,小光更愿意跟我走在一起了,他说这样特别有安全感,别人看到我这么壮实威猛,自然会退避三舍。二姐的话应验了。

但我越来越觉得大姐的话更靠谱,因为虽然我已经长得这么高了,但总有人比我更高。虽然我力气大了,但总有人力气比我的更大。我加入了学校的排球队,有几个人只有一米九,却比我打得更好。

简单地说就是——虽然没人打我了,我却更自卑了,因为我每次都是靠着体育特长升学,而体育方面我却没有什么特长。别人问起这个的时候,小光总是会在旁边说:"他长得特长。"而且总是有人带着戏谑的口吻问我:"上面的空气好吗?"

不过这些都不重要,重要的是我渐渐变成了一个异类。从小学到大学,我一直和小光在一起,他都换了六个女朋友了,我却连初恋都还没献出去。连我妈也说我光长个子,不长脑子。

长脑子这种事我打小就没计划过,我就是打算长高长大有力气。虽然真的长高长大之后,没我想的那么爽快有些可惜,但二姐指的另一条路渐渐明朗起来。那就是我们家越来越有钱了。

大姐读完博士后做了国际贸易,整天飞来飞去,后来嫁了位富商,日子更好了。二姐学习不好退了学,但是靠着长得好看,做模特儿也赚了不少钱。我呢,靠着身高优势,被各种地方的排球队叫去打比赛,也能赚到很多钱。

大姐要跟姐夫一起照顾自己的家,二姐要买各种名牌,我没女朋友,钱太多没地方花,只好打给妈妈。

每次妈妈收到钱,就会狠狠地夸奖我一番。末了又会劝我说:"娶媳妇的钱早就攒够了,你什么时候带媳妇回来啊?妈妈还等着抱孙子呢。你长得高可以,眼光可不能太高了。"

我无言以对,想打钱回去听夸奖,又不想被催着谈恋爱结婚,非常矛盾。

有阵子我为了避免被催婚,就故意不打钱回去,不知不觉卡上就存了几十万元。我是个特别没有安全感的人,钱给谁都比留在自己手上放心。我问大姐要卡号,大姐让我打给妈妈;我问二姐要卡号,二姐说:"你有钱不如接妈妈出来玩一趟。你给她,她也舍不得花,不如让她出来看看外面的世界。妈妈这辈子去过最远的地方就是我们那的市区,她其实很想到北京来的,一直没提,是怕给我们添麻烦。"

于是我请了假,带妈妈逛了故宫、长城等一系列名胜古迹。妈妈一路上一直感叹:"本以为咱们老家河南人就够多了,没想到北京的人更多。"

妈妈走的时候我假期满了,二姐请假去送妈妈。回来之后二姐跟我说:"妈妈以前特别后悔生孩子太多,负担太大,让我们几个过得都不好,现在老了却觉得还是孩子多好,有人接有人送。要是只有一个孩子,想出来看看都怕走丢了。"

听二姐这么一说,我突然明白小光为什么那么快就结婚了,并且一口气生了俩孩子。小光是独生子,不是他妈妈不想生,是他爸爸去世得太早了。他说家里人少,有时候都不像个家。虽然他有很多很多的书相伴,但终究还是渴望天伦之乐带来的温暖。

我因为一直找不到女朋友,也就没有建立一个家的想法。在我的世界里,称得上家的一个是老家,妈妈在的地方,一个是姐姐在北京安的家。

姐姐结婚后生了一个大胖小子,我第一次体会到了当舅舅的感觉。每次外甥缠着我买礼物的时候,我都旁敲侧击地教育他,让他长大了做一个谦恭有礼的君子,在学校不要跟人打架。"

我想这是小光对我的影响,虽然我看不上他读死书,但骨子里还是尊重他的,觉得他懂得很多道理,是件很了不起的事情。

我觉得这个世界需要小光这样的人,他的存在是我们这个社会的底线。在大家都追求世俗的东西时,有那么一个一尘不染的人在那里,我想想就觉得很心安,所以我希望我的外甥也能做个像小光那样让我觉得很了不起的人。

有一次大姐听到我的话"扑哧"一笑,说道:"现在的学校不像我们那时候那么野蛮了,小朋友们都很文明的,不会乱打架,老师管理得也好。"

外甥也常常问我:"舅舅,你以前经常跟人打架吗?打架好玩儿吗?"

遇到这些问题我只能脸一红,给他拿吃的。

的确,我从来没打过架,却被打过无数次,跟小光一样从来没还过手。我不得不说这是我童年里最大的遗憾。我没法跟我的小外甥说,你两米多高站起来可以摸到天花板的舅舅,曾经是多么窝囊的一个小孩儿。

不过这样的情景并没有维持多久,很快我就有了打架的机会,还是因为大姐。

外甥六岁的时候,大姐发现姐夫在外面有了人,已经发展到了跟别人住到一起的地步。大姐忍不下去,就带着外甥离开了家。

我去找姐夫,以前在新闻上看过很多在外面包养"小三"的男人,都没啥感觉。但等这种事到了自己的亲人身上,我才觉出恶心,才有了坏男人禽兽不如的感觉。

用小光的话说,人之所以和禽兽不同,是因为人懂得约束自己的欲望。

在去姐夫家的路上,我回想了大姐和他交往的全过程。起初大姐是看不上他的,大姐很漂亮,又有学问,最后之所以跟他在一起,完全是因为他当时追得真诚,没事就往我家跑,光是给我买的玩具就能堆满一床;而且他家里有钱,这一点是妈妈非常看重的。

人穷太久,确实会穷怕。我虽然没有穷怕,但是在大姐的婚姻这件事上,我觉得还是有愧于她的。如果不是家里穷这个弱点,也许姐姐不会选择姐夫。

见到姐夫之后,我心里压抑了二十多年的东西被点燃了,没什么可说的,他什么道理都懂，但还是干出了这样混账的事情。

我一天到晚锻炼身体，他自然不是我的对手，只有号叫和求饶的份儿。可以说人生第一次打架，我打得很过瘾。

但打完之后，我一点儿也不开心，问题还是没有得到解决，大姐还是跟姐夫离婚了。

办完离婚手续，我开车带大姐去我买的小房子里，大姐抱着外甥坐在后排说："宝宝以后可不能跟人打架，要做一个用头脑解决问题的人。"

外甥懂事地点了点头。我发现大姐和姐夫离婚后，他好像一夜之间长大了，再也不哭着缠着我要礼物了。

我问大姐："我是不是不该打姐夫，也许我不打他，你们还能坐下来好好谈谈。"

大姐说："这种事没什么好谈的，虽然从小我跟妈妈就教育你不要打架，但是这次姐姐觉得你做得没错。"

我没再说话，姐姐也没再说话，外甥也没说话。我们三个人在一起第一次这么安静，但一点儿也不尴尬，每个人都有自己的心事。我想姐姐可能是在回忆她的婚姻，外甥可能是在思考他的未来，我脑海里则又浮现出和小光一起在操场上谈论梦想的情景。

小光说他要读很多很多的书，要成为一个像他爸爸那样有学问的人。如今小光在老家建了一座超级大的图书馆，自己做馆长，每天都在触摸他的梦想。

我当时有两个梦想，但是只跟小光说了一个，那就是要长高长大变得有力量，变得没有人敢欺负我们。

我还有一个没说的，就是想有很多很多的钱，多得花不完，多得妈妈不用为了我和两个姐姐的学费去求亲戚，不用为了让我们吃饱而自己饿着肚子，不用再对我说，不是妈妈不让你还手，万一出了事，家里承受不起。

如今我两个梦想都实现了，我长高长大有力气了，也有了很多很多的钱，可为什么我还是不开心呢？

为什么我不能像小光那样活得温文尔雅又畅快淋漓呢？我想大概是一开始我

的梦想就错了。不管是长高长大有力气也好，还是挣很多的钱也好，这都是世俗的、简单的，通过努力就能实现的梦想，梦实现了，就会发现自己再也无路可走。

小光的梦想却是永远无法实现的，人在有限的生命里不可能读完无数的书，所以这不能实现的梦想才能称之为梦想，才能不断地给生活注入力量。

能够实现的都是欲望。

我和他就像硬币的两面，一面代表世俗，一面代表梦想。我曾经以为我所追求的就是梦想，待实现了才发现我需要翻个身，创建一个真正的梦，并且让这个梦融入我的生活，伴随我一生。

长久以来，我已经习惯了被掩盖、被包裹、被忽略的生活。

偶像

（一）

　　我的偶像在我高中毕业之时进入了我的生活。那时他只有二十多岁，但已经退学多年，靠写小说过着四处漂泊的生活。

　　他只在我所在的城市待了三个月，那三个月里他在一家奶茶店帮忙。店主好像是他的女朋友，但他们也可能只是关系暧昧而已。

　　我那天只是路过，有些口渴，就去买了杯奶茶。那是一家很小的奶茶店，只有他和店主两个人打理。店主给我做奶茶的时候，他就在一边看着，像名学徒一样。

　　一杯奶茶喝完，我起身要走，却看到门口来了名邮递员，高声喊着他的名字。季沐阳，写出来应该算是很好看的名字。但是喊出来，让我想起四季沐歌太阳能。

　　原来是一张汇款单。我听到他向店主解释说那家杂志社发稿费只能通过邮局，不能直接打在银行卡里。店主沉默了一会儿，然后压低了声音说："以后，还是不要把这里的地址告诉别人吧。"

　　那阵子我刚刚接触学习之外的图书和杂志，兴趣挺大的，于是就问他："你在哪里发表文章了吗？"

　　他张口要说，嘴里却被店主及时塞上了一块苹果。等吃完苹果，他笑了笑说："没有，没有在哪里发文章。"

　　"可是我刚才明明听到你说杂志社和稿费之类的。"

"那大概是你听错了吧。不好意思,我要去忙了。"

他对店主说:"我出去一下,马上回来。"然后转身就出了奶茶店,我随即跟了上去。他走路时只看脚下,偶尔抬一下头,我跟着他走了两条街,他也没有发现我。

他在一家邮局门口停住了,我想他大概是要取汇款单上的钱,于是在门口等他。十几分钟后,他出来了,看到站在邮局门口的我,他笑了笑,说:"在等人?"

"在等你!"

"等我?等我做什么?"

"等你告诉我你在哪里发了文章呀。"

他再一次笑了。我发现他挺喜欢笑的,在他二十多岁的时候,虽然生活上有时会很窘迫,但他的心情总是非常明媚。他指了指街边一家书店门口的宣传海报,说:"就是那上面宣传的那个杂志。"

有了答案之后,我就没有再跟着他。我们在街边分手,他回了奶茶店,我去了那家书店。翻看当月的那本杂志,当时我并没有看到上面有季沐阳的文章,又翻看了几页,并不是我喜欢的那种杂志,可莫名其妙,我还是买了这本杂志。

这是我第一次因为他而买杂志,从此一发不可收,在之后很多年里,只要看到他的书或者有他的文章的杂志,我都会买下来。直到他不再用那个名字。

因为那家奶茶店离家并不远,所以几天后我又去了一次。店主看到我之后,眼神和言谈总是躲躲闪闪的,我觉得他们像私奔出来的小情侣,但又好像没这么简单。

我对偶像退学的事情挺好奇,就缠着他问。他招架不住,最后跟我讲了一个故事。原来偶像小时候学习成绩特好,被誉为神童。后来念了初中,就有些贪玩。有一次回以前的小学拜访过去的老师,刚好遇到一名小学生向那名老师请教一道数学题。于是那老师就让他去给这个小学生讲解。他看到那题目,脑袋里一片茫然,他发现自己已经忘记这些数学题的解法了。

回到家后,他想了很久,突然发现其实自己是在浪费生命。既然以后是要被忘记的，当时又何必去学呢？要学就应该学那些不会忘记，或者是自己热爱的东西呀。

于是他选择了退学。

可是同龄人都在上学，父母又在上班，他一个人待在家里，刚开始还好，时间长了就空虚起来。他买了很多书来看，买了电脑来玩，还是不行。一个人待在房间里，无论做什么，在他看来，也都是浪费生命。

怎样才能在有生之年做更多值得去做的事呢？想了几天后，他决定去流浪。父母肯定是不同意的，他只能离家出走。

我所在的城市不知道是他到过的第几座城市了，但肯定不是最后一座。事实上没过多久，他就离开了奶茶店。

我并不十分相信他讲的故事，那时候我还不知道他是我的偶像，所以他的话我还是半信半疑的。怎么会这么简单呢？想退学就退学，想离家出走就离家出走，想流浪四方过随心所欲的生活就流浪四方过随心所欲的生活。如果没有过人之处，怎么能这样？

我还想问问他那天跟我说的杂志上为什么找不到他的文章，可是这时候，店主走过来，拉起他往操作台那边走，边走边小声说："干吗对一个陌生人说这么多？被她看穿了，我们就不能在这里待了。"

"我故意说那么多的，如果我们都冷冰冰的，不是更让人怀疑吗？"

他们声音压得很低，但我还是听得很清楚。从小就有过人听力这件事并不令人愉快，起码我是觉得挺烦的。那句话怎么说来着？难得糊涂。如果我没有听到那些恶意的言论，那些背后的中伤，我就可以有很多的朋友。起码我可以心安理得地跟很多人在一起。

而听到之后，就不能置之不理，再联想到那些朋友面对自己时媚笑的嘴脸，就觉得他们很虚伪。就像现在，听到偶像和店主的对话之后，我虽然更好奇他们的身份了，但我不得不劝自己离开，再待下去，就太不识趣了。

(二)

之后的几天，我又故意从那家奶茶店门口路过了几次，但都没有进去买点儿什么或者坐一会儿。如果我有个朋友就好了，这时候我就可以安排他进去帮我探听点儿什么，可惜我没有。我想我永远也不会有真正的朋友了，如果这过人的听力一直陪伴着我的话。

其实如果我卑鄙一点儿的话，集中精力，是可以隔着店门，隔着几十米的距离听到他们在奶茶店里发出的任何声音的。可是我没那么做。我以前并不是没有这么干过，只是对他们，我不想这么做，或者，内心深处，我是担心这么做之后会发生让我无法承受的后果。

大概半个月后，我又故意从那家奶茶店门口经过，却发现店门关着，门上挂着"转让"两个字，字下面是一个手机号码。我拨了一下那串号码，响了一声后挂掉，然后将号码存在了我的手机上，名字那栏填的是季沐阳。

但也许这个手机号码并不属于他，更可能属于那名店主，或者是他们的朋友。但是无所谓，我只要知道这个号码可以找到他们其中的某一个就行了。

我想他的手机上应该是有一个未接来电的，如果他的好奇心和我一样，大概会打过来问问是谁打的。但可惜一天过去了，那个号码的主人没有打给我。也许他是被那些广告或抽奖电话骚扰怕了。

我在电脑上百度这个手机号码，号码归属地竟然是离我所在的城市有千里之遥的D市。

我越发好奇。也许我这种好奇是长期无聊培养出来的，但无所谓，我已经习惯了。我甚至百度起了季沐阳这个名字，可惜相关搜索太多了，也许没有一个是他，也许都是他。

玩腻了电脑之后，我又拿起了那本杂志。我突然想起来，也许他是用笔名发表的文章，那就对了，可是这杂志上十多篇文章中哪篇才是季沐阳写的呢？简直像一个推理故事，如果要找出他的话。可我只有过人的听力，逻辑推理能力差得离谱儿，只能无咬着牙将这十多篇煽情的文章读上一遍再说了。

(三)

十八岁之前我都是在我的出生地读书,十八岁之后,在家人的安排之下,我到了D市,在一所国际知名的大学里混日子。

也许是我装扮得太像个男人的缘故,在集体恋爱的大学时代,我还是孤零零的一个人。倒是有跟我相同性别的人靠近我,但弄清楚对方的需求之后,我就识趣地闪开了。

生活和读初中以及高中时没多大区别,只是D市更大一些罢了。我还是习惯漫无目的地在街头闲逛,累了就找条长椅躺一会儿,看看远处的天空、近处的落叶,一天过得很快。

有时候我也会带本偶像的书,带杯奶茶,在一个固定的地方坐上一天,用想象力跟着偶像遨游四方的感觉也很爽。

如果这些都玩腻了,我就玩跟踪,或者窃听。像小时候一样,随便跟着一个人,观察他的生活,只要我对他还有兴趣,就是他躲在房间里,我也能隔着墙听到他发出的任何细微的声音。

没有人知道我这项可以称作特异功能的能力,我也不想让人知道。异类是受排斥的,弄不好还会被人利用,这一点我从小就知道。更何况,我也不知道,这因为发烧带来的超能力还能陪伴我多久。

我突然又想起了十八岁那年暑假在奶茶店遇到的那个叫季沐阳的人,为什么他和那名店主要躲躲闪闪的,而且很快就消失了?

难道他们也有超能力,也怕被人发现?我被我的想法吓了一跳,但如果不是这样,为什么他们的行为举止那么奇怪呢?

当然,我是听到了他们的对话之后才觉得他们奇怪的,如果是正常人,想必不会对他们有什么怀疑。季沐阳除了过早退学之外,并没有和别人不一样的地方,而像他这么大就主动或者被动退学的人,现在也挺多的。

我突然想到,那天我在后面跟踪他去邮局的路上,他一直是低着头走路,好像怕被别人认出,又好像怕看到什么不该看到的东西。难道他是通缉犯?难道他的眼睛有问题？

　　那个归属地是D市的手机号码我已经不记得了，存那个号码的手机也在一次逛街的时候被小偷偷了。其实后来我打过一次那个号码，断定接电话的是一位老人，我说我找季沐阳，他说没有这个人，然后就挂了电话。

　　想起季沐阳之后，我逛街的时候多了一件事，就是开始留意那些低着头走路的人，也许他就在D市，也许他就在我身边。

（四）

　　我十八岁时的偶像，就是那个小说写得很棒的人，在我二十二岁的时候成了大众偶像。他的小说拿了很多国际大奖，他还办了自己的杂志，那杂志也很畅销。

　　但是从来没有人见过他的样子，他从来不接受采访，也不拍照。以他的知名度，如果他愿意的话，很多城市的街头都会挂满他的巨幅海报。

　　我想大概是因为他长得很丑吧，但我是不介意的。有时候我会怀疑自己，之所以一直单身，除了怕听到自己信任的人在背后诋毁自己之外，也和偶像有关吧。我不但没有见过偶像，连和他相似的人也没有见到过。所以，只能单身下去。

　　D市虽然很大，但是很拥挤。赶在上学或者上班的高峰时，如果你搭乘公交车，多半会被挤得双脚离地。当然前提是你不超过一百斤。而地铁已经修了三年，修一段，垮一段，也许永远也修不好了。

　　如果你搭乘出租车的话，就会像我一样，被堵在路上。我旁边的汽车要高一些，它紧紧地挨着我所搭乘的出租车，如果这两辆车的司机任何一个随便动一下方向盘，就是一场车祸。不过现在谁也动不了，前后都堵了不下一百辆车，很多车都熄火了。乘客和司机们要么玩手机，要么玩电脑，要么看书看报纸。

　　我从包里拿出偶像的书，翻到之前看到的地方，正准备读下去，突然感到周围有些异样。有种说不出来的东西缠绕着我，迫使我抬起头，把目光投向旁边的车。

　　然后我就看到，那车窗缓缓摇下，季沐阳的脑袋伸了出来。虽然已经过了四年，可是他的模样一点儿都没变。

(五)

我其实不喜欢写小说，我最初是写诗的。但是那时候诗歌没有出路，所以才写起了小说。我希望有一天我能用我的力量让诗歌复兴。

在偶像的书的最后一页，我看到了上面的话。这时候离我见到季沐阳已经过去一周了。那天我认出了他，他却没有认出我。他只是探出头看了一下前后，然后就缩回脑袋，摇上了车窗。

我大声喊他的名字，可他一直没反应。我不相信他的车窗玻璃隔音效果那么好，我想多半是他在躲避着什么吧。也就是这时候，拥堵的车流散开了。

我让出租车跟着他乘坐的车走，那车一直开到郊外，在一个小村庄里消失了。付了巨额车费之后，我开始在那个村庄里寻觅。

我向村里的人打听，可是没有人知道这里有一个叫季沐阳的人。我问有没有人见过那辆车，所有人都笑了："那种好车怎么会开到这里来呢？"

"是呀，这是个什么地方？"我询问村里的人，他们让我去找村长，只有村长知道这里离D市有多远。

沿着乡间小路，我来到了一所老房子前，那房子又老又高，怕是有上百年的历史了。门口坐着一位抽水烟的老人，询问之下得知他就是村长。他告诉我，这里已经是D市的边界了，而D市又是我们国家边界的一座城市。也就说，翻过这座村庄后面的山，就是另一个国家了。他告诉我，这个村里确实有一户姓季的人家，但是很多年前就搬去D市了，房子早荒废了。

我按他指引的路线朝季家所在的方向走去，果然在一处旧宅门口看到了那辆车。此刻我想的不是终于找到他了，而是我不用担心天黑之前回不了D市了。我可不想在这个荒凉而又陌生的地方住一晚。

车是空的，一个司机模样的人在离车不远的地方抽烟，季沐阳不知道去了哪里。我问那司机，他显得很惊讶，在这种地方竟然有人认识季沐阳，就像在这种地方有人认识我一样吧。我们都是第一次来。

他指了指车后的宅院,我正要进去,季沐阳出来了。我以为他会象以前那样对着我笑呢,没想到他只是冷冷地用嘲弄的口吻说了一句:"这么多年没见,没想到你还是穿着这个牌子这种颜色的内衣,你还真执着。"

我双手下意识地往胸前一挡,但随即明白这是没有用的,只要他想看,怎么挡都没用。我现在在他眼里就是全裸的。就像我可以听到任何我想听到的声音一样,他可以看见任何他想看到的东西。

(六)

像透明人一样待在别人面前的感觉是很不爽的,如果那个人是你的偶像的话,就更惭愧了。倒不是惭愧身材,而是,长久以来,我已经习惯了被掩盖、被包裹、被忽略的生活。

在季沐阳的车上,我看到了很多本偶像的书。我忍不住惊喜地说:"想不到你除了和我一样有超能力外,还跟我喜欢同一位作家。"

司机转过头说:"傻瓜,他就是那位作家。"

我顿时惊愕,过去的影像不断地在脑海里重现。原来他当年突然消失,是因为担心我听到了他的秘密。尽管那时候他还不出名,却已经习惯了用多重身份生活了。

他已经习惯了隐匿起来,这次来这个小村庄,是因为他在D市的住所被人发现,所以想来这个荒凉的村庄生活。

"那次,我们第一次相遇的时候,你跟我说的那个杂志上,那个叫小T的作者,也是你吗?"

"那个名字我很多年前就不用了,没想到还有人记得。"

"我只是想证实一下我的推理能力,谢谢你。"

"没有什么值得言谢的地方,我送你回到D市以后,请你忘记我。"

"我们都是异类,都在躲避正常人的关注,为什么我们不可以一起生活呢?"

"难道你愿意每天赤裸裸地面对我?就算你愿意,我也不想被你听到我的所有声音。"

(七)

偶像随着季沐阳的消失而消失,我不再关注他的生活,虽然偶尔路过街边的报刊亭看到有他文章的杂志还是会买上一本,但也仅此而已。

我过人的听力在一场感冒之后也渐渐变得寻常,我想他的视力有一天也会变得正常。如果真有那一天,如果那时候我们再相见,或许,我可以让他请我喝一杯奶茶。像第一次相遇时一样,要草莓味的。

爱太短，命太长

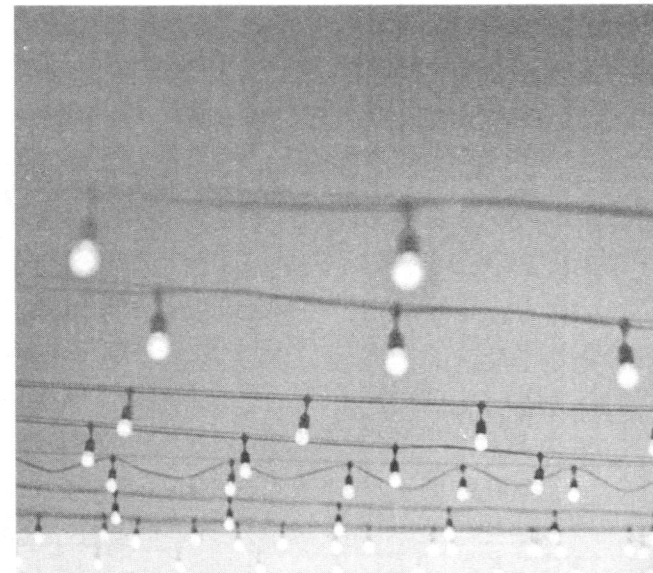

有的人，走进你的生命里，就成了你生命的一部分，不管多刻意，都无法将其从心头抹去了。

(1)

有的人走进你的生命里,最多是让你明白了一些道理,蹉跎了一段光阴,之后彼此再无联系便可渐渐忘记。有的人,走进你的生命里,就成了你生命的一部分,即便分隔多年,久无联系,却总是会不经意地想起,想起的时候心头还会有一丝委屈。你知道这一生,不管多刻意,都无法将其从心头抹去了。

(2)

夏年二十一岁的时候认识了十八岁的卓尔,疯狂地喜欢过对方一阵子,许诺过对方天长地久,也幻想过可以一直相亲相爱下去,却终究敌不过造化的捉弄,轻言了分手。之后一晃七年过去,七年里彼此虽然还惦念着对方,却很少联系。偶尔联系一下,总是发现自己单身时对方在热恋,自己热恋时对方单身了。即便这长长短短的感情都不是那么重要,但恋爱时的心情终究是单身时不能理解的。于是眼看着彼此渐渐长大,却好似永远也走不到一起了。

七这个数字夹在八和六这两个吉利的数字之间,不上不下,不前不后,像一场劫难。七年后,夏年二十八岁,卓尔二十五岁,他们再一次相遇。

仲夏时的机场,人潮汹涌,夏年早早地就等在出口,努力做出一副平静的样子,暗暗地对自己说,这不是久别重逢,不要再像以前那样狂热,让一切都平静自然地进行吧。皎皎者易污，感情也一样，唯有平静才能久远。

可是手机里跳出行李被耽搁一时不能拿出来的消息时，夏年还是忍不住叹了口气。连他自己都没有想到，他是这么渴望再见到卓尔。

然而卓尔已经变得让他有些陌生，从装束到行走的气质，都变成了一个全新的人。即便夏年还是能在人潮人海中一眼认出她，却再也不像初见时那样，觉得她就是他的。夏年甚至觉得有些沮丧，这么多年过去，太多一起成长的人变得面目全非，连他心底最疼爱的卓尔，也变成了他没有想象到的样子。而他自己，好像一直没有变。

夏年曾经幻想过他们再次相见的情景。他想他应该会习惯性地抱住她，她也会在他怀里倾诉这七年里的委屈。然而真的相遇了，七年的光阴便似一层膜，夏年接过卓尔的行李，一起走出机场的时候，尽管不愿意承认，却也不得不接受彼此给予对方的那份本不该有的客气。

(3)

卓尔从小到大异于常人的地方有很多，最让夏年印象深刻的是她从不穿袜子。就像夏年不喜欢穿内裤一样，但又和夏年的情况不同，夏年只是不喜欢，卓尔是根深蒂固地排斥。

回城的机场大巴上，互相言不由衷地说了一番对彼此生活的城市的浅显印象之后，终于进入了正题。七年里各自经历了什么，才是两个人心里真的想知道的。

十八岁那年，因为患忧郁症，卓尔在意识混乱的时候和夏年谈到了分手的问题，之后两个人便在泪水和争执之中纠结着。直到任性的夏年轻易地将爱的标签从心上撕毁，像撕掉食品上的保鲜膜一样容易，撕掉的时候怎么也想不到有一天自己还会需要对方。轻狂的年纪里太过黑白分明，好像不能爱了，便只能恨。

后来的夏年有些自暴自弃，不断地去陌生的地方，和形形色色的人相爱。随着年纪越来越大，得而复失的经历越来越多，夏年虽然还是当年那个天真幼稚的傻瓜，却再也没有当年的激情和傲气，所有的激情和傲气都被用来应付各式各样的感情了。虽然只是七年的时间，却已经掏空了夏年心里所有的向往，他不止一次地想到死亡。

卓尔却是另外的样子。七年的磨难，让忧郁懵懂的卓尔变成了一个内心和外表都足够强大的姑娘，萌妹子变成女王的感觉。

他们聊到刚刚分开时的经历，确定分手后不久，卓尔选择了独自去一座离家很远的城市读书，遇到了一个正值更年期的班主任。当她得知卓尔从来不穿袜子时，比校长看到有学生把头发染成五颜六色还要震惊。她去买了一打袜子，递给卓尔，强迫卓尔当着众人的面穿上，对卓尔穿上袜子之后身上起的红斑和卓尔满眼的泪水视而不见，并且隔三岔五还要到班上撩起卓尔的裤管检查卓尔是否听话。

后来遭遇的磨难要比这些复杂得多，卓尔却先选了这些来说，连她自己也不知道是为什么。遇到再让人愤慨的事，卓尔都觉得是自己的选择，怨不得别人。而夏年却觉得，卓尔遭遇的一切伤害，都是自己当初轻言离开造成的。但是那些毕竟已经成为往事，再内疚也改变不了已经造成的伤害。当下和未来的生活，才是他们真正需要好好谈谈的。

关于未来，夏年有很多种设想，比如和卓尔在一起，找一座偏僻的小岛，过两个人的生活。他们捕鱼捉虾，生一群孩子，再养一群鸭子和牛羊，在每个日落时分拥抱接吻。

再或者就生活在城市里，和彼此的家人一起，每天按时上班下班，业余时间喝喝茶、打打麻将，一大家子人在一起吃饭，其乐融融，有长假了就来一次长途旅行。

夏年想得更多的，却是另外一种。那就是孤独一人，行走在茫茫的旷野中，过去的那些人早已将他遗忘，卓尔也将他忘掉了。

很不幸，卓尔也觉得，夏年可能会过上最后一种生活。而卓尔呢，会像夏年设想的第二种生活那样，出国留学，归国工作，结婚生子，陪伴父母，终老此生。只是携手同行的人，并不一定会是夏年。卓尔已经长大了，见识过太多太多的人，她的心里空白,已经不是一个小小的夏年可以填补的了。

(4)

夏年总会想起很多年前,一句"乖,抱抱"就可以安抚卓尔一个长夜。如今长大成人的卓尔,对什么都提不起兴趣,夏年想带她看一看这座他生活了多年的城市,却总是遭遇卓尔茫然无感的眼神。

有人说如果是涉世不深的妹子,你要带她去看尽世间的繁华,如果是历经沧桑的妹子,你要带她去坐旋转木马。夏年想带卓尔去游乐场找回一颗童心,卓尔却以一句懒得出门回绝了夏年。

两个人待在房间里长聊,聊各自遇到的恋人。这些年和夏年在一起过的女孩,大都是一个类型的,单纯美好相信一切。而卓尔遇到的人则形形色色,且多精明世故,导致卓尔也变成了一个洞明世事的人。若不是她心里还存着善良和爱,夏年都要怀疑这还是不是自己当年那么喜欢的卓尔了。

卓尔更喜欢的消遣方式是在咖啡馆里喝茶看书,消磨一个下午,然后到酒吧灌酒度过大半个长夜,剩下的时间就陷入长眠。这样看似轻松闲逸的生活却最容易累坏人的身心。身体毁了还好说,心老了就无药可救了。

卓尔还学会了抽烟。看着一根根白沙在她嘴边燃尽,夏年说不出自己心里是什么感觉。如果说伤心的话,更多的应该是自责。他想如果自己当年不那么任性,一直陪在卓尔身边就好了。这样的念头只该深藏在心里,说出来就变了味道。说出来,卓尔就立刻回击,"当年就算你待在我身边,我也一样会变成这样"。这样的话,让夏年有种自作多情的感觉。

和卓尔久别重逢后的第一个晚上夏年做了一个梦,梦中夏年一直在和一头长着又长又硬的犄角的黄牛周旋。夏年手持匕首,闪转腾挪,最后被牛逼到了一个角落,感觉必死无疑的时候,他醒了。意识到这是一个梦的时候,夏年去查梦的寓意,竟然是暗指一夜情。夏年不愿意把这个梦往他和卓尔的关系上引。事实上卓尔也打算多待一些时日陪夏年。可因为这梦,夏年心里多少还是有些忐忑。觉得他和卓尔的关系，或许真的像一夜情一样短暂脆弱。

（5）

夏年终于说服卓尔离开房间到外面和他逛一逛。炎热的夏天夏年也更愿意躲在家里，可是想到卓尔不远千里而来，如果每天只是待在房间里和她聊天儿，实在让夏年有些过意不去，虽然这座城市并没有什么能让人眼前一亮的地方。

他们去逛了博物馆和一些公园，卓尔更想去酒吧之类她以前常去的地方，被夏年禁止了。夏年希望她能够远离过去的那种生活，虽然他知道自己已经不能强硬地要求她去做什么了，可是内心深处，他还是希望卓尔能够顺着他希望的方向成长。

其实博物馆和公园这些地方，更像上世纪七八十年代的人喜欢逛的。在王小波的小说里，夏年经常可以看到年轻的情侣在这些地方约会。到了二十一世纪，年轻人已经习惯待在各种吧里了，新型的休闲娱乐方式把过去那套甩得远远的。所以在公园里漫步的时候，夏年觉得自己的青春以及他和卓尔过去的恋情，也都像那些老套的娱乐设施一样被甩得远远的了。带着这种悲伤莫名的情绪，他和卓尔逛遍了这座城市的大小街道，结果是夏年被晒得更黑了，卓尔有几次差点儿中暑。有一次他们一口气走了十几公里的路，彼此都没有说累，还觉得很开心，结果第二天两个人的小腿都酸得抬不起来了，歇息了两天才好。

（6）

有一些心里话，夏年想告诉卓尔，可因为面对面，他不好意思说出口，于是就写在纸上。夏年在纸上写：

卓尔，我们很快就要分开了，不知道什么时候才能再见面。虽然再远的距离也抵不过一张机票，可是你知道的，如果心被隔开了，那就是在一起，也无能为力。

我现在就有一种心和所有人隔开了的感觉，没有一个人肯定我，或许有，但那些总让我感觉是虚情假意。我希望给予我肯定和鼓励的那些人，总是在批评我、指责我、教育我。连你也一样。我曾经以为你会一直依偎在我的怀抱里，可是你终究也长大了，变得独立强大，已经远远超过了我。这些日子的相处你想必已经感觉到了，我内心变得非常脆弱，说好听点儿是无欲无求，说难听点儿就是觉得活着没有什么意思。我不知道活着是为了什么，于是总是想到轻生，可若是随随便便就死了，又觉得不甘心。

我知道对你说这些没有什么用，可是我已经想不到这些话还能对谁说了，没有人愿意听我说这些。他们都希望看到朝气蓬勃的我，看到被荣光环绕的我。我内心的苦楚没有人愿意听，他们也不明白我有什么可悲切的。或许你也不明白，但我想你也许可以静静地听，也许可以听懂。

我只是需要一些关心罢了。虽然对一个大男人来说，这样的需要显得有些矫情。我也一直在寻求让内心变得强大的方法，可是好像适得其反又好像走火入魔了。我以前渴望得到很多东西，或者是一件多么重要的事情。这些年来我终于让自己的欲望不那么强了，可同时也觉得没有渴望的人生是多余的存在。

卓尔看了夏年的话，思虑了好久，也把心里话写在了纸上，交给了夏年：

你或许觉得我能够拯救你此刻羸弱不堪的内心，殊不知内心这种东西，和物质不同，能够救你的，只有你自己。若你自己不想振作起来，那么多少人关心你，都没有用。或许你需要经历更多的磨难。不过我坚信你能挺过来。我相信未来有一天，你会骄傲地出现在我面前，而不是像现在这样优柔寡断、郁郁寡欢。

(7)

虽然来时并没有想过告别的日期，甚至想过长相厮守下去，可终究是时过境迁，已经到了"物是人非事事休，欲语泪先流"的地步，也只能是在合适的时机告别。或许以后会有更好的时机相遇，那时候彼此都成了更好的人，或许就可以把酒言欢，彻夜不眠了。

说到彻夜不眠,两个人也确实有过几次通宵达旦的长聊,但是夏年并没有把积在心头多年的话说出。他曾经是打算等卓尔来了,把所有的话都说尽的,却没有想到还是做不到。若卓尔有长相厮守之心,夏年觉得自己便有了努力奋斗下去的信念。可惜对于未来的生活,卓尔一直没有肯定的答案,轻描淡写地讲着往日的种种。未来可能会有的种种变化让夏年也觉得自己若执意要一个答案,无异于作茧自缚。

夏年更愿意讲一些冷笑话给卓尔听,卓尔也喜欢简单快乐的夏年。虽然夏年这些年的想法没有多大改变,可喜欢的东西渐渐从浅显变得复杂,变得让卓尔无法理解了。夏年说他一个人的时候,常常坐在阳台上冥思苦想。这样做的结果常常有三种:一是想得快疯掉,因为想不通;二是想得很开心,因为想明白了之前很久都不明白的一些事;更多的时候是第三种情况,那就是想着想着就睡着了。因为夏年忘性太大,想着想着就忘记自己在想什么了。

在和卓尔重逢之前,夏年曾经以为自己会像许多人一样,接受世俗的规则,平凡地度过一生,最多会像《月亮和六便士》里的主人公一样在中年时响应内心的号召,放弃一切到南太平洋和土著人一起生活。

和卓尔重逢之后,夏年发现这世上连可以陪他度过下半生的人都没有,他希望的那种纯粹的精神上的生活没有人可以和他共度。人类进化了千年,女人们的需要还是那些漂亮的妆容和衣裳以及朋友们艳羡的目光,女人们没有办法像他一样只有书本和旅行就满足。她们不能忍受穿破旧的衣服,住简陋的房子,坐颠簸的汽车,即便可以忍耐一时,也无法忍耐一生。

夏年曾经觉得卓尔会是那个人。夏年曾经觉得自己战胜了世俗的眼光,可以不顾一切流言蜚语,就已经是胜利了。却没有想到这胜利的代价是孤独,他找不到一个可以和他一样不顾世俗眼光的伴侣,他只能孑然一身了。

临别时夏年带卓尔去江边看烟花。美丽耀眼的烟花在夜空中升起跌落,像人生也像爱情,却比人生和爱情都要短暂。有些东西真的逝去了就不会回来了。夏年还记得卓尔当年和自己说到分手时，自己心里满满的恨意，如今再次告别，一切都释然了。爱或许还在，恨或许也还在，只是再也没有当年那种浓烈的感觉。或者人生就该是这样，淡淡地就逝去了。

卓尔离开的第二天，夏年收拾行李打算离开这座生活了多年的城市。出门时一股凉风迎面吹来，顿时让夏年有种秋高气爽的感觉。这炎热的夏天，也是一样短暂。

世 界
那么大，命中注定遇见你

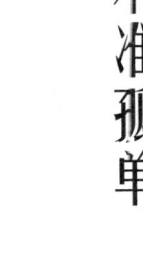

不准孤单

能看见什么,不能看见什么,那是我们的宿命。

G大旁边有一条街,街上开满了小餐馆、旅馆、发型屋、音像店、网吧、KTV等学生喜欢的场所,消费都很低。这条街永远比校园里热闹,尤其是傍晚的时候,除了这些小店,街上还会摆起一些小摊,卖一些女生喜欢的服装或饰品。这些摊主大多是G大的女生,长发短裙,在朦胧的夜色下成为一道独特的风景。

夏然现在就蹲在街头,麻木地看着街上来来往往牵着手或挽着胳膊的青年男女。夏然想,如果沈倩现在推门出来,看到自己并没有走远,估计两个人就和解了。

可是他蹲了一个小时了,门还是紧闭着。

沈倩躺在床上,用被子蒙着头,希望能尽快入睡。每当沈倩和人发生争执或者莫名其妙就感到不开心的时候,她都会选择睡觉。睡一觉,醒来,所有的不快都烟消云散了。可是这次,沈倩怎么也睡不着了。

就在一个小时前,两个人还有说有笑地躺在床上怀念着过去,憧憬着未来。发生争执是因为一个男生打来的电话。最近总是有人打电话找沈倩,沈倩说那是因为她在网上做书碟代购的生意,给她打电话的都是顾客。夏然并不计较这些,他不满的是沈倩接电话时的神情和口气,嗲声嗲气的,像个风尘女子。沈倩说:"顾客是上帝,跟上帝说话当然要用最好听的语调了。"夏然说:"我觉得一点儿也不好听。"沈倩说:"又不是说给你听,你管那么多干吗?"两个人就这样你一句我一句,不温不火地吵了起来。若是平时,吵着吵着就会有一方认输,毕竟只是一些鸡毛蒜皮的小事。可是这次,当沈倩说"跟你在一起真没意思"的时候,夏然怒了，三下五除二地穿好衣服，丢下一句，"嫌我没意思你就找有意思的去"，离开了他们俩租住的小屋。

夏然没走远，他肚子有点儿饿，就买了袋爆米花，一边吃一边在沈倩回校的必经之路上徘徊。爆米花吃完了，沈倩还没出来，夏然就在街边蹲了下来。

认识沈倩的时候，夏然刚刚退学，找不到满意的工作，待在家里又招父母烦，所以一天到晚都待在网吧里。后来在网上认识了沈倩，两人挺聊得来，于是沈倩就说"你也不能老待在网吧里，要不然就来我这里吧"。夏然想了想觉得这主意不错，就答应了。

沈倩很快就给夏然租好了房子，买好了一系列生活用品，考虑到夏然喜欢上网，沈倩把笔记本电脑也拎到了出租屋里。

夏然以前也交过几个女朋友，但都是要人疼要人爱，稍有不如意就乱发脾气，没有一个像沈倩这样体贴。

沈倩掀开被子，坐了起来。天已经彻底黑了，她想象不出夏然能跑到哪儿去。平时夏然都是和她一起出去玩的，如果沈倩不找夏然，夏然就待在屋子里写小说，哪儿也不去。

沈倩喜欢夏然，可是在一起之后，她渐渐觉得夏然不是可以托付终身的人。夏然太单纯了，人年幼的时候，单纯是一种美德。可是一个男人，如果过了二十二岁，还是单纯的，就让人觉得不靠谱。

其实说到底还是钱的问题。如果有了钱，一切问题就不再是问题。夏然爱看书爱写小说，就让他看让他写呗，坚持理想没什么不好的。可是在没有钱，生存下去都有问题的时候，还死守着理想，是不是有些可笑？

有一次沈倩在网上看到一句话，说这是个理想贱卖的年代。沈倩很想把这句话讲给夏然听，可是想一想夏然自负的样子，沈倩什么也没说。

夏然蹲得腿麻了，站起来跺跺脚，然后又蹲下去。夏然想，沈倩就是不出来找他，也该回学校了，再晚学校就关门了。

就在夏然考虑着回还是不回的时候，他看到一个姑娘朝他走来。那姑娘一个人拎着个小皮包，画着很重的眼影，穿着卡通长袜和公主鞋，活像从漫画里走出的人物，如果不是她剪了短头发，夏然在百米之外就能认出她。她是林媛，夏然以前的女朋友。

"你蹲在这儿干吗呢？"林媛一边说一边打开包，打算掏张纸垫在地上和夏然蹲在一起。

"看美女呗，还能干吗？"夏然不想多说话，林媛的突然出现让他有些不自在。如果这时候沈倩出来看到他和一个女的在一块，和解的事也就黄了。

"你不是有女朋友吗？怎么还这么闲？"林媛从包里掏出两片口香糖，给夏然一片，自己含一片。

"你不是也有男朋友吗？不也挺闲？"夏然把口香糖含在嘴里，心想林媛除了发型之外真是一点儿都没变。尤其是她那个包，简直是个百宝箱，除了女生出门必备的镜子、梳子、纸巾、发卡、化妆品之外，还能找到男生喜欢带的香烟、打火机、游戏机。

"我来这儿就是找他的。他说他来这儿找他表姐借钱，一来就没踪影了。电话也打不通，我只好过来看看能不能碰见他，没想到碰见你了。"

"那你去找他呀，小心等会儿被他看到你和一个男的在一块。"

"喊，我才不怕被他看到呢，我们又没做什么。是你怕了吧？说实话，你现在的女朋友是不是特蛮横、特不讲理？"

"比你温柔多了。对了，你男朋友是不是光头，高高瘦瘦的，穿着一件印有'切瓦格'头像的T恤衫？"

"你怎么知道的？你认识他？"林媛瞪大了眼睛盯着夏然的鼻子问。

"我在公交车上看到过你挽着他胳膊在街上走，他那形象很好记。一个小时前我看到他和一个装束和你差不多的女孩勾肩搭背地从这条街上经过。"

林媛轻轻地咬了咬嘴唇，很久都没有再说一句话。直到夏然说："起风了，过会儿可能要下雨"，她才抬起头，像问夏然又像问自己似的说了句："男生是不是都这样?"

"哪样?"

"一边让自己的女朋友担心,一边又和别的女的勾搭在一起。"

"不知道。也许那女的和你男朋友不是那种关系呢?你找到他问清楚了再下结论吧。我得走了,等会儿可能要下雨。"

"我跟你一起走。"

"你不知道我要去哪儿你就跟我一起走?我要去找我女朋友,而你,应该去找你的男朋友。"

林媛站在原地不说话。夏然看了她一会儿,摸了摸她的头说:"别不开心。"然后转过身打算找家网吧上会儿网去。

夏然刚走出两步,林媛就"哎哟"一声捂着肚子蹲在了地上。

不知道是不是冰激凌和麻辣烫吃得太多的缘故,夏然认识的像林媛这样的年纪、这样的打扮的女生似乎都有胃病。林媛得的是慢性胃炎,胃体黏膜充血、水肿、糜烂。

夏然就是在医院里认识的林媛。那时候夏然的女朋友胃病很严重却不配合治疗,医生开的药不吃,医生不让吃的却天天都吃。夏然是强行背着女朋友去的医院。那时林媛也在检查胃,但她是一个人。医生给她提建议的时候夏然听到她在小声嘟囔:"这也不能吃,那也不能吃,这样的人生有什么意思?"

之后夏然独自去医院帮女朋友取药,遇到过林媛几次,就认识了。他们竟然在同一所大学。和林媛谈恋爱的那段时期,正是夏然喜欢上文学的时候。那时青春文学和网络文学刚刚开始流行,夏然的包里总是装着几本小说,和人聊天,总会不由自主地引用韩寒、村上春树、安妮宝贝和痞子蔡的小说里一些经典的句子。

看着书里、杂志里叛逆的主人公,夏然觉得自己活得很窝囊。为什么一定要完成老师布置的作业?即使那些题已经做了无数遍,用脚指头都可以算出答案。有了这些想法之后,夏然渐渐就不那么认真地听课了。他开始故意迟到、旷课,即使按时到了学校,也是在桌子底下看小说或者趴在桌子上睡觉。对于夏然来说学校相当于一个笼子，要想飞起来，一定要把笼子打破才行。最终，夏然如愿以偿地退学了，时间一长，也自然而然地和林媛分开了。

退学后，生命好像一下子被拉长了许多。夏然变得更加无聊，不过他并不去抱怨什么。小时候他的学习成绩总是全校第一，结果他却连大学都没读完。而他的邻居，那个小时候顽皮得要死，总是被家长和老师教育要以夏然为榜样的孩子，后来却从北方一所著名的高校毕业。夏然觉得这是宿命，他这一生，就是要做一个创作者，创作出新作品时感受喜悦，创作不出新作品时感受空虚，就像他最欣赏的盲人歌手周云蓬说的那样——

蛇只能看见运动着的东西；狗的世界是黑白的；蜻蜓的眼睛里有一千个太阳；很多深海里的鱼，眼睛退化成了两个白点。能看见什么，不能看见什么，那是我们的宿命。

夏然把林媛扶到网吧，倒了一杯温开水给林媛喝，看着林媛苍白的脸色逐渐恢复红润，夏然离开网吧去给林媛买胃药。林媛的包里什么都有，就是没有她最需要的胃药。

从药店回来的路上，夏然看到路边的一家私人书店还亮着灯。夏然想，这么长时间没回去一定让沈倩担心坏了，为表示歉意，应该买份礼物才对。沈倩最喜欢看漫画，尤其是几米的。可是几米的漫画只有那几本，沈倩都看过几遍了。在书架上翻找的时候，夏然看到一本名叫《我喜欢你》的绘画本，上面有一段话夏然很喜欢：

让我们种一棵能开花的树，我拿着铁锹，你拿着树苗，我挖坑，你浇水……世界上所有的事情都需要两个人一起做，不准孤单。这棵树也是，不准孤单，它要开花。如果它开出两朵花，我会给你一朵。如果它开出四朵花，我会给你两朵。如果它开出三朵花，我们就继续等下去。

夏然想，沈倩一定会喜欢这份礼物的。把药带给林媛并且看着她喝下之后，夏然带着礼物回到住处，可是他发现门已经落了锁。

夏然愣了一下，他一开始一直蹲在沈倩回学校的路上，即使去网吧、药店和书店的时候,夏然也一直看着街上,可是并没有看到沈倩。难道沈倩没有回学校,而是去相反的方向找自己了?可是,如果要找的话,应该先打电话呀。

夏然摸出手机,打给沈倩,却发现她早已关机了。夏然心里有点儿莫名的慌乱,他摸出钥匙,打开门,果然,桌上留了一封信:

我是该为这个破时代感到可悲,还是该为你这个理想主义者感到可笑?你以为我愿意在网上做这样那样的小生意,愿意跟那些乱七八糟的人打电话吗?我们的房租快到期了,大作家。难道你没发现逛超市的时候每买一样东西我都要对比一下价格吗?难道你没发现我已经很久没买衣服了?你整天只知道写小说、看小说,我让你买盗版书,你还骂我,还要去支持你喜欢的作者。我一直忍着让着,努力让自己把你当成一个小孩子,可是你应该明白你不小了。你不要再幻想成名成家了,你写的那些小说连我都读不下去,别人能爱看吗?你醒醒吧,你没看到网上都在说这是个理想贱卖的年代?坚持理想迟早是要被饿死的。

夏然把沈倩留的信折起来,夹在了他看了一半的诗集里。那本诗集的名字叫《一位理想主义者之死》。

世　界
那么大，命中注定遇见你

得不到的永远在怀念

要想把内心清空，彻底删掉一个人，大概都需要用一辈子吧。

从手机上删除一个人，只需要一瞬间。即便存满了对方的照片，也可以一键全选，瞬间清空。

但是要想把内心清空，彻底删掉一个人，大概都需要用一辈子吧。

01

不知道从什么时候开始，不能毫无保留地喜欢一个人了。

即便一直有人劝说，说这种情况不能怪自己，只是还没有遇到那个可以让你奋不顾身、忽略一切的人。

但那个人，真的存在吗？即便存在，真的会遇到吗？即便遇到，真的会认出彼此吗？即便认出彼此，真的能一直走下去吗？

这一切的不确定、不安、不信，都源自此前错误的相遇。

那种信心满满地开始又失望结束的恋爱，可以摧毁每一个自认为坚不可摧的人。

02

认识伊栀是在回家的飞机上，因为航空管制，登机一个小时了还没起飞，空姐为了安抚大家，开始给所有人发食物。

无非是饼干和各种饮料，都是我讨厌的食物，但看着周围的人都在认真进食，我的肚子也不争气地饿了起来。遗憾的是我并没带任何吃的，尽管肚子饿，也只能忍着。

伊梔跟我坐在一排，我们中间的位置空着，所以彼此的一举一动都可以看得很清楚。我看着她吃完空姐发放的食物后，又从包包里拿出了一堆牛肉干和牛板筋之类的零食，不慌不忙地吃了起来。

这一举动彻底摧毁了我的防线，因为那些都是我平时最爱吃的，我不由自主地吞了吞口水，努力不去看她，但牛肉的香味还是顺着她的嘴巴飘散了过来。

专心致志吃东西的她并没意识到旁边有个馋猫，直到空姐走过来，问我需不需要毛毯，我尴尬的吞口水的动作才被她捕捉到。

"你要来点儿吗？这个超好吃的，我这次出来玩最大的收获就是这个，纯天然手工制作的。"空姐走后，她就把装牛肉干的小手帕摊到了我面前。

"这个，太不好意思了。"嘴上说着不好意思，手却还是伸出来拿了一块。

"真的很好吃。"见我只是拿了，并没有立刻放进嘴里，她吃了一口后就停了下来，目不转睛地看着我。

"果然,好好吃。"我被看得不好意思，只好也学着她的样子，认真地吃了起来，刚咬了一口，就停不下来了。

"要不要再来一块牛板筋？这个也好吃。"说着她又把小手帕递了过来。

就这样我们吃了一路，直到飞机降落。在吃的过程中，我们知道了彼此的姓名和职业，以及这趟出游的一些经历。

下飞机后，我帮她提了行李，她带了太多吃的，我们一路上吃的还不足十分之一。走到出口时，我们加了彼此的微信，然后就各自回家了，她有家人来接，我需要去坐大巴。

03

伊梔是名画家，当然，这个时代大家都不喜欢用"家"来称呼文艺工作者，作家和画家都成了贬义词。她宁愿被称作画师或者画手，哪怕是像我一样被称作创作者也好。

在飞机上相识之后,很长一段时间我们都没有联系彼此,直到一家设计公司联系我,想跟我一起做一款衣服,需要我想个主题,文字或者图画都可以。

想到图画我立刻就想到了伊栀,虽然没有联系,但回家后我看了不少她的作品,她是那种非常有想法、非常注重细节的画师,而且构图大胆,色彩饱满,我觉得跟她合作的话,成功的概率一定能提高不少。

于是我就把我的想法通过微信一股脑全发给了她。

"那我们怎么分钱?"没想到她听完后第一反应是这个。

"五五分吧!其实也没多少钱,主要是玩。"

"我没兴趣。不赚钱谁搞这个。"

"有时候做有些事情不是为了钱,为了乐趣也值得一做啊。"

"此话怎讲?"

"就比如说我并不喜欢开车,但我还是会去考驾照,会去买车,只是为了体验不一样的人生嘛。就像你画画、我写小说,我们离服装行业很遥远,但如果有机会去做,我还是想试试,这样方便体验商人的心态,你也可以体验一把服装设计师的心态啊。"

"我没兴趣,我只想画画。"

"那你就画画好了,其他的交给我,只要画一幅你觉得非常酷炫的画就行。"

"我画画很贵的。"

"多少钱一幅?"

"五位数起。"

"成交。"

结束了这段充满世俗味的对话,我和伊栀整整一周没有联系,直到设计公司找我要主题,我才不情愿地给伊栀发了语音消息。

然后很快就收到了她的银行卡号。

"一手交钱一手交货,我收到稿酬就把画发到你邮箱。"伊栀的话语非常冷淡。

我突然有些疑惑，之前在飞机上愉快地跟我聊天的，好像不是这个冷冰冰的女人。虽说私交是私交，公事是公事，但也不用这么公私分明吧。

不过这一点点的不快在看到她的画后就一扫而光了，我原以为我给足了酬劳，结果她给我的画的价值是我给她的酬劳的几倍。她把我们的交情全用在这里了，也就是从这时候起，我开始喜欢上她了。

和我完全不同的做事风格，是对我最大的吸引力。

04

追求伊栀的过程是漫长的。因为我们都有各自的梦想要追求，爱情在我们的生活里都不是必需品。虽然说有人分享快乐和忧愁更好，但更多的时候我们都喜欢一个人待着。

从相识，到第一次合作，转眼就过去了一年，除了偶尔用微信聊天之外，我们连电话都没打过，我几乎都要忘记她说话时的语气了。也就是在这个时候，我们有了再一次相遇的机会。

有一家很大的广告公司要推出一款新产品，邀请了各行各业的精英前去体验，无巧不成书，我和伊栀刚好都在受邀之列。

如果不是知道伊栀会去，这样的活动我是会直接拒绝的。后来伊栀跟我说，她当时第一反应也是拒绝，结果在嘉宾名单上看到我的名字，鬼使神差就答应了。

体验地在上海，时间是三天。三天我们都被安排在郊外的一家酒店里，虽然酒店里各种娱乐设施都有，但一连几天待在一个地方还是觉得很无聊。

除了必要的见面会之外，大部分时间，我和伊栀都在酒店的小型影院和游泳池里玩。这也算是对平时追求梦想时紧绷的神经的一种放松吧。

追求梦想的时候，常常觉得自己是一个机器人。也只有这种与自己日常工作关联不大的出游，才觉得自己是一个自由人。

在一起泡了三天，相处得很愉快，但三天过后，我们还是回到了各自的生活轨道里，并没有因为那三天的玩乐而擦出火花。有时候回想起来，甚至会觉得那三天我们遇到的并不是对方,要不然怎么一回来就再也没有联系,再也没有滔滔不绝的聊天了呢?

但在内心深处,我们彼此还是认可了对方的,起码是一个不错的伙伴,可以一同玩乐,一同分享有趣的事情,彼此在大部分事情上见解一致。

也正是基于这个基础,三个月后,我们有了再次同游的机会。经常旅行的人都听说过一种说法,说要看两个人合不合适,最好的方法就是来一场长途旅行。很多情侣领证前去长途旅行,回来就分手了。因为在路上不比在家里,要应对各种变化,大多数的宅男是不擅长应对这些突如其来的变化的。东西会漏带、钱包会被偷、飞机会晚点甚至会因为堵车或者睡过了而错过,酒店也会满员,就算是一切顺利地赶到了目的地,也可能会因为阴雨天而看不到之前期待已久的日出。

漫长的一生,也需要应对各种变化,当然有的人运气好,一生安安稳稳,从来没遇到过需要应对的波折,但谁能保证自己会一生好运呢?所以从某种程度上来说,我还是赞同情侣结婚之前来一次长途旅行的。

我虽然离结婚还很遥远,但有机会考验一下自己跟自己喜欢的女孩的关系,我觉得还是很棒的一件事。经受了这种考验的感情,比在一起什么波折也不经历而相互陪伴三五年的感情,还要牢固。

我们这一次的目的地横跨了三个省份,需要两周,主办方提供费用,但并不限制我们的路线,只需要我们回来之后帮忙在个人的主页上给主办方打个广告就可以了。所以说有时候年轻人追求出名要趁早并不是坏事,起码出名了可以接一些广告代言之类的福利,让生活变得多姿多彩一些。

因为有上一次愉快相处的经历,这一次得知可以同游后,伊栀主动邀请我到她所在的城市,跟她结伴走一条线路,这样除了可以相互照应之外,也省去了不少想线路的时间,两个人知道的总是比一个人知道的多。人与人之间,最好的关系应该就是从不经意的相处中,学到受益一生的东西。因为彼此的人生轨迹不同,所以在一起的时候,我是她的老师,她也是我的老师。一路走过,我从她身上收获的,有时候比从路上收获的更多。

我们去的第一站是包头。恕我孤陋寡闻，我以前一直以为包头是内蒙古的省会，直到去呼和浩特转机，听到有人说包头是内蒙古第二大城市，我才意识到呼市才是内蒙古省会。

包头周围有草原也有沙漠，这一次按照计划，我们是要去看草原上的河流。关于河流，因为出生在乡村的缘故，我小时候见过很多，直到后来上游修了水库，河水才渐渐断流干涸，所以想起河流的时候，我总是会想起童年和小伙伴们一起捉鱼捕虾的日子。

我们想象中草原的河流是清澈的，可以直接趴在河边饮用，就像路过的牛羊那样。因为这里人口太少了，一户牧民家到另一户牧民家的距离，比我小时候居住的小镇还要大。

可惜天地还是一样辽阔，河流却并不清澈了，甚至空气也没有想象中的好。有人在这里发现了矿藏，草原的澄净也就被破坏了。

我们顺着河走了很久，带我们来的司机一直劝我们去看石林之类的景区，他不明白普通的河流有什么好看的，虽然过去河流对于牧民来说是非常重要的东西。但是现在，牧民更向往城市的生活，更喜欢人多的地方。

我带着开玩笑的口吻对伊栀说："如果我们在这里安家，恐怕你只能嫁给我，我也只能娶你了，因为这里除了天地牛羊，再也没有别的人了。"

05

我们最终还是要回到城市。这一次同游和在上海时不同，那时候我们是一味地聊天、游泳、看电影，这一次可能是大部分时间都在草原的缘故，天地间太安静了，人太少了，我们也不想说话，不想破坏这份安静。

由此也可以看出我们的关系更进一步了，从在一起不说话就会有些尴尬，到自然而然地相处，相对无言也觉得很舒服。

我们接着去了承德，在木兰围场和坝上草原玩了一圈，相比起内蒙古的草原，河北的草原显得更亲切一些,好像从野外到了公园。

一路上伊栀画了很多画,每到酒店住下之后她都会画一幅,第二天拿给我看。我也想写个故事什么的第二天给她,可惜总是写不出,我在喜欢一个人的时候,心里好像什么都装不下了。非得等到这份喜欢消失了,才会给故事腾出一块儿地来。

离开河北的时候,计划好的旅行时间已经过了一大半,而我们都还没玩尽兴。好像跟对方在一起之后,腕表的转速都变快了。

我临时决定在用完主办方给我们的钱之后,继续自费走下去,从河北到新疆再到拉萨最后回到成都。这样走下去,可能要用掉一个多月,但我们两个的职业都很自由,所以时间并不是问题。

问题是伊栀的一句话——我怕继续走下去,我会爱上你,会舍不得离开你。

可能人独立太久了,内心就会抗拒依赖,会觉得依赖一个人是一件值得愧疚的事情,明明自己可以完成的事情,为什么非要跟另一个人一起?

明明知道每个人都是独立的个体,为什么一定要去体验相恋又分开的痛苦过程?这是伊栀的问题,也是我的问题。

我们都渴望爱,又害怕爱,害怕自己离开了另一个人会活不下去,害怕自己变成温水里的青蛙,连死亡一点点靠近了都不知道。

所以没等我们到达第三个省份,在我提出一路走下去的时候,伊栀就决定终止旅行了。分开的时候她问我:"你知道男女之间最美好的时光是什么时候吗?"

"是相互喜欢,却还没有说破,还在相互试探的时候。"作为一名写了无数爱情小说的作者,我自然心知肚明。

"所以,我们又何必破坏这份美好呢?以后你或许会爱上别的人,但你一定不会忘记我。明明可以得到,却又没有得到的,足以让人挂念一辈子。"伊栀把这段话,写在一幅画的背面给了我。画上是我们两个在草原上的背影,河流在前,阳光在后,我们的周围,是无边无际的草地。

伊栀后来去了美国密西西比州,在一个叫奥克斯福的小镇上生活。如果不是喜欢福克纳，我对这个小镇可以说是一无所知。

有时候会收到伊栀从密西西比大学寄来的邮件，大都是她的画。美国的南方小镇，并不比国内好看多少。我会把这些画拍照存在手机里，在夜深人静的时候拿出来看一看，幻想她画画时的场景，但我从来不会告诉她，我收到了这些画儿。我想时间久了，她就不会再寄画儿来，就像我终究有一天，会删了她的微信，换了电话号码和地址，就像我们从未认识过。

或许人一生最难搞懂的人的确是自己,搞懂了自己,就搞懂了全世界。

燃烧青春的尾巴

01

年少时喜欢读王小波,想做一个自由骑士,于是退学,流浪,疯狂恋爱,风平浪静的日子一天都忍受不了,一定要没事找事瞎折腾,美其名曰燃烧青春。

既然是燃烧,速度当然很快,一转眼就到了二十七岁。回首自己疯狂度过的十多年,简直像一场梦,突然之间,梦就醒了,觉得自己不能再这样浪荡下去了。

于是买房买车甚至准备和喜欢自己的人结婚,以前那么渴望自由,却在一年之间把自己变成了房奴车奴老婆奴,甚至很快会变成孩奴。这对过去的自己,无疑是一个彻彻底底的背叛,可是在家人看来,这却是浪子回头。

是回头还是背叛,我自己也搞不清,或许人一生最难搞懂的人的确是自己,搞懂了自己,就搞懂了全世界。我很清楚我的行为已经背叛了我过去的追求,但内心深处,我还是保留着很多过去的幼稚想法,这些想法就像小火苗,我想哪天风一吹,小火苗还是会熊熊燃烧的。

在写作方面,我也背叛了过去的自己。过去我扬言活到老写到老,要著作等身,要超越金庸古龙,结果才二十七岁,我就宣布说太累了要休息一段时间,可能永远封笔了。甚至放弃了用了十多年的笔名,真的以浪子回头的形式宣告新的开始。

然而这样的情形只维持了一年,还没有人点火,我就厌倦了一本正经的生活。像众人一样活着没什么不好,可冥冥之中似乎总有一个声音在说,你应该活在路上,不管青春是否还在,不管未来的得失成败。

于是我放下一切，选择再次上路。

02

我从十四岁开始四处行走，去了很多地方，却很少正面打量自己的故乡。我的出生地平顶山，我所在的省份的省会是郑州，我都不熟悉，一个人去逛，都会迷路。

为什么人会熟悉远方，而对生长地如此陌生呢？我回忆我刚离开家时的想法，可能那时候觉得，故乡早晚可以逛遍，远方如果不趁着年轻的时候走一走，老了就走不动了。

如今人虽然没有老，心态却老了。于是我开始一次次地行走于故乡的大街小巷。我过去是不爱走路，不爱跑步的。总觉得那太浪费时间，坐车多省事。那时候总想一口吃个胖子，一步登天，即便是骑电动车，看到宝马奥迪也想超越。心态老了之后，爱好也变了，我开始能不坐车就不坐车，能走路就走路。

这样坚持下来的好处是，我感觉身体越来越轻盈，最初走几公里就痛的小腿，竟然渐渐习惯了徒步远行，现在我小跑或者走上十几公里都没问题，我家住在十七楼，我一口气走上楼，也不会气喘吁吁了。

爱好的转变带来了身体的强健，身体的强健又带来了良好的心情，有点儿蝴蝶效应的感觉。心情好了之后，我渐渐觉得在故乡，在县城周围行走已经不能满足我。县城里所有陌生的地方在一年之间已经被我探索了一遍，我需要去更多的地方。

于是平顶山的大街小巷开始出现我的身影，然后是郑州。我想很快，周边的洛阳、开封等地也会被我逛遍。

河南还是有很多好玩的地方的，开封是北宋的首都，洛阳又做过几个朝代的都城，还有商丘的都城也在故乡，还有少林寺和各种特色小吃。

我经常一个人逛着逛着，就到了一个陌生的小巷子里，巷子里总有一两家小饭店，饭店里有自己酿造的米酒和手工小吃。

吃饱喝足继续上路,体会惯了一个人的自由自在之后,有时候也会随便在网上约几个朋友,写作上带来的成功,让我在全国各地都可以找到无数的朋友。虽然读我写的故事,但他们的见解和生活方式常常跟我南辕北辙。所以一起聊天的时候,可以碰撞出不少新的思想来。这种纯粹靠聊天带来的乐趣,有时候甚至大过写作和行走带来的成就感。

03

在郑州的时候遇上博物馆重建,无奈之下就在周边走了走,意外发现了动物园。之前去过很多动物园,以为家乡的动物园不会太大,最多养一些孔雀、鸵鸟和猴子。结果进去之后竟然看到了斑马和雕,还有大象、长颈鹿和袋鼠。这简直颠覆了我对故乡的认知。不知道从什么时候开始,故乡已经变得很丰富多彩了,只是我一直羞于承认。

逛动物园的时候拍了一些照片发在网上,被附近的读者看到认出,于是有了一场小型的读者见面会。

在读者见面会上,我遇到了阮囍,一个很活泼可爱的女孩子。虽然只十七八岁,却几乎像个全才一样无所不知。

过去我也曾和小自己七八岁的女生恋爱过,我以为那已经是极限,遇到阮囍之后,我才发现,爱情是不受年龄限制的。谁也不知道未来会发生什么,我们相差十岁,却比同龄人有更多共同语言。

她刚刚读大一,正是需要爱情的年纪。而我历经沧桑,多一份爱情少一份爱情于我已经没有两样,但阮囍是与众不同的,我以前的爱情经历,并不足以让我跟她轻松恋爱。她有很多稀奇古怪的想法,最让我难以接受的,就是她也想退学。

可能在国内读书的人,百分之九十都想过退学,最终有百分之十的人真的退学了,而最后因为退学而成功的人,只占了百分之一。

我幸运的是那百分之一,因为这份幸运,导致阮囍觉得,她离幸运如此之近,如果不退学搏一把,以后肯定会后悔。

我劝不动她,甚至不知道她退学之后如何安排我们的生活。我担心朝夕相处后,她会渐渐地淡化对我的喜爱,在爱情方面,不管经历了多少次,我仍旧没有信心。

04

我和阮囍一起去了洛阳,看龙门石窟,听一些关于关羽的传说。听别人讲故事的时候,我也跟阮囍讲了我的故事,我的那些她不知道的故事。

在风光的荣耀背后,我并不是一个难寻的良配。过去我渴望自由,燃烧青春,天天没事瞎折腾,伤了所有和我在一起过的女孩的心。

最后呢,当我决心浪子回头,并以此感动了一个美貌的女生之后,只是过了一年,我就又渴望回到路上,又选择了分手。

可能在新新人类看来,能恋爱一年,已经是很难得的老实人了。可是对于我来说,最长的恋爱经历是四年,在那以后,逐渐缩短。所以一年之后,遇到阮囍,我对我们的关系能维持多久,并没有多大把握。

阮囍的看法是,在一起就开开心心地在一起,不去想以后的事情。如果有一天真的走不下去分开了,她会当我死了。就像霍金的女朋友和霍金一样,很多时候有了约定反而更容易毁约,从不曾想过白头,却能一不小心就相伴了一生。

为了等牡丹盛开,我们在洛阳住了很久,其间为了有足够的钱维持我们去更多的地方,我又开始疯狂写作。虽然已经休息了很久,再次执笔的时候,思维和灵感丝毫没有生疏和卡顿,好像我只是在疯狂写作的间隙睡了一觉,睡醒后当然是继续疯狂。

写作的时候我难免会想到我和阮囍的未来,我已经站在了青春的尾巴上,虽然折腾起来的时候看着和年轻人没两样,可是想想未来,十年以后,阮囍依旧生龙活虎,我却已经到了中年。

短暂的生命是最让人痛苦的事情。有了这样的感悟之后,过去觉得青春小说浅薄的我,突然有了新的认识。

世界上最宝贵的东西就是青春了,青春小说会一直盛行,也是因为每个人都有过青春,每个人的青春都终将逝去。

我过去觉得我写的历史和武侠还有奇幻更高大上一些更有难度,青春爱情故事太没有难度所以不值一提。可无法否认的畅销和已经逝去的青春让这时候的我觉得青春虽然是平凡的,却又是伟大的。我就是写一辈子青春小说,也不需要羞愧。

这种对写作上的正视,让我对我和阮囍的感情也有了信心,爱情嘛,就是爱一辈子又如何?年轻人的爱情并不比老人的爱情伟大。

能爱的时候就爱,能折腾的时候就折腾,这才是上帝造人的本意。

写这篇文章的时候,我已经要出版第十七本书了,对于我漫长的一生来说这是很小的数字,而对于同龄作者来说,这又是一个夸张的数字。

在这时候写这篇文章,在缅怀青春和憧憬爱情之外,我想一个新的我已经诞生了。这对于其他人是无关紧要的,对于我来说,却关乎一切。

我和阮囍的爱情还在继续,我希望我们没有结局,就像童话故事里那样,王子和公主历经苦难最终幸福地生活在了一起,然后剧终。

柴米油盐的现实会消磨掉一切浪漫,我希望我至少有一篇文章,是可以浪漫结束,不去想柴米油盐的。

唯有此,才能让青春,继续燃烧。

命中注定遇见你
（跋）

人世间最奇妙的事情，就是我们彼此的相遇和分离，认识与遗忘，这就是人生的云去云来，花落花开。

我们再也回不去

我这一生只进入过两个地方的地下室。一个是我漂泊在成都的时候借住的破败小区，另一个就是我新买的别墅赠送的地下储物间。

把家里用不上的东西往地下储物间里搬的时候，脑海里突然之间就闪现了当年在成都的日子。那段日子太贫穷了，贫穷得有些不真实，像上辈子人一样。连衣食住行都满足不了，我们喝自来水，用花坛里的水洗脸洗澡，我们像老鼠一样住在潮湿的阳光照射不到的地方，一天到晚都点着蜡烛。

那段日子又是那么快乐，我们拿着从垃圾桶里捡来的自喷漆，把房子涂得五颜六色，我们拿着凳子盆子当乐器，日夜歌唱。我们无所事事，逃票坐上长途公交从第一站到最后一站，又从最后一站坐回来。我们一无所有，但整个城市整个世界都是我们的游乐场。

我坐在别墅的地下室里，怀念那时候跟我混在一起的朋友。我们曾经承诺彼此，苟富贵勿相忘，一旦有一天彼此发达了，一定要聚集在一起喝酒。

然而在漫长的时间面前，承诺变得不堪一击，我拿出手机，通讯录上早已没有当年任何一个朋友的电话。我拥有了一座奇大无比的房子，却比当年住在三平方米的地下室里更加孤独。原来物质真的不能让人生变得更美好，在拥有了当年我想要的一切之后，我才发现当年贫穷的我们，并非一无所有。

公交车上的爱情

　　人生的因缘际会是非常奇妙的，我刚到长沙的时候，曾经多次和一个漂亮女孩坐一趟公交车去上班。那时候我还是一个默默无闻的小作者，她也只是刚刚开始实习的大学生。

　　一起坐公交车的时候，我常常看到她在浏览各种文学网站，看小说，有时候也刷微博。我们在现实世界中并不相识，但我们却常常在同一个网站玩耍，评论同一件事情。

　　后来我搬家了，再没有坐那趟公交车，漂亮女孩自始至终也没有跟我说过一句话，但我们关注了彼此的微博，此后各自忙于琐事，平时并无联系。

　　四年后，我意外地发现她的微博认证了，她从湖南卫视《变形计》栏目组的编导变成了《爸爸去哪儿》导演组的导演。我也从默默无闻的小作者变成了畅销书作家。

　　我们第一次聊天，是关于我的新书，一聊就停不下来了，很快我们就成了无话不谈的好朋友。两个四年前就可以认识的人，四年后才开始交流，我觉得一点儿也不晚。因为那时候的我们，都需要为梦想努力，爱情对于那时候的我们来说，是一件非常浪费时间的事情。

　　可能对于所有人都一样，在年少的时候，让爱情止步于相遇，把时间用在让自己变得更有价值的事情上，这样有一天，当我们已经拥有了挥霍的资本，我们才能更纯粹地享受爱情。

浮生如梦

有时候在路上遇到玩闹的小孩,我总是会不由自主地驻足,目送他们远去。在目送他们远去的时候,我脑海里想的,都是未来我的孩子的模样。

我想我未来一定会有一个孩子的,虽然不确定是男是女,虽然到现在也没有愿意给我生孩子的女生,但时间到了,该来的总会来。

还年轻的时候就想象未来孩子的模样,而且担心他或者她是否健康,是否叛逆,是否像我一样自负又自卑,难免有点儿杞人忧天的味道。

但这种担忧也不是全然无用的,每当我经历困难挫折的时候,我都会安慰自己说,以后等你有了孩子,你的这些困难的经历就会成为你的孩子指路的明灯。有了这样的想法之后,我就会更加勇敢地去迎接苦难,更加坚强地去面对生活。

假想出自己有一个需要保护的对象,会让自己做的一切都变得有意义,哪怕只是空腹吃香蕉,也可以让你以后用实际经历告诉孩子空腹吃香蕉是否会肚子疼。

我常常感到孤独无依,感到迷茫惶恐,也正是因为我的爸爸妈妈一辈子只守在一个地方,过所有人都在过的生活,他们不去冒险,也不希望自己的孩子去冒险,他们安稳却又故步自封。这样的人生,这样的存在,我觉得很对不住造物主曾经的辛苦。

所以我希望我的经历,能够给我未来的孩子一些他真正需要的帮助,即便不能帮他解决问题,起码可以让他觉得不孤独。

那一年我们十八岁

　　你还记得我吗？十二年前，我们在一所学校，虽然你学的是吉他，我学的是舞蹈，但每周我们都有一节乐理课是一起上的。那时候你好骄傲啊，每次找你说话你都爱理不理的，不过现在看来你还是有骄傲的资本的，我们那批同学里，数你最有出息了。每次聚会聊到过去，他们都以跟你是同学为荣。

　　在翻看微博的未关注人私信的时候，意外看到了这样一条留言，我打开留言者的资料去看，是一个已经结了婚的女生，她微博上发的照片，并不能让我想起十二年前的任何一个同学。

　　十二年前，我在离家很远的地方读书，没有一个朋友，也没有一个亲人，我每天独来独往，拼命练琴，最后还是因为天赋不够而中断了音乐之路。

　　那时候我常常看到同学们三五成群一起出去玩，而我则因为囊中羞涩加不想浪费父母给我的这个学琴的机会而从来不跟他们一起出去。我那时候以为所有的同学都是嫌弃我的，我的笨拙让我有时候连自己都嫌弃自己。

　　后来我弃乐从文，为了彻底埋葬那不堪回首的过往，我用了笔名，几乎从来不在公共场合写真名，有时候写到过去的事情，也刻意地隐去时间和地点，但没想到即便如此，当年的同学还是知道了那是我，没想到他们不仅不嫌弃我，还以我为荣。

　　虽然想不起给我留言的是哪位同学了，但当年的经历仍旧深藏在脑海里，夜深人静的时候往床上一躺，我似乎还是那个不善言辞羞于出游的男同学。

我走在未知路上，你消失在人海茫茫

世界上最悲伤的事情莫过于你深爱一个人，你们却没能在一起。

七年前，我带过一个女孩回家，带她见我的爸爸妈妈，我希望我的爸爸妈妈像爱我一样爱她，因为她是我遇到的最好的女孩了。可惜爸妈并不认可我的看法，还将她赶了出去。

那时候我面临着一个非常艰难的选择，一边是亲情，一边是爱情。最终我选择了亲情。这个决定让我到现在仍感到悔恨，但如果重来一次，我可能还是会做同样的选择。

七年过去，我再没有谈过恋爱，我觉得我的感情透支了，我伤透了心，再也无法爱上任何人。我觉得在余下的人生里，我能够做到不伤害别人，也不被别人伤害就足够了，爱，对于我来说，是太奢侈的事情。

而她也早已经嫁了人，还生了一个孩子。

我不知道再过多少年，我才能将她遗忘。

有人说当你不再拥有，你能够做的就是不要忘记。但记住太痛苦了，我常常一合眼，脑海里就浮现出她的音容笑貌。她当年送我的一切东西都还在我触手可及的地方，我不知道我这种执着是对是错，我曾经觉得人生很短，因为她的离开，我开始觉得人生太长。

有人说时间能改变一切，可是七年并没有改变什么，我想我只能等待下一个七年。

城市与人生

　　成都、长沙、北京,四年、两年、一年,过去七年的时间,我耗在了三个城市,去的时候两手空空,离开的时候也是两手空空,唯一的变化就是,我从一个害怕孤独、担心未来的少年,变成了一个无所畏惧直面孤独的大叔。

　　在去成都的时候,我还有一个漫长的打算,那就是离开北京后去上海,离开上海后去美国。但是你也看到了,我在一个又一个城市待的时间越来越短,原计划三年融入的一个城市,结果用了一年就融入了,这种城市与城市之间越来越像的现状让人非常沮丧。只有翻版,没有创新。

　　城市之间相互模仿,已经到了城与城如同村与村的程度。区别只是住在城市里的人和你有着什么样的关系,而人际关系又是最不可靠的,会随着利益不断变化的东西。

　　前几天有个读者跟我说他想出去闯荡一下,说了几个城市,问我靠谱不靠谱。我说不靠谱,因为他说的城市都是他熟悉的,要么是他曾经待过的,要么是他有亲戚朋友在的地方。

　　在熟悉的地方锻炼不到自己,因为你会产生依赖之心,要么依赖自己的旧习惯,要么依赖自己的亲朋好友。

　　而人要进步,首先要放下的就是依赖心。你要明白你只能靠自己,你的人生只能你自己负责。所以只能找一个全新的地方,一步一步从头做起。只有这样,你最后才能找到那个真正强大的,没有死穴的自己。不然你依赖的每一个人,在未来都可能会成为你强大面具下的一个死穴。

梦想和欲望

  我 24 岁的时候，在南方一个每到深夜就会下雨的小城市里写小说。那时候我有一个梦想，就是从周朝写到民国，以后给我的孩子看不一样的中国历史。

  我写了春秋、秦、三国、唐、明，在打算写南宋的时候，我的出版人告诉我历史的市场变差了，书很难再出版，即便出了，销量也不会有多好，所得的稿费肯定无法维持我的生活。

  为了生计而放弃梦想可能是世间最痛苦的事情了。为了不饿死，我听从朋友的建议开始重新写情感小说。

  现在我 28 岁了，写了四年的情感小说，因为持续畅销，已经攒够了生活所需，于是我重新开始写历史，而且不用考虑市场问题。

  有时候我会忍不住想，如果四年前我一意孤行，一定坚持要把历史写完会怎样呢？估计等不到我写到民国，我的朋友就会集体变成我的债主，甚至最后不得不靠父母给钱来贴补我的生活。

  梦想是纯洁无辜的，但如果因为我的梦想，而连累了父母亲朋，那这梦想就是自私的、有罪的。

  换一种想法，如果我听从朋友的建议，最后却没有成功，我写的情感小说和历史小说一样陷入了困境，那我怎么办？是不是浪费了四年？

  答案是否定的，因为我始终没有放弃写历史这个梦想，我只是不想把自己的梦想变成别人的毒药，而这个梦想最后是否能够实现，其实并不重要。换句话说，有时候那些注定无法实现的梦想，才能真正称之为梦想，能够实现的，大都只是欲望。

距离产生美

　　要看过多少次爱凋谢，才甘心在孤独里冬眠。我的青春期用前边这句话就可以总结。

　　现在我对人挺冷淡的，这份冷淡全部来自当初那份疯狂的热情遭遇的失望。现在除了热爱我的粉丝和比我优秀值得我学习的人，我几乎不与其他人交流。

　　因为多余的交流只能带来厌恶，可能这样会有人说，你会没朋友的，然而恰恰相反，随着你越来越努力越来越优秀，你的朋友，对你好的人会越来越多。

　　可能又有人会说，那你没有真正的朋友，真正的朋友可以为你抛头颅洒热血两肋插刀，可以借钱给你，可以在跟你同时喜欢上一个人的时候主动选择退让。

　　那么请问你，你有这样的朋友吗？

　　这世上大多数人，都在用自己做不到的，自己也不曾拥有的东西，来苛责别人。而这大多数人包括你的所有亲朋好友甚至父母。

　　对人性的这份失望，并没有让我变得很糟糕，反而因为这份冷漠，让我有了越来越多的时间追求自己热爱的东西。这种冷漠也并不是对所有的一切漠不关心，而是适当地理智地和周围的人保持一定的距离。

　　而在过去，我是学不会冷漠的，所有对我好的人，我都想回报，所有我喜欢的人，我都想奉献。这样除了把自己搞得混乱不堪之外，什么也得不到。

　　因为你的人生中注定会遇到一些人，他们骗你，伤害你，如果你不跟他们保持距离，就注定要受伤。不管你多优秀，都无法避免遇到这些人。

《意林》"松果阅读"

松开过去的自己，改变一生的结果
在别人的故事中找寻自己的影像
读过它们，你的青春才真正完整

《我不怀念你，我只怀念有你的往昔》

作者：冷亦蓝
定价：29.8 元

《左耳》之后，最深入骨髓的疼痛青春。一本国内真正意义上的情感小说。

这本书借用一个个鲜活的人物，讲述着属于你我的故事。当你翻开这本书时，你会发现，爱是人一生都在解的难题，而成长才是青春中最重要的意义。愿你有爱，愿你永远拥有一颗少年的心。

《这世间所有的纸短情长》

作者：张芸欣
定价：29.8 元

不敢说出来的依恋，在你和我之间，丝丝缕缕地挂牵。如同白子画与花千骨，近在眼前却如同相隔千山万水。暖伤文学女王张芸欣蜕变书写，温暖延续白金级畅销书《月光漫过珍珠夏》。

我们如云去云来，偶然擦肩，却成为别人的风景。

张芸欣最大胆的一次文字呈现，十年文学旅程最华美的收章。

《错过爱情，遇见你》

编者：《意林》编辑部
定价：28 元

一本看似浪漫絮语，细想又觉得可怕，回味却感动的怪异之书。学会独立，感悟人生。

周德东、庄秦、蔓殊菲儿、青罗扇子等最会讲故事的作家联袂书写，孤独絮语，只有自己才能体会。羽翼丰满，终将化蝶。

《我记得你说过的每句美好》

编者：《意林》编辑部
定价：28 元

这本书记录你从未见过的纯净之爱，却感同身受的青春之殇。荆棘女王独木舟亲笔作序，讲述写作的惶恐与自得。

夏七夕、籽月、七微等深入骨髓地剖析疼痛中的微甜，以此凭吊终将逝去的青春。微小如尘埃，却是我最盲目的爱情，最真实的青春。